야한 남자

1

은빈 장편소설

단글

야한 남자 1

초판 1쇄 인쇄 2016년 1월 12일
초판 1쇄 발행 2016년 1월 22일

지은이 은빈
발행인 오영배
기획 박성인
책임편집 이신옥
표지 · 본문 디자인 권지연
제작 조하늬

펴낸 곳 (주)삼양출판사 · 단글
주소 서울시 강북구 도봉로 173
대표 전화 02-980-2112 **팩스** / 02-983-0660
출판등록 1999년 3월 11일 제9-00046호

ISBN 979-11-313-0516-4 (04810) / 979-11-313-0515-7 (세트)

+ 이 도서의 국립중앙도서관 출판시도서목록(CIP)은 서지정보유통지원시스템홈페이지(http://seoji.nl.go.kr)와 국가자료공동목록시스템(http://www.nl.go.kr/kolisnet)에서 이용하실 수 있습니다. (CIP제어번호: 2016000511)

단글 은 (주)삼양출판사의 로맨스 문학 브랜드입니다.

야한 남자

1

은빈 장편소설

ROMANCE STORY

단글

| 차 례 |

1.
미친 소리 같겠지만, 이 방법밖에는 없어

"하아—."

그저 키스만 했을 뿐인데.

여자는 온몸이 사르르 녹는 것만 같았다. 지금 당장 죽어도 좋을 만큼 황홀한 이 기분. 키스만으로도 신음을 내뱉게 만드는 남자에게, 여자는 취하듯 입술을 맡기고 있었다.

입술과 입술 사이를 오가는 오묘한 기. 남자의 벌어진 입술 사이로 여자의 붉은 기가 서서히 빨려 들어가고 있었다.

그것을 모르는 여자는 기를 빨리면 빨릴수록 온몸이 달아올라 흥분을 주체할 수가 없었다. 이내 여자가 남자의 뺨에 두 손을 얹고 더욱 격정적으로 입술을 탐하기 시작했다. 그리고 서서히 남자를 소파 위에 눕히듯 몸을 기울였다.

"그만."

남자가 싸늘하게 여자의 손목을 잡았다.

갑작스러운 그의 행동에, 여자는 황당하다는 얼굴로 큰 눈을 깜박였다. 그러다 남자의 반쯤 풀어 헤쳐져 있던 와이셔츠 사이로 손을 스윽 넣으며 눈웃음을 흘렸다.

"아이, 왜 그래. 오빠도 좋았으면서."

남자는 여자의 손길에 아무런 반응도 하지 않았다. 그리고 두 눈을 가늘게 뜨며 말했다.

"꺼져."

"뭐……?"

남자의 말에, 여자의 표정이 확 구겨졌다. 그러나 남자는 다시 한 번 또박또박 말했다.

"꺼지라고."

"이럴 거면 나 왜 부른 거야? 키스만 하고 쫓아내는 게 어딨어?"

여자가 앙칼지게 소리치며 남자를 노려보았다.

그러자 남자는 더 이상 말할 가치도 없다는 듯, 여자에게서 시선을 돌리곤 문 쪽을 향해 말했다.

"밖에 없냐."

"예."

남자의 목소리에 즉각 응답하듯, 밖에서 사람이 뚜벅뚜벅 들어왔다. 이내 남자는 자신의 허벅지 위에 앉아 있던 여자를 응시하며 귀찮다는 듯 명령했다.

"얘 좀 데리고 나가."

"알겠습니다."

밖에서 들어온 사내는 세련된 세미 정장을 입은 겉모습과는 달리, 거친 손길로 여자의 팔을 잡았다.

"그만 나오시죠."

"뭐? 지금 장난해?"

여자가 반항하듯 남자의 옷깃을 꽉 붙잡고는 눈살을 찌푸렸다. 그러자 여자의 한쪽 팔을 잡고 있던 사내는, 여자의 반대쪽 팔마저 꽉 잡고는 여자를 끌어내기 시작했다.

"뭐, 뭐야? 이거 안 놔? 야, 선우 원!"

끌려 나가는 여자의 날카로운 목소리가 남자의 고막을 찢을 듯 울렸다.

"아."

선우 원이라 불린 남자가 무언가를 잠시 잊고 있었다는 듯 입술을 살짝 벌렸다. 이내 그는 소파 옆 테이블에 있던 지갑을 열어 백만 원짜리 수표를 꺼냈다. 그리고 여자의 파인 가슴골 사이에 돈을 찔러 넣으며 말했다.

"더 필요해?"

원의 감정 없는 한마디에 여자가 움찔했다. 그는 옆 테이블에 지갑을 내려놓고는 와이셔츠 단추를 채웠다.

"돈만 많으면 다야?"

여자가 붉은 입술을 앙다물었다. 그리고 분을 삭이듯 어금니를 꽉 물었다. 그래, 그 소문이 사실이었던 거야.

"돈 벌러 왔으면, 돈 받고 조용히 꺼져."

단추를 채운 원이 38년산 로얄 살루트를 한 모금 마시며 차갑게 대답했다.

"이거 놔. 내 발로 걸어갈 테니까."

여자가 사내의 손을 뿌리치려 악을 썼다. 그러나 사내의 손아귀에서 벗어나기에는 역부족이었다.

어찌할까요. 사내는 양주를 마시고 있던 남자를 가만히 바라보았다.

"놔 줘."

남자의 말이 떨어지자마자, 사내는 여자에게서 손을 뗐다. 그러자 여자는 가방을 챙기고는 문을 나서며 표독스럽게 말했다.

"선우 원 너, 어쩐지 소문이 이상하다 했어. 너 고자지?"

"뭐?"

원이 로얄 살루트를 넘기려다 멈칫했다. 그의 반응에 여자는 역시, 라는 얼굴로 덧붙였다.

"이 일대에 너 고자라고 소문 다 났어. 그렇지 않고서야 매번 키스만 하고 여자들을 돌려보낼 리가 없지. 그리고 아직까지 너랑 잤다는 여자, 내가 알기론 없거든."

그녀의 말에, 원이 재미있다는 듯 피식 웃었다. 그는 다시 양주를 한 모금 넘기며 말했다.

"좋을 대로 생각해."

"……."

쾅―!

여자는 신경질적으로 문을 닫고 요란하게 구두를 또각거리며 사라졌다.

“뭐, 야한 남자? 그래, 너 진짜 야하게 생겼는데 완전 재수 없거든? 두고 봐! 내가 그 재수 없는 얼굴, 못 들고 다니게 해줄 테니까.”

여자의 앙칼진 목소리가 문밖에서 울려 퍼졌다. 이내 여자는 또각또각 구두 소리를 내며 입술을 앙다물었다. 그리고 휴대폰을 꺼내 누군가에게 전화를 하는 그녀였다.

“어, 오빠. 난데…… 글쎄 내가 싫다고 했는데…… 어떤 변태 같은 놈이, 날 건드렸어. 나 지금 너무 화가 나고 수치스러워서 미칠 것 같아.”

“청량.”

여자가 사라진 공간. 원이 양주잔을 내려놓으며 곁에 서 있던 사내를 불렀다.

“예.”

“저 여자한테는 미리 말 안 해 놨었냐.”

“죄송합니다. 제가 깜빡했습니다.”

청량이 고개를 푹 숙이고는 두 눈을 감았다.

키스만 하고 나갈 것. 평소엔 절대 잊지 않는 주의사항인데, 오늘 그에게 보고할 내용을 정리하느라 여자에게 미리 말해 두지 못했던 것이었다. 청량은 고개를 숙인 채, 자신의 실수에 대한 처분을 기다리고 있었다.

“큭…….”

그러나 그에게 들려온 것은 뜻밖의 웃음소리였다. 청량이 고개를 들어 원을 물끄러미 바라보았다. 원은 편하게 소파에 기대앉은 채 방금 있었던 일을 회상하며 웃고 있었다. 그는 아무리 생각해도 황당한 여자의 한마디를 되뇌며 쿡쿡 웃었다.

"내가 고자란다."

그의 웃음에, 청량이 어색한 미소를 지었다. 사실 웃어야 할지, 울어야 할지 잘 몰랐지만 그가 웃고 있으니 같이 웃어야 하는 게 정답일 것 같아서였다.

"누군, 그 이상까지 가기 싫어서 멈추는 줄 아나."

원은 자신의 입술에 묻어 있던 레드 립스틱을 닦아내고는 자리에서 일어났다. 그리고 저벅 저벅 걸어 호화스러운 이곳 룸과 연결된 문을 열었다.

은밀하게 마련된 룸 옆, 또 하나의 거대한 공간이 드러났다.

호텔 로열 사장실이었다. 그는 유리 벽면을 통해 넓게 펼쳐진 대낮의 도시 전경을 바라보았다.

"싸구려 말투. 싸구려 눈빛. 더러운 손. 나도 싫어."

하지만 키스할 상대를 쉽게 구하려면, 전화 한 통이면 달려올 여자를 부를 수밖에 없었다. 또는 자신이 좋다고 달려드는 여자를 말없이 받아주거나. 그렇게 그는 하루에 한 번, 매일 꼭 누군가와 키스를 했다. 그 이유는 선우 원, 그리고 청량 외에는 그 누구도 알 수 없었다.

덕분에, 그가 색기 넘치는 얼굴로 매일 밤 여자를 불러 키스를 나눈다는 소문이 근처에 파다해졌고, 그는 어느새 공공연하게 색을 밝히는 야한 남자가 되어 있었다. 그 소문은 그도 어렴풋이 알고 있었지만, 별로 신경 쓰지 않았다.

뭐, 그 결과로 오늘의 키스 상대에게 두 배로 욕을 얻어먹고 고자라는 얼토당토 않는 소리까지 들어야 했지만.

또다시 웃음이 터진 그는, 애써 웃음을 참으며 청량을 돌아보았다. 그리고 지나가듯 나직이 말했다.

“근데 어쩌냐. 내가 살려면…… 싫어도 해야지.”

언제나 습관처럼 하는 그의 의미심장한 한마디. 청량은 담담한 듯 보이는 그의 얼굴 뒤, 왠지 모를 씁쓸함을 느꼈다.

이내 원은 유리 벽면 앞에 마련된 넓은 책상 앞에 앉으며 결재 서류를 뒤적였다.

“로열 백화점 부지는 확보 끝났고?”

“그게…….”

청량이 말끝을 흐렸다. 호텔 사업에만 열중하던 로열 그룹이 처음으로 백화점 사업에 뛰어든, 올해 하반기 핵심 투자 프로젝트였다.

원이 하던 행동을 멈추고 한쪽 눈썹을 치켜 올렸다. 그리고 물었다.

“뭐가 문제야.”

청량은 곧 원의 앞에 서류철 하나를 내밀며 대답했다.

“다른 부지들 확보는 끝났는데 웬 점집 하나가 알 박기를 하고 있어서…….”

서류철 안에는 한 건물 사진과 함께 그에 관련된 여러 가지 정보들이 적혀 있었다.

"점집?"

"예. 가면보살이라고, 하필이면 백화점 부지 핵심부에 단단히 알 박고 앉아 있습니다. 현재 그 집 무당이 절대로 건물 매매 계약서에 도장을 안 찍겠다며 버티고 있는 중입니다."

"가면보살? 가면이라도 쓰고 점을 봐주나 보지?"

"예, 그렇다고 합니다."

무당이 가면을 쓰고 있다……. 원은 사진 속 점집을 뚫어져라 노려보았다. 별 볼일 없는 2층짜리 작은 건물이었다. 사진으로만 봐도 얼마나 오래됐는지, 다 낡아빠져 바람이라도 세게 부는 날엔 창문이 깨질 것만 같았다.

"요즘 시세 세 배 쳐주겠다고 한 거 맞아?"

원이 서류철 사이로 청량을 힐끗 보며 물었다. 길게 뻗은 그의 눈매에서 묘한 분위기가 풍겨져 나왔다.

"예. 분명히 부동산 중개인에게 그렇게 전하라 했습니다."

청량은 고개를 끄덕이며 대답했다.

원의 시선이 다시금 사진 속 건물에 고정되었다.

이 낡은 건물을, 거금을 주겠다는데도 왜 팔지 않겠다는 거지. 그는 매우 거슬린다는 듯 조용히 미간을 좁혔다.

"……?"

그가 가면보살에 관한 정보를 훑어보던 중, 눈에 띄는 사항이 그의 눈에 들어왔다.

"나와 딜을 해 보시겠다……?"

원은 건물주의 얄팍한 수를 단번에 간파하기라도 했다는 듯, 냉소를 지으며 중얼거렸다.

"백화점 지을 정도로 돈이 많으니까, 그까짓 돈 몇 푼 더 얹어주면 어떠냐고 생각하면 더더욱 오산일 텐데."

그는 절대로 손해 보는 일은 하지 않았다. 이것저것 사정 다 봐줘 가면서 일 처리를 하는 것은 오너로서 있을 수 없는 일이었다. 언제나 첫째도 회사의 이익, 둘째도 회사의 이익, 셋째도 회사의 이익을 위해 일했다. 그리고 그는 그것이 자신을 거둬준 회장의 은혜에 대한 보답이라고 생각했다. 원이 푹신한 의자에 등을 기댄 채 빙그르르 돌아, 책상에 턱, 손을 얹으며 물었다.

"안 그래?"

원과 두 눈을 마주친 청량은 조용히 덧붙였다.

"이미 체결된 건설 업체와의 계약 위반 시 우리 쪽 손해가 엄청 나기 때문에, 계약 날짜 이내에 부지 매매를 모두 마쳐야 합니다. 또한 이번 프로젝트는 주주들뿐만 아니라 회장님께서도 무척 기대하고 계시는 프로젝트라, 만약 실패한다면 실망이 크실 것입니다."

"실패하긴 누가 실패해. 그깟 다 쓰러져 가는 건물 하나 사지 못해서 똥 마려운 강아지처럼 앉아만 있을 거였으면, 난 이 자리에 앉아 있지도 못했어."

그가 머리가 지끈거린다는 듯 한 손으로 이마를 짚었다. 그의 사전에 안 되는 것이란 없었다. 경영권을 넘겨받자마자, 휘청하던 로열 호텔을 업계 1위 대한민국 최고의 호텔로 만든 장본인이 바로 선우 원. 그였다.

그는 로열 호텔의 사장임에도 불구하고 언제나 직접 움직이며 문제에 부딪쳤다. 그리고 늘 순조롭게 해결해 냈다. 따라서 이번 백화점 프로젝트도 성공적으로 이끌어낼 예정이었고, 확실히 성공할 것이었다. 이내 그는 한 손으로 서류철을 척, 덮었다. 그리고 자리에서 일어나며 여유롭게 말했다.

"이 세상에 돈 싫어하는 사람 없고, 이 낡아 빠진 건물주가 여자라면."

지금까지 돈으로 해결 안 되는 것은 없었다. 그리고 자신이 가진 유일한 축복이자, 족쇄. 보는 이의 숨을 멎게 만들 만큼 치명적인 무언가가, 원하지 않아도…… 존재한다면.

"내가 싫을 리 없겠지."

원은 씁쓸하게 입매를 비틀었다. 그리고 조용히 청량을 불렀다.

"청량."

"예."

청량이 허리를 바짝 세우고 원을 바라보았다.

이내 원은 스탠드 형 옷걸이에 걸려 있던 재킷을 걸쳐 입었다. 그리고 사장실을 나서며 말했다.

"차 대기시켜."

* * *

"남자한테 여자가 있네. 당장 헤어지는 게 좋을걸."

"네? 저 이 사람이랑 결혼 약속까지 한 사이에요."

"알아. 그래서 궁합 보러 온 거잖아. 내 대답은 No라고."

두 눈을 가린 반가면을 쓴 여자가 자신의 앞에 앉아 있는 커플을 향해 담담하게 말했다.

여자의 말에, 남자의 온 털이 곤두섰다. 곧 남자는 자리를 박차고 일어나, 손가락질을 하며 소리쳤다.

"이, 이 여자가 미쳤나! 나한테 무슨 여자가 있어?"

그러나 여자는 여전히 담담하게 남자를 올려다보며 대답했다.

"당신 어깨에 붙어 있는 꼬마가 그렇게 말해 주는데?"

"꼬마……?"

"음, 자기는 8살이라네. 굳이 안 말해줘도 되는데."

여자가 씨익 웃었다. 그녀의 미소에, 순간 남자는 오줌을 쌀 뻔했다. 동상처럼 얼어붙은 그는 자신도 모르게 입술을 덜덜 떨었다.

"자기야, 가자. 용한 무당이라 그래서 찾아왔는데 사기를 쳐도 유분수가 있지. 이래 놓고 남자 잘 붙잡으려면 부적을 사야 한다, 그리고 좀 더 확실히 하려면 굿을 해야 한다. 그러시려고?"

뭔가 이상한 기분을 느낀 남자의 애인이 기분 나쁘다는 얼굴로 자리에서 일어났다. 그리고 가방을 뒤적여 복채를 여자의 앞에 내려놓았다.

"여기 복채요."

이내 남자의 애인은 남자를 잡아끌고, 점집을 나섰다.

"진실을 말해줘도 못 알아듣네. 그 꼬마가 남자 전 부인 사이에서 난 애라고 말해줄 걸 그랬나."

가면 사이로 커플이 떠나는 것을 지켜보던 은혜는 여자가 두고 간 복채를 세어 보며 중얼거렸다.

"3만 원? 아니, 이 여자가……. 요즘은 5만 원이 기본인데."

은혜는 미간을 확 좁히며 후, 숨을 내쉬었다. 그리고 스스로를 진정시키며 말했다.

"그래, 어차피 다시 찾아오게 될 테니까. 그땐 울고불고 이제 어떻게 하냐며 사정해도 소용없어."

은혜가 의미심장한 미소를 지으며 복채를 노란 요강 안에다 넣었다. 그녀는 점점 꽉 차가는 요강을 들여다보며 뿌듯함을 감추지 못했다.

"이제 조금만 더 모으면 울 할머니, 수술할 수 있겠다."

딸랑—

그리고 그때, 출입문에 걸어놓은 방울이 울렸다.

"어서 오세요오."

은혜는 요강을 구석으로 밀어 넣고는 가면을 고쳐 썼다.

이윽고 세련된 블랙 슈트 차림의 누군가가 그녀의 앞에 멈추어 섰다. 불현듯 자신의 앞에 드리워진 검은 그림자에, 은혜는 천천히 위를 올려다보았다.

"점 좀 보러 왔는데."

원이 의자에 앉으며 옅게 웃었다.

"……!"

그의 얼굴을 보자마자 은혜는 온몸이 마비된 것처럼, 움직일 수가 없었다. 갑자기 무언가 전신을 사로잡듯 휘감는 느낌이 강렬했다. 이상하다. 그를 뚫어져라 바라보던 은혜는 잠시 동안 아무런 말도 하지 않았다.

"뭐 해?"

원은 팔짱을 낀 채, 삐딱하게 의자에 기대앉고는 되물었다.

"네?"

은혜는 순간 움찔했다. 평소엔 대놓고 반말로 시작하는 것이 컨셉이었는데. 불쑥 존댓말이 나와 버렸다.

"뭐 하냐고. 점 안 봐줄 거야?"

원은 고개를 비스듬히 기울이고는 그녀의 표정을 살폈다. 그러나 무당의 두 눈을 가린 저 가면이 은근히 거슬린다. 지금 어떤 표정을 짓고 있는지, 기분이 어떤지 알 수 없었으니까.

"아. 네."

아주 잠시 동안 넋을 놓고 그를 바라보던 은혜는, 두 눈을 빠르게 감았다 뜨며 정신을 가다듬었다.

근데 아까부터 반말이네. 보이지 않게 이마에 핏줄을 세운 은혜는 어색하게 웃었다. 그러나 곧 속으로 그가 '손님'이라는 것을 되뇌며 억지로 미소를 지어 보였다.

"무엇이 궁금해서 오셨을까요."

가늘게 뻗은 눈매 속, 무슨 생각을 하는지 알 수 없는 눈동자는 한동안 그녀를 응시하고 있었다.

"이 점집이 언제 팔릴지 궁금해."

"네?"

은혜는 잠시 자신의 머리가 멍해졌음을 느꼈다.

그러나 눈앞의 남자는, 경계할 틈도 없이 불쑥 다가왔다.

"얼굴은 왜 가리고 있는 거지."

원이 은혜의 눈앞으로 몸을 숙이며 그녀의 눈동자를 뚫어져라 바라보았다. 너무도 가까이 다가온 그의 얼굴에, 가면 속 그녀의 눈동자가 흔들리고 있었다. 가면 너머 그의 매혹적인 눈동자는 조금만 정신을 놓으면 빨려 들어갈 만큼, 깊고 그윽했다.

"프라이버시니까 이해해 주시죠."

이내 그녀는 침착하게 마음을 가다듬고 대답했다.

"무당 주제에 무슨 프라이버시."

그러자 원은 재미있다는 듯 웃으며 그녀의 가면으로 손을 뻗었다. 순간, 화들짝 놀란 은혜는 몸을 뒤로 빼고는 두 눈을 빠르게 깜빡였다. 그리고 가면을 사수하듯 손을 얹고 소리쳤다.

"저도 제가 하고 싶어서 하는 거 아니거든요? 점 안 볼 거면, 나가주실래요."

은혜의 미간이 구겨졌다. 요 며칠, 갑자기 부동산 아저씨가 끈질기게 찾아와 이 건물을 시세 세 배에 팔라더니……. 계약을 원했던 사람이 이 사람이었어? 결론. 이 사람은 손님이 아니다. 은혜는 그제야 상황을 이해했다는 듯 거친 한숨을 내쉬었다.

"부동산 아저씨께 말씀드린 걸로 아는데요. 저는 이 점집. 팔 생각이 없다고."

"……있잖아."

그녀의 단호한 반응에, 불현듯 원은 깊은 두 눈으로 그녀를 바라보았다. 조금만 더 당기면, 넘어오겠지. 이 여자도, 다른 수많은 여자들처럼.

회심의 미소를 감춘 원이, 붉은 입술을 떼었다.

"내가, 이 건물이 꼭 필요해."

블루 홀처럼 깊은 눈동자. 세공을 거쳐 조각해놓은 듯한 코. 오묘하고도 달콤한 향이 느껴질 것만 같은 매혹적인 입술. 이 완벽한 모든 요소들이, 손바닥으로 가려질 만큼 작은 얼굴 안에 적절한 비율로 자리 잡고 있었다. 그의 얼굴은 누구라도 단번에 그 시선을 앗아가고, 온 정신을 빨려 들어가게 만들 만큼 매혹적이었다.

그러나.

"절대로, 팔 생각. 없.다.구.요."

그런 건, 은혜에게 통하지 않았다.

"세 배가 아니라, 열 배를 줘도 안 팔아요. 저한테 세 배로 쳐줄 돈 있으면, 차라리 그 돈으로 기부를 하세요."

"뭐?"

애써 미소 짓고 있던 입가의 힘이 그도 모르게 풀어졌다. 뭐야, 이 여자. 원의 눈썹이 꿈틀거렸다.

"혹시, 시력 나빠?"

원이 가면 속 그녀의 눈동자에 시선을 고정하며 한 손바닥을 그녀의 눈앞에서 좌우로 흔들었다. 뜬금없는 그의 행동에, 은혜는 그를 이상한 사람 보듯 눈살을 찌푸리며 대답했다.

"뜬금없이 무슨 시력 얘기예요. 양쪽 눈 다 1.5거든요?"

빠직— 어디선가 그의 자존심에 금이 가는 소리가 들려왔다. 고단수인 건지, 아니면 눈이 보통 기준치 이하로 낮은 건지. 원의 머리가 지끈거려 오기 시작했다.

"푭."

곁에서 둘을 지켜보던 청량은 저도 모르게 웃음을 터트렸다. 원이 구겨지는 이런 모습, 처음 보기 때문이었다.

"이청량."

원이 청량을 홱 돌아보았다. 그러자 청량은 언제 그랬냐는 듯 시선을 다른 곳으로 돌렸다.

"좋아."

원은 옅은 한숨과 함께, 다시금 팔짱을 끼곤 삐딱하게 은혜를 바라보았다.

"……?"

은혜는 왠지 모를 불안감과 함께 그를 꿋꿋이 응시했다.

이윽고 원은 입가에 의미심장한 미소를 띠운 채, 말을 이었다.

"무당이라고 했지. 어디 내 얼굴 보고, 내가 누군지. 뭐 하는 인간인지. 여자는 몇이나 만났는지 맞춰 봐."

"네?"

단숨에 변한 그 특유의 여유 넘치는 표정이 은혜를 긴장시켰다.

"못 맞추면, 서로 깔끔하게 거래하자고."

원이 자신의 곁에 서 있던 청량에게 손을 내었다. 그러자 청량은 서류가방에서 흰 종이 뭉치를 꺼내 원에게 건네주었다.

"여기, 멀리 갈 것도 없이 계약서는 준비되어 있어."

원이 은혜의 앞에 계약서를 턱, 올려놓았다. 물끄러미 계약서를 내려다보던 은혜는 눈썹에 힘을 주곤 딱딱하게 답했다.

"만약 제가 당신에 대해 낱낱이 맞추면요?"

빨리 맞춰버려서, 이 귀찮은 안하무인 땅 부자를 떼어버리는 것이 편할 것 같았다.

"그 누구도 모르는 내 비밀까지 맞춰서…… 나를 당황시키면, 조용히 나갈 수도 있어."

원의 입꼬리가 스윽 올라갔다. 그리고 그의 제안에, 은혜는 가소롭다는 듯 가볍게 웃었다.

"곧 그렇게 될 테니까, 약속이나 지키시죠. 더 이상 저 귀찮게 하지 말라는 뜻이에요."

"콜."

이윽고 은혜는 원의 얼굴을 유심히 바라보며, 가만히 정신을 집중했다. 그리고 그의 주변을 이리저리 살펴보기 시작했다.

"……!"

그를 뚫어져라 바라보던 은혜가 멈칫했다.

없다. 아무것도.

뭔가 이상하긴 했지만, 은혜는 이번엔 그의 기를 읽어내려 온 정신을 집중했다. 그러나 그 어떤 것도, 그에게선 느껴지지 않았다. 보통 때는 신기를 이용해 인간 고유의 기의 흐름을 읽거나, 인간 곁에 붙어 있는 귀신, 또는 신당에 머무는 귀신들을 이용해 점을 보러오는 이들에 대해 알 수 있었다. 그러고 보니, 언제나 신당에 가득했던 귀신들이 하나도 보이지 않았다.

"뭐야…… 당신?"

은혜가 무의식적으로 원과 두 눈을 마주쳤다. 분명 사람인데. 어째서 아무것도 느껴지지 않는 거지.

처음 받았던 이상한 느낌. 그조차도 더 이상 느껴지지 않았다.

은혜는 계속해서 미간을 좁히곤 그를 바라보았다. 그러나 여전히 그에게선, 아무것도 느낄 수가 없었다.

그는 여유롭게 은혜를 응시하며 말했다.

"왜 아무것도 얘기 못 하는 거지. 나는 나름 기대 중인데."

"이, 일단 그쪽은 돈이 많아요. 대표이사나, 사장쯤……?"

그의 말에, 당황한 은혜는 일단 너무도 잘 알 것 같은, 누구라도 알 법한 그의 직업을 유추해 냈다. 건물의 매매가를 시세의 세 배로 준다고 했으니까, 돈은 안 봐도 많겠지…… 그래, 그렇겠지…… 순간 그녀의 표정이 울상이 되었다.

이럴 땐 가면을 쓰고 있다는 게 참 다행이었다.

원은 가볍게 고개를 끄덕이며 대답해 주었다.

"뭐, 그렇게 보이면 그럴지도."

"그리고……."

"또 뭐가 있을까."

이미 원은 자신이 이겼다는 듯, 여유의 미소를 짓고 있었다. 그것을 본 은혜의 머리에 점점 쥐가 나기 시작했다.

"그러니까……."

"자, 여기 계약서."

은혜가 머뭇거리던 사이, 원이 계약서를 손가락으로 톡톡 두드렸다. 계약서를 본 은혜의 머릿속이 하얘졌다.

"무당 주제에…… 이름이 주은혜?"

문득 계약서에 기재된 은혜의 이름을 본 원이 재미있다는 듯 중얼거렸다. 서류철에서 대충 훑어봤을 때는 별 생각이 없었는데,

이제 보니 특이한 것 같았다.

이젠 하다하다 남의 직업까지 무시…… 은혜는 점점 그의 보이지도 않는 기에 밀리는 것 같아, 울컥하는 마음에 인상을 팍 구기며 답했다.

"남이사 이름이 주은혜든 주찬양이든 무슨 상관이죠? 그리고 아까부터 자꾸 무당 주제에, 무당 주제에 하시는데 저 이래 봬도 엄청 잘나가는 보살이거든요?"

"……?"

계약서를 훑어보던 그가 무표정한 얼굴로 은혜를 응시했다.

한동안 정적이 흘렀다. 문득 무안해진 은혜는 두 눈을 깜박였다.

"그러니까…… '무당 주제에'라는 단어 선택은 상대방의 귀한 직업을 무시하는 아주 나쁜 발언이라는 그런……."

"이봐, 무당 아가씨."

무거운 음성이었지만 그는 애써 웃음을 참고 있었다. 포커페이스를 유지하는 게 처음으로 힘들어지는 순간이었다. 그러나 그는 자리에서 일어나 상체를 반쯤 기울인 채, 두 손으로 책상을 짚고 섰다. 그리고 은혜와 시선을 맞추며 말했다.

"그렇게 잘나가는 보살님께서, 왜 나에 대해선 아무것도 알아내지 못하는 걸까."

은혜의 작은 입술이 꾹 다물어졌다.

"그리고 나 그렇게 한가한 사람 아니거든."

그는 계약서를 들고는 그녀 눈앞에 들이밀며 또박또박 말했다.

"어쨌든 나에 대해 못 맞춘 건 그쪽이잖아?"

"그건……."

어느새 바뀐 그의 강인한 눈빛이, 그녀의 눈동자에 차갑게 닿고 있었다. 그러나 은혜는 기죽지 않고 마른 침을 꿀꺽 삼켰다. 그리고 당차게 대꾸했다.

"저는 절대로 그쪽 제안에 동의한 적 없거든요? 제가 언제, 그 제안 받아들인다고 했어요?"

"……."

원의 이마에 하나둘 금이 가기 시작했다. 이렇게 답답한 여자는 처음이었다. 원은 잔뜩 미간을 좁힌 채 거칠게 물었다.

"그럼 말해봐. 왜 안 팔겠다는 거지? 결국 목적은 돈 아냐?"

한껏 힘이 들어간 그의 두 눈을 마주한 그녀의 눈동자가 흔들렸다.

"이보세요."

은혜는 입술을 앙다물었다. 그리고 자리에서 일어나 그처럼 책상을 짚고는, 지지 않겠다는 듯 대답했다.

"돈? 저도 좋아해요. 근데요. 아무리 돈이 좋아도, 사람이 팔아넘길 것 안 넘길 것 구분하면서 살아야죠!"

비록 세월이 흘러 주변에 건물이 들어서고 번화한 거리가 되어버렸지만, 오랜 시간 무당으로서 대를 이어 신어머니들이 지켜온 터였다. 대대로 신을 모셔온 곳을 팔아넘기라는 건, 그 대를 끊겠다는 말과도 같았다.

그렇게 그와 그녀 사이에 팽팽한 기류가 흘렀다.

원이 옅은 한숨을 내쉬었다. 어딘가 답답해진 느낌에 그는 넥타이를 느슨하게 풀었다. 어떻게든 이 건물을 사야 했다. 억만금을 줘도 안 팔겠다니, 손해 보는 장사 따윈 하지 않지만 손해를 감수하고서라도 돈을 들이민들 소용없었다.

원은 점점 더 오기와 소유욕이 치밀기 시작했다.

이윽고 그는 마음을 차분히 가라앉힌 채 냉소적으로 말했다.

"두고 보자고. 언제까지 버티나."

이내 그가 자리에서 일어났다. 그리고 저벅저벅 점집을 걸어 나갔다. 청량은 이대로 그냥 가려는 원을 물끄러미 바라보다, 서둘러 그 뒤를 따랐다.

우뚝—

그때, 문득 원이 발걸음을 멈추었다. 그리고 문을 열고 나서기 직전, 은혜를 돌아보며 말하는 그였다.

"내일 다시 오지."

상 위에 덩그러니 남겨진 계약서를 전해주려던 은혜의 손이 멈춰졌다. 그는 그런 은혜를 등진 채, 점집을 나섰다. 일단 머리를 좀 식혀야 할 것 같았다.

* * *

"내일 다시 오지? 웃겨."

하루 일과를 마치고 침대 위에 누운 은혜는 원을 떠올리며 중얼거렸다.

남다른 탯줄부터가 스펙이고, 금수저 물고 태어난 게 인생 최대의 행운이라는 것은, 점을 보러오는 사람들에게 의해 익히 들어왔다. 그들은 그런 삶을 욕하면서도, 한편으로는 동경하며 어떻게든 자신들의 인생도 바꿔보려 점집을 찾기 때문이었다.

그리고 막연하게만 그 존재를 알고 있던 재벌을 실제로 만난 건 처음이었다. 오늘 보니, 손님들의 말이 아주 틀린 것은 아닌 것 같았다. 돈만 들이밀면 뭐든지 해결될 줄 아는 안하무인 재벌들이, 실제로 존재한다는 것을 아주 여실히 느꼈으니까.

"그런 사람이, 죽었다 깨어나도 절대 놓을 수 없는 소중한 게 뭔지…… 어떻게 알겠어."

엄마, 아빠, 그리고 동생까지 잡아먹고…… 물려받게 된 점집인데.

은혜는 이불을 뒤집어썼다. 불현듯 은혜의 눈앞이 흐려졌다.

평소엔 되도록 상기하지 않으려는 기억. 그 끔찍한 기억들이 은혜의 머릿속에 흐릿한 잔상으로 떠올랐다. 은혜는 두 눈을 꾹 감았다. 어차피 신을 모시고 무당 일을 해야 하는 것이 운명이라면 피할 수 없는 일이기에, 받아들였다.

그러나 다시는. 곁에 있는 이의 죽음을 예견하고 싶지 않았다. 자신이 무당이라는 사실을 다른 사람이 아는 것도 싫었다.

할머니와 사는 것 외에는 철저히 혼자가 되는 것이 편했다. 그래서 타인과 교류하지 않았고, 점을 봐줄 때도 가면을 썼다.

그런데 그것을 알 리 없는 그 안하무인 남자가, 갑자기 가면을 벗기려 할 때는 무척 당황스러웠다. 이제껏 손님에게 한 번도 얼굴을 보여준 적이 없었기 때문이었다.

—내일 다시 오지.

그를 떠올리자, 다시금 그가 남기고 간 한마디가 그녀의 머릿속에서 계속 맴돌았다. 은혜는 어서 빨리 잠들기 위해 양을 셌다.

"양 한 마리. 양 두 마리. 양 세 마리…… 아씨."

—그렇게 잘나가는 보살님께서, 왜 나에 대해선 아무것도 알아내지 못하는 걸까.

근데 왜 자꾸 신경이 쓰이는 거냐고! 은혜는 이불 속에서 머리를 쥐어뜯었다.

"그 남자 인생 대소사를 확 꿰뚫어 봤어야 하는 건데."

아무것도 볼 수 없었으니, 신기가 사라지기라도 한 건지 의심까지 해 봐야 할 상황이었다. 그러나 그가 돌아가고 나서도 잘만 손님을 받았으니 그건 또 아닌 것 같고. 도대체 뭐가 어떻게 된 건지, 그 남자가 사람이 아닌 건지…… 그녀로서는 당황스러울 뿐이었다.

평소보다 심하게 내려온 다크서클이 더욱 도드라졌다. 언제나 잠이 부족했기 때문에 피곤한 건 당연했지만, 오늘은 그 어느 때보다도 피로가 몰려왔다. 이윽고 그녀는 한숨을 내쉬곤, 자기합리화를 하며 다시금 두 눈을 질끈 감았다.

"그 귀하신 재벌께서 누추한 점집을 또 찾아오겠어? 찾아와 봤자, 비서나 부동산 아저씨를 보내겠지. 그럼 난 누가 오든 곱게 무시하면 되는 거야. 그래, 그럼 되는 거야."

"사장님. 댁에 도착했습니다."

원의 운전기사인 강구가 차를 멈춰 세우며 말했다. 그가 멈춰 선 곳은, 육안만으로는 그 크기를 가늠할 수 없는 대저택 앞이었다. 인적이 드문 곳에 자리한 그의 집은 그만이 머물고 있었다. 가족이 있었지만 혼자 살아야 했고, 혼자 사는 것이 편한 그의 선택이었다.

"사장님."

조수석에 앉은 청량이 뒷좌석의 원을 돌아보았다. 원은 차에서 내리지 않은 채, 말없이 창밖을 바라보고 있었다. 그는 점집에서 돌아올 때부터 줄곧 아무 말이 없었다.

"……무당이라더니, 하나도 못 맞춰 놓고서는."

그가 문득, 굳게 닫혀 있던 입술을 뗐다.

"차라리 그 자리에서 나에 대한 모든 것을 들춰내버렸다면, 정말 영원히 사라져 줄 수도 있었는데. 아니, 어쩌면…… 도망쳐야 했을지도 모르지."

"사장님?"

원의 혼잣말에 청량은, 그가 무슨 말을 하는 것인지 몰라 원을 뚫어져라 바라보았다. 그러다 줄곧 묻고 싶었던 것을 묻는 그였다.

"쉽지 않을 것 같긴 했지만, 이대로 포기하시는 겁니까?"

청량의 물음에, 원은 대답 대신 다른 말을 했다.

"하지만 못 맞췄으니까."

이내 그는 가볍게 웃으며 차문을 열었다.

"계속 찾아갈 자격쯤은 생긴 거겠지 뭐."

그리고 주머니에 손을 찔러 넣은 채, 집 안으로 걸어 들어가는 그였다.

샤워를 마치고 침대 헤드에 기대앉은 원은 평소 습관처럼 책을 꺼내들었다. 책을 읽다 보면 다른 생각을 하지 않을 수 있었다. 복잡한 머릿속 생각을 잠시 쉴 수 있었고, 그러다 보면 그나마 잠이란 걸 들 수 있었다.

—뭐야…… 당신?

그러나 오늘따라 책 속 글자들이 눈에 들어오지 않았다. 가면 속 흔들리던 눈동자. 자신의 정체를 묻는 누군가의 진지한 눈동자는 처음이었다.

"내가 뭐냐고……."

퍽 어이없게 느껴지는 질문에, 픽 웃어버렸다.

언제나 영혼 없이 입술을 맞대며, 필요한 색기를 취하고 나면 그렇게 하루를 살아갔다. 아무리 하루하루를 살아간다 한들 시간이 멈췄기에, 언제나 이 모습 그대로였다. 흐르지 않는 시간 때문에 언젠간 홀연히 사라져야 하겠지만…… 지금은 유일한 가족도 생겼다.

10년 전, 비가 세차게 내리던 날 밤. 의식을 잃은 자신을 구해준 지금의 아버지를 위해, 그리고 나름의 '보통 인간답게' 살아가기 위해, 누구보다 열심히 일해야 했다. 그래야, 다른 사람들이 보는 선우 원의 모습은 정체를 알 수 없는 괴물이 아니라, 밤마다 색을 밝히면서도 빈틈없는 로열 호텔의 사장일 테니까.

그러려면, 어떻게든 점집을 손에 넣어야 하는 것이 그에게 주어진 또 하나의 과제인 셈이었다. 그러나 그는 이 이상하고도 지독한 삶을 끝내길 원했다.

멈춘 시간을 흐르게 하고 싶었고, 색기를 취하는 것 따윈 하지 않아도 되는 평범한 인간으로서 살아가길 갈망했다. 색기를 마셔야만 살 수 있는 자신이, 어쩌면 괴물은 아닐까 하는 두려움 때문이었다.

젖은 그의 머리에서 물이 똑똑 떨어졌다. 물방울은 책의 종이를 적시고, 그의 두 눈에만 보이는 '괴물'이라는 단어 위로 떨어져 번졌다.

탁.

원은 책을 덮었다. 편하게 베개에 눕지도 못한 채, 그는 늘 그래왔듯 그 자리에서 두 눈을 감았다.

* * *

빵— 빵—!

도로에 한 남자가 뛰어들었다. 남자는 가까스로 멈춰선 자동차 앞을 걸어 나와 비틀거리고 있었다.

"헉……헉……."

흐릿했던 남자의 얼굴이 점점 더 선명하게 보이기 시작했다.

"당신은……?"

남자의 얼굴을 알아본 은혜의 눈동자가 거세게 흔들리고 있었다.

"피……?"

창백한 그의 얼굴 아래로 시선을 옮긴 그녀의 두 눈에는, 복부에서부터 바닥으로 뚝뚝 떨어지는 핏방울이 보였다.

은혜가 두 눈을 번쩍 떴다.

"자동차. 남자. 피. 뭐 이런 기분 나쁜 꿈이 다 있어……?"

예지몽인가. 은혜는 식은땀을 잔뜩 흘리며 당장이라도 죽을 것만 같았던 남자의 얼굴을 떠올렸다. 너무도 선명해 잊히지 않는 얼굴이었기에, 잊고 싶어도 잊을 수가 없었다.

더군다나 예지몽인 경우에는 꿈을 꾸고 나서 깨어나도 그 장면이 계속해서 잔상처럼 남았다. 그런걸 보아서는 예지몽일 가능성이 농후하다.

"그 남자. 괜찮을까."

은혜는 엄지손톱을 물었다. 한 번 본 사람에 대한 예지몽을 꾸는 일은 거의 없었기에 또 이상할 노릇이었다. 설마, 자신이 모르는 인연이라던가. 뭐 그런 건 아니겠지. 앞으로도 계속 보게 될 거라는 뭐 그런 거.

"진짜 그런 거라면, 천휘 장군님 미워할 거예요?"

은혜는 주변을 휙휙 둘러보며 그녀가 모시는 신인 천휘 장군을 찾았다.

"힉……."

그러자 어디선가 그녀의 눈앞에 나타난 천휘 장군은 못마땅한 표정을 짓고는, 빨리 신당으로 내려가라는 듯한 눈짓을 하고 있었다.

"아, 알았어요. 알았어요. 간다구요."

시간을 보니 새벽 6시였다. 좀 더 자고 싶지만 한번 깨면 다시 잠에 들지 못하는 성격이라 어쩔 수 없었다. 그러고 보니 꿈을 꾼 것 외에는 한 번도 깨지 않고 자다니. 이게 몇 년 만인지.

은혜는 옆에 있던 손거울로 얼굴을 확인했다. 다크서클이 좀 옅어진 것 같기도 하고.

"홍건한 피라……."

그러나 거울을 보면서도 무의식적으로 떠오르는 꿈이, 어딘가 그녀를 찜찜하게 만들고 있었다. 사실 예지몽이라면 정말 위험한 일이었다.

"아냐."

거울을 꽉 쥔 은혜는 더 이상 신경 쓰지 말자는 생각으로 고개를 가로저었다.

"내가 신경 쓸 게 뭐야. 어디, 운명도 돈으로 해결해 보라지."

그리고 비웃음 섞인 중얼거림과 함께, 서둘러 가면보살다운 단장을 했다.

어느덧 7시였다.

마지막으로 가면을 쓴 은혜는 오늘도 조용히, 그리고 무사히. 라는 말을 되뇌고는 1층의 점집으로 내려갔다. 잠을 잘 자서 그런가, 유독 상쾌한 기분이 들었다.

그녀는 아침 환기도 시킬 겸, 손님이 거의 없는 시간이니 문을 활짝 열어둘 요량으로 점집 문 앞에 다가갔다.

"좋은 아침."

"……!"

"아니, 좋은 새벽인 건가. 시간을 모르겠네."

열쇠 구멍에 열쇠를 넣으려던 은혜가 화들짝 놀라 멈칫했다. 그리고 소리가 난 쪽을 향해 고개를 돌렸다.

"뭐, 뭐야. 진짜 또 왔어요?"

깔끔한 흰색 트레이닝복을 쭉 올려 입은 원이, 팔짱을 낀 채 점집 문 옆 벽에 기대어 서 있었다. 긴 다리의 그는 트레이닝복조차도 완벽한 핏으로 소화해 내고 있었다.

혼자 온 건가?

주변을 둘러보니 그의 곁을 수행하는 비서나, 다른 사람들은 보이지 않았다.

원은 멍한 얼굴로 자신을 바라보고 있는 은혜를 향해 싱긋 웃으며 말했다.

"나는 약속을 아주 잘 지키는 편이라서."

하. 은혜는 어이가 없다는 듯 짧은 숨을 내쉬고는, 열쇠 구멍에 열쇠를 넣고 돌렸다. 그냥 무시하는 게 답이다.

점집의 문이 열리고, 은혜는 안으로 들어갔다. 그리고 문을 쾅 닫으려던 찰나, 원이 문을 탁 잡고는 여유롭게 고개를 반쯤 기울였다. 어림없다는 듯 싱긋 웃어 보인 그는 그녀를 따라 안으로 들어가며 말했다.

"내가 어제 우리가 나눈 이야기에 대해 생각을 좀 해 봤는데 말이야."

"모든 얘긴 어제 끝난 걸로 아는데요."

은혜는 손님들의 점을 봐주기 위한 상 앞에 앉으며 퉁명스럽게 대답했다. 그러나 원은 자연스럽게 그녀의 앞에 앉아, 그녀와 두 눈을 마주치며 말을 이었다.

"나도 그쪽한테 무조건 건물을 팔라고 강요할 순 없으니까. 이렇게 하자고."

"……?"

은혜가 한쪽 눈썹을 치켜 올렸다.

이내 원은 깍지를 낀 손을 상 위에 올려놓으며 입을 열었다.

"어쨌든, 그쪽은 내 제안을 받아들인 걸 인정해."

"네에? 제가 왜……."

은혜가 또다시 발끈하며 미간을 좁히려던 그때, 원이 그녀의 말허리를 잘랐다.

"한 달. 한 달 동안 내가 그쪽을 설득하지. 따라서 난 이 점집을 한 달 동안 매일 찾아올 거야. 그러면 매일 1시간씩. 나한테 시간을 내."

"아니, 제가 왜 그쪽한테 시간을 내요? 먹고 살기도 바빠 죽겠는데."

"그쪽을 설득할 시간이 필요하니까."

"제가 설득당할 것 같아요? 소용없다구요."

"바로 계약하기로 약속한 것에 비하면 그리 어려운 일이 아닐 것 같은데."

은혜의 머릿속에 검은색 실타래가 마구 엉켜버렸다. 타인과 그 어떤 관계도 쌓지 않는 것. 그것이 그녀가 정한 원칙이었다. 이런 식으로 이 남자가 자꾸 찾아오면 아주 곤란했다.

하지만 이 남자는 아주 작정하고 찾아와, 한 달만 버텨내면 더 이상 시달리지 않아도 된다는 제안을 하고 있다.

그녀가 고민에 빠진 사이, 원은 보이지 않게 입꼬리를 올리고는 자리에서 일어났다.

"한 달 동안 내가 그쪽을 설득시키지 못하면 그땐 깔끔하게 이 점집에서 손 떼는 걸로. 어쨌든 나에 대해 맞추지 못했으니, 이 정도 제안은 받아줘야 하는 것 아닌가? 내가 무조건 건물을 팔라고 억지로 도장 찍게 하는 것도 아니고."

책상에 두 손을 짚은 그가 은혜를 내려다보고 있었다. 입술을 잘근 문 은혜는, 곧 깊은 한숨을 내쉬며 말했다.

"좋아요. 대신 제가 그쪽에 대해 맞추면, 앞으로 다시 볼일 없을 거란 그 제안도, 유효한 거 맞죠?"

"다시 나에 대해 맞출 거라고……?"

뜻밖의 질문에 원이 멈칫했다.

그러다 이내 작게 웃으며 고개를 젓는 그였다.

"못 맞출걸. 앞으로도."

"아무튼, 어떻게든! 언젠가! 맞추면요."

그의 비웃음에 은혜는 두 주먹을 꽉 쥐고는 대답했다. 어떻게 해서든 맞춰서, 모든 것을 맞출 수 있다고 자부하는 가면보살의 자존심을 회복해야 할 것 같았다. 그 길이 가장 이 남자를 확실하게 떼어내는 방법이기도 하고.

"할 수 있음 해보든가."

그는 살짝 고개를 끄덕였다.

"그럼 내일 다시 보자고. 오늘은 내가 바빠서 말이야."

그리고 재차 다시 온다는 말과 함께 유유히 점집을 떠났다.

점집을 나온 원은 여유 가득한 얼굴로 가면보살이라 쓰여 있는 간판을 노려보았다. 한 달 안에 어떻게든 넘어오게 만들 생각이었다. 아무리 무당이라도 여자였다. 철벽과도 같은 기 센 여자인 것 같기는 하지만 자주 부딪치다 보면, 없던 정이라도 생기겠지.

새벽 공기가 은근히 찼다. 평소 추위나 더위를 잘 느끼지 않지만, 저 점집에만 갔다오면 어딘가 기분이 이상했다.

원은 고개를 갸웃하고는 근처에 세워둔 차로 다가갔다.

아무 생각 없이 차 문을 열려던 그는, 문득 유리창에 비친 자신의 모습을 보고는 움찔했다. 언제나 깔끔한 슈트로 일관해 왔던 옷차림이 아닌…… 운동할 때만 입는 트레이닝복 차림.

아침 운동을 하다 생각난 제안이라, 옷을 갈아입을 새도 없이 차를 몰고 나온 것이었다. 어딘가 익숙지 않았지만 이런 낯선 상황이, 원은 어쩐지 꽤 재미있게 느껴졌다.

천하의 선우 원이 트레이닝복으로 외출이라니.

"청량이 보면, 기절하겠지."

"아참. 꿈 얘기."

딸랑거리는 소리가 점차 잦아드는 것을 멍하니 듣고 있던 은혜가 고개를 들었다.

"해 줘야 해, 말아야 해."

그녀는 불안한 눈동자를 이리저리 움직였다. 신경 안 쓰려고 했는데. 그래, 그 남자가 어떻게 되든 신경 안 쓰는 게 맞는 건데.

문제는…… 자신과 엮이는 사람은 항상…….

"안 돼."

은혜가 자리에서 일어났다. 그리고 그를 좇아 빠르게 나갔다. 무당답게 다채로운 색의 한복과 가면을 쓴 모습이라는 사실은, 새카맣게 잊은 채였다.

"어디 있는 거야."

그녀는 점집을 나서서 주위를 둘러보았다. 점집과 얼마 떨어지지 않는 곳에, 차를 타려고 문을 연 그의 모습이 보였다.

은혜는 후, 숨을 내뱉고는 그에게로 다가갔다. 그러나 이미 8시가 다 되어가는 출근 시간의 거리는, 사람들로 가득해져 가고 있었다. 한복에, 반가면. 얼핏 보면 우스꽝스러울 수 있는 그녀의 모습에 사람들은 그녀를 힐끔 힐끔 쳐다보기 시작했다. 그리고 재미있다는 듯 웃기도 했다.

'맞다. 나 지금…….'

집과 점집 이외에는 무당의 모습을 하고 거리를 돌아다녀 본 적 없는 은혜는 순간 당황해, 온몸이 뻣뻣하게 굳어버렸다.

그가 가기 전에 경고해 주려 무작정 뛰어나온 것이었는데. 이렇게 앞뒤 안 가리고 나온 것은 처음이었다.

자신도 모르게 자리에서 우뚝 멈춰서 버린 그녀는, 최대한 이목을 신경 쓰지 않으려 두 눈을 감았다 떴다. 다시 한 발자국, 한 발자국 걸어 나가려 했지만, 발길이 떨어지지 않았다.

그 순간. 그런 그녀의 앞에, 누군가 나타났다.

그리고 자신의 옷을 벗어 그녀의 어깨에 덮어주며 말했다.

"본인의 모습 좀 자각하면서 다니라고."

까칠한 듯 다정한 그의 한마디가 은혜의 귓가를 울렸다.

"그쪽은……."

어딘가 불만스러운 얼굴로 그녀를 바라보고 있는 사람은, 다름 아닌 원이었다.

"가자."

이내 그가 그녀의 손목을 잡았다. 그리고 당황한 그녀를, 다시금 점집까지 데려다 주는 그였다.

어느덧 사람들의 시선이 두 사람에게로 집중되었다. 여자는 남자의 겉옷을 걸친 채, 남자는 여자의 손목을 잡은 채 나란히 걷는 발걸음은, 보는 이들에게 연인을 연상시켰다. 지나가던 여자들은 모두들 은혜를 부럽다는 눈으로 바라보기 시작했다.

'…….'

이윽고 점집으로 돌아와, 문 앞에 선 은혜는 원을 물끄러미 올려다보았다.

"갑자기 나온 이유가 뭐야?"

그러나 그는 그런 그녀의 시선을 눈치채지 못한 채 한쪽 눈썹을 찡그리며 물었다. 가면 사이로 보이는 그의 눈동자가 처음으로 따뜻해 보였다.

'내가 무슨 생각을 하는 거야.'

뜬금없는 생각에, 은혜는 황급히 고개를 젓고는 마른침을 꿀꺽 삼켰다.

이건 그냥, 예지몽을 꾸었으니까 어쩔 수 없이 알려주는 거다. 그런 거다…….

이내 그녀는 머뭇거리던 말문을 열었다.

"저, 저기."

"……?"

"밤길, 조심하세요."

"밤길?"

"배에 칼 맞을 만한 그런 일은 하지 않았죠?"

"뭐?"

"아무튼. 난 조심하라고 경고했어요. 그럼."

은혜는 도망치듯 점집 안으로 들어갔다.

문을 쾅 닫고는 문에 기대어 선 그녀는 한 손을 가슴에 대었다.

"후……."

갑자기 공황 상태가 되었다 풀려서 그런지, 숨이 잘 쉬어지지 않는 것 같았다. 당황해서 심장도 빨리 뛰는 것 같고.

은혜는 마른 입술을 적시고 계속 숨을 들이마시었다 내쉬었다.

"밤길 조심하라고?"

그 말을 해주려고 갑자기 뛰어나왔다는 건가. 뜬금없는 은혜의 경고에 원은 어리둥절한 표정을 지었다.

그러다 불현듯 어딘가 휑하다고 느낀 원이 미간을 좁혔다. 그리고 굳게 닫힌 문을 뚫어져라 응시하며 중얼거렸다.

"아니, 옷은 돌려줘야 할 거 아냐……."

다시 가볼까도 했지만, 귀찮다는 듯 한숨을 내쉬며 돌아서는 그였다. 뭐, 회사가 이 근처니까 이따가 퇴근하면서 받아가도 되겠지.

원은 아까보다 으스스 추워지는 기분에, 문득 놀라며 서둘러 차로 향했다. 청량이 오기 전에 출근 준비를 마쳐야 했기 때문이었다.

* * *

"끝."

원은 마지막 결재 서류를 처리하고 자리에서 일어났다.

자리에서 일어나 보니, 그는 밤 12시라는 것을 깨달았다. 평소에는 유동적인 스케줄 조절로 되도록 늦게까지 일을 하지 않지만, 오늘은 유독 처리해야 할 업무들이 빡빡했다. 결재 서류를 받아든 청량이 잊고 있었다는 듯 원을 향해 물었다.

"오늘 그 점집에 찾아가신다고 하셨는데, 미팅과 회의가 길어져서 못가셨지 않습니까. 제가 지금이라도 대신 다녀올까요?"

그의 물음에 원은 고개를 저으며 답했다.
"됐어. 이미 다녀왔으니까."
"예?"
"앞으로 한 달 동안 한 시간씩. 열심히 설득할 예정이야."
"사장님께서 직접……이요?"
"이번 프로젝트, 그 어느 때보다도 중요하니까."
"그렇긴 하지만, 매일 한 시간씩 비우려면 일정 조정이 빡빡할 것 같은 예감이……."
청량이 물끄러미 원을 바라보았다.
"이것도 사업의 일환이지. 네가 수고 좀 해야겠다."
원은 재킷을 걸쳐 입고는 청량의 어깨를 툭툭 두드렸다.
그러자 청량은 보이지 않는 한숨과 함께 그의 뒤를 따랐다.
"아. 저, 사장님."
"……?"
"오늘 강구 씨가 잠시 병원에 다녀온다고 한 시간 정도 늦을 것 같답니다."
"어디가 아픈가?"
"아기가 갑자기 열이 났다고 합니다."
청량에 말에 원은 어쩔 수 없다는 듯 잠시 생각에 잠겼다.
"그럼 한 시간 동안 뭘……."
문득 그는 은혜의 점집에 두고 온 겉옷을 떠올렸다.
그럼, 옷이나 찾으러 가 볼까. 호텔과 은혜의 점집은 꽤 가까운 거리에 있어서 걸어갈 만했다.

"청량. 잠시 점집에 다녀올 테니까, 이따 강구 오면 점집으로 오라고 해. 그리고 너는 먼저 퇴근하고."

원의 말을 들은 청량은 얼떨결에 고개를 끄덕였다.

평소 혼자 다니지도, 걸어 다니지도 않는 그였다.

뭐, 어떻게 하든 그의 마음인 것을, 하고 생각해 보면 그리 놀랄 일도 아니겠지만…… 불현듯 떠오른 생각이 청량의 얼굴을 사색으로 만들었다.

"아, 사장님!"

청량이 뒤늦게 그를 쫓아 나갔지만 그는 이미 사라진 뒤였다.

청량은 불안한 얼굴로 나직이 말했다.

"오늘은 여자를 안 부르셨는데……."

"옷."

다짜고짜 손을 내밀어야 하나.

"옷 좀 주지?"

거만하게?

"옷, 가지러 왔는데."

이건 좀 소심해 보이는 것 같기도 하고.

점집으로 가는 길. 시간이 남는 김에, 그저 옷을 찾으러 가는 것뿐이었다. 절대로 다른 뜻은 없었다. 그는 애써 담담한 얼굴로 옷을 어떻게 달라고 할지 고민하며 걸었다.

인도와 도로뿐이어서 그런가. 점집이 있는 거리로 들어서는 길은 12시가 좀 지나자, 의외로 한산했다.

오랜만에 자가용 대신 도보를 택한 원은 천천히 주위를 둘러보며 저벅 저벅 걸었다. 그가 인적이 드문 골목으로 접어들 즈음, 누군가 그의 앞에 나타났다.

"선우 원 씨 되십니까."

"누구지."

어둠 속에서, 눈가에 흉터가 난 남자의 얼굴이 원의 눈에 들어왔다. 원이 뭔가 이상하다는 낌새를 느꼈을 찰나, 무언가 복부 안으로 스윽 들어왔다.

"……!"

서늘한 감촉이 찌릿하고도 고통스럽게 다가왔다.

이윽고 남자는 자연스럽게 작은 칼을 소매 안으로 집어넣었다. 그리고 조용히 경고하는 그였다.

"이보슈. 그러게 그리 잘난 얼굴, 봐가면서 들이대야지."

"뭐……?"

고통에 가득한 신음을 내뱉은 원이 무슨 소리냐는 듯 한껏 미간을 좁혔다. 그러자 남자는 한심하다는 듯 한마디 툭 던지고는 어둠속으로 유유히 사라졌다.

"앞으로 우리 보스 여자 앞에 얼씬거리지 말라고. 또다시 우리 채영이 건드리면 그땐, 한 방에 죽여 버릴 테니까."

"채영……?"

그러고 보니, 어제 부른 여자의 이름이 채영이라고 들었던 것 같았다.

그 여자가 이놈 보스의 애인이라도 되는 건가. 보스라면, 조폭……? 원이 배를 움켜쥐며 가쁜 숨을 몰아쉬었다.

가까스로 정신을 차려 주위를 둘러보았을 때 이미 남자는 사라지고 없었다. 바닥에 피가 뚝뚝 떨어지기 시작했다. 출혈이 점점 심해질수록 그는 정신이 아득해지는 것을 느꼈다.

아…… 엎친 데 덮친 격으로 오늘 마셔야 하는 색기를, 아직 취하지 못했다. 일을 마치고 여자를 부른다는 것을, 까마득히 잊다니.

평소의 그라면 절대 잊을 리 없는 사항이었다.

어떻게든 살려면, 이 방법밖에는 없었다. 그는 최대한 강한 정신력으로 사람이 있는 곳을 찾아 비틀비틀 걷기 시작했다.

밤 12시. 늘 그렇듯 정각에 하루 일과를 마치는 은혜는 점집 안을 정리하고 문을 닫았다. 그리고 바로 위층인 집으로 올라가려다, 멈칫했다.

"생수 떨어진 거 깜빡했다."

며칠 전 갑자기 정수기가 고장 나는 바람에, 급한 대로 생수를 사다 마셨다. 사람을 부르든지, 정수기를 바꾸든지 해야 하는데, 자꾸 미루다 보니까 결국 물을 사다 마시는 수밖에 없었다.

늦은 밤이긴 했지만, 낮에는 점집을 봐야 했고, 생각난 김에 사러가는 게 좋을 것 같았다. 잠시 고민하던 그녀는 집에 들러 옷을 갈아입고 가면을 벗었다.

이윽고 은혜는 집에서 내려와 후드 집업을 쭉 올려 입었다. 그리고 점집 열쇠를 주머니에 찔러 넣고는, 근처 편의점으로 향했다.

사람들이 자주 지나다니는 곳이라 편의점이 있을 법한데도, 근처 편의점은 점집에서 꽤 걸어가야 했다.

겨울에 접어드는 시기라 그런지 꽤 추웠다. 뺨을 스치는 찬 기운에 은혜는 서둘러 후드 집업에 달린 모자를 쓰고, 주머니에 손을 찔러 넣은 채 최대한 빠른 걸음으로 걸었다.

점집이 있는 거리를 벗어나자 거짓말처럼 사람이 없었다. 그야말로 인도와 도로밖에는 없는 길목이기 때문이었다. 늦은 시간이기도 했고. 한산한 거리에는 몇몇 차들만이 시원하게 뚫려 있는 도로를 달리고 있었다.

빵— 빵—!

한 남자가 도로로 뛰어들어 비틀거리며 차들 사이를 건넜다. 남자는 배를 움켜쥐고 반쯤 풀린 눈으로 걷고 있었다.

"……?"

눈을 가늘게 뜨고 남자를 바라본 은혜의 두 눈이 커졌다.

"저 남자는……."

그 안하무인 계약서? 은혜가 그의 얼굴을 알아보고는 뒤를 돌았다. 그리고 불안한 얼굴로 눈동자를 굴리며 중얼거렸다.

"뭐야, 갑자기 왜 또 마주친 거야…… 아차."

그가 자신의 얼굴을 알 리가 없었다. 가면을 벗은 모습은 본 적이 없으니까. 은혜는 다행이라는 생각으로 그를 모른 척하곤 지나가려 다시 빠르게 발걸음을 옮기기 시작했다. 그러나 언제 다가왔는지,

"……!"

그가 은혜의 손목을 잡았다. 이미 그에게 한 번 손목을 잡혔던

전적이 있는 은혜는 침을 꿀꺽 삼켰다.

"저는 당신을 몰라……."

그리고 그를 모른 척 지나가려던 순간.

"……살려줘."

"……!"

가쁜 숨을 내쉬는 그의 입가에서 뜨거운 김이 나오고 있었다. 뭔가 이상했다. 그의 초점 없는 눈동자를 마주한 은혜의 시선이 서서히 아래로 내려갔다. 반쯤 허리를 숙인 채 그가 움켜쥐고 있는 배에는…… 피가 흥건했다.

"피……?"

은혜의 동공이 거세게 흔들렸다.

그러고 보니, 이 장면……. 어디서 많이 본 듯했다.

이 장면은, 어젯밤 꿈에서 봤던 그 장면이었다.

오 마이 갓. 진짜 예지몽이었단 말야……?

은혜는 너무도 갑작스러운 이 상황을 어찌해야 할지 몰라 주위를 둘러보며 급히 생각했다.

"어떡하지? 어떡하지……?"

그러나 이미 당황한 머리는, 아무런 해답을 주지 못했다.

"……!"

그 순간, 원이 은혜의 손목을 꽉 붙들었다. 그리고 힘겹게 숨을 내쉬며 말했다.

"지금 당장 내게 키스하지 않으면…… 난 죽어."

파르르 떨리는 그의 입술 사이로 깊은 신음 소리가 배어 나왔다.

그의 말에 그녀의 정신이 확 깼다. 이내 은혜는 그의 손목을 뿌리치며 소리쳤다.

"여보세요, 지금 장난하세요? 키스를 못 하면 죽는다니요! 키스 운운하기 전에 당장 병원에 가는 게 맞는 거죠!"

미친 사람도 아니고, 뜬금없이 키스를 해달라니. 은혜는 원의 모습을 자세히 살펴보며 입술을 앙다물었다. 흥건한 피. 고르지 못한 숨. 거짓말을 할 기색은 아닌 것 같은데……

스륵—

그녀의 말이 끝나자마자, 원은 잡고 있던 그녀의 손목을 놓아주었다.

"……?"

낮에는 그렇게도 강해 보이던 남자가 힘없이 손목을 놓아주자, 은혜는 멈칫했다. 그리고 그때.

"제발……. 사람 하나 살린다 치고……."

원이 은혜의 품에 푹 쓰러졌다.

은혜의 어깨에 그의 얼굴이 닿았다. 문득 불어온 바람에, 그녀가 쓰고 있던 후드 모자가 자연스럽게 벗겨졌다. 그의 배를 가득 물들인 핏자국이 은혜의 배 주위마저 물들였다. 그리고 그의 배의 갈라진 선을 타고 핏물이 바닥으로 뚝뚝 떨어졌다.

"뭐야 이 사람……?"

시간이 멈춘 듯 은혜는 눈조차 깜박일 수 없었다. 죽기 직전인 주제에 키스를 하라니…… 누가 봐도 얼토당토않은 요구였다. 하지만 왠지 이 남자의 말이 너무도 간절해 보여서, 그녀는 도저히 그냥 지나칠 수가 없었다.

"진짜 키스해야 되는 거야?"

은혜가 불안한 얼굴로 아랫입술을 깨물었다. 아무리 생각해도 미친 방법이었다.

그럼에도 불구하고 그냥 지나칠 수 없는 건, 피를 너무 많이 흘려서 119를 부른다 해도 시간이 없을 것 같아서였다. 그리고 다시는, 눈앞에서 사람이 죽는 것 또한 보고 싶지 않았다.

그렇다면 남은 건 한 가지.

키스든 뭐든 지금 할 수 있는 일을 해야 한다면, 어쩔 수 없었다.

"그래, 이건 응급처치야. 착한 나는 이 사람의 간곡한 부탁을 거절하지 못한 거야."

아무리 봐도 이해가 가지 않지만. 혹시 이 남자가 잘못되기라도 해서, 나중에 죽은 사람 소원 안 들어줬다고 찾아오면 어떡해. 사람과 엮이는 일, 정말 싫은데.

"후우."

결국 은혜는 두 눈을 질끈 감았다. 그리고 그의 두 뺨에 손을 얹었다. 그의 뺨은 차가웠다.

"읍!"

눈을 질끈 감은 은혜가 원의 입술에 자신의 입술을 맞대었다.

이윽고 그의 입술 사이로 붉은 기가 서서히 스며들기 시작했다. 그리고 그 순간. 그녀의 두 눈이 커졌다.

저 아래에서부터 올라온 무언가가, 입술 사이로 빠져나가는 것 같은 느낌이 온몸을 휘감았다.

은혜가 후들거리기 시작하는 다리에 힘을 주었다. 그와 입을 맞추고 있으면 있을수록 점점 기가 빠져나가는 것 같았다.

그녀의 정신이 아득해져 갔다. 조금만 더 이대로 있다가는 자신도 쓰러질 것만 같았다.

"……!"

불현듯 의식을 차린 원이 두 눈을 떴다. 그러다 자신에게 입을 맞추고 있던 은혜를 발견한 그는, 그녀를 거칠게 밀쳐냈다.

"당장 떨어져!"

맞닿았던 입술이 떨어지자, 은혜와 그의 입술 사이를 오가던 붉은 기의 흐름이 끊겼다. 원은 입술을 가리곤 은혜에게서 한 발자국 물러섰다.

"하아…… 하아……."

두 눈이 반쯤 감긴 은혜가 가쁜 숨을 내쉬었다. 마치 거의 모든 정기를 빼앗긴 듯, 기력이 너무도 쇠해졌고 얼굴마저 창백해졌다. 이내 그녀는 풀린 눈동자로 넘어질 듯 비틀거렸다.

"……!"

은혜가 중심을 잃고 쓰러지려던 순간, 원이 재빨리 그녀를 품에 넣었다. 조금만 절제가 늦었더라면 이 여자, 죽을 뻔했다.

"하……."

혼절을 한 은혜를 바라본 원은 죄책감에 젖은 얼굴로 고개를 숙였다.

어떻게든 당장 키스 상대를 찾아야 했다. 그래야 살 수 있었다. 그래서 의식을 잃어가면서도 살고자 정처 없이 걸었고, 가까스로 마주친 이 여자를 붙잡을 수밖에 없었다. 그러나 그는 자신에게 안겨 있는 여자가 낮에 만난 그 무당이자, 자신이 손에 넣길 원하는 점집 가면보살의 주인인 줄은 알지 못했다.

그가 조용히 은혜를 안아 들었다. 그녀의 입맞춤 덕에, 그의 와이셔츠에는 더 이상 피가 배어 나오지 않았다.

*　*　*

은혜는 천천히 눈을 떴다. 눈꺼풀 사이를 비춰 들어오는 햇살. 그리고 낯설지 않은 소독약 냄새가 코끝에 스며들었다.

'여긴 어디야?'

두 눈을 뜬 그녀의 미간이 서서히 좁혀지기 시작했다. 그녀는 누운 상태에서 천장과 그 주위를 둘러보았다. 손등에는 링거가 꽂혀 있었고, 온 주변이 하얬다.

병원? 이윽고 그녀는 이곳이 어디인지 알아차렸다.

은혜는 벌떡 일어나 다시금 주위를 살펴보았다.

그때였다.

"깼네."

낯선 남자의 목소리가 그녀의 귓가를 자극시켰다.

"……!"

은혜는 반사적으로 소리가 나는 쪽을 향해 고개를 돌렸다. 한 남자가 침대 옆 개인 소파에 앉아 책을 보고 있었다.

"뭐, 뭐예요?"

당황한 은혜는 가슴 쪽으로 이불을 잔뜩 끌어당겼다. 그러나 남자는 여전히 책에만 시선을 고정하고 있었다.

"여긴 어디고 제가 왜…… 그러고 보니까 당신……?"

남자의 얼굴을 찬찬히 뜯어보던 은혜는 그가 어젯밤 그 남자임을 깨달았다.

"어제 그, 그 피……? 뭐야, 왜 제가 여기 있는 거죠?"

"생명의 은인한테 그다지 하고 싶은 말은 아니지만."

원이 책을 덮었다. 그리고 자리에서 일어났다.

"되게 시끄럽네."

그는 저벅저벅 걸어와 침대에 앉아 있는 은혜의 앞에 멈춰 섰다.

"진정 좀 해."

"……?"

팔짱을 낀 채 두 눈을 가늘게 뜬 그의 전신이 그녀의 눈에 들어왔다. 어제와는 다른 스타일의 올 블랙 슈트 차림을 한 그는 큰 키로 그녀를 내려다보고 있었다.

"생명의 은인?"

그의 말을 곱씹어 보던 은혜의 눈썹이 구겨졌다. 은혜는 재빨리 지난밤 일을 떠올려 보았다.

그러고 보니, 저 남자. 분명 자신에게 키스해달라고 했다. 그래야만 살 수 있다고. 지금 당장 키스하지 못하면 죽는다고. 아직까지도 귀신이 자기 산 사람이라고 우기는 소리 같지만 그까짓 키스, 사람이 다 죽어가는 마당에 미친 척하고 해주긴 했는데……. 이내 은혜의 시선이 자연스럽게 남자의 배 쪽에 닿았다.

"깬 거 봤으니까, 됐다."

그녀의 시선을 느낀 원은 슈트 재킷을 여미며 말했다. 그리고 허리를 숙여, 엄지손가락으로 그녀의 입술을 어루만지고는 나직이 덧붙였다.

"어젯밤엔, 정말 고마웠어."

이내 그는 저벅저벅 병실을 나섰다.

"뭐야?"

벙 찐 표정의 은혜가 기가 차다는 듯 두 눈을 깜박였다. 자신이 왜 여기에 누워 있는지, 분명 어제 피를 잔뜩 흘리고 있던 사람이 어떻게 그렇게 멀쩡해 보이는지, 아직 아무것도 듣지 못했다.

"아니, 이봐요!"

그녀는 그를 따라나서려 재빨리 이불을 걷고 침대에서 내려왔다. 그리고 그에게 다가가려다, 손등에 꽂혀 있는 바늘을 보고 멈칫한 그녀였다.

그런 그녀를 돌아본 원은 문을 나서며 여유롭게 말했다.

"여기, 환자가 도망치려고 하는데. 링거 다 맞으면 보내요."

"……!"

은혜가 그와 두 눈을 마주쳤다.

또다시 블랙홀처럼, 조금만 정신을 놓아도 빨려 들어갈 것 같은 눈동자. 무심한 듯 강하게 느껴지는 전율. 그의 눈동자를 보자마자, 어젯밤의 기억이 다시금 어렴풋이 스쳤다.

그와 키스를 한 후, 온몸에 힘이 빠져서 서 있기조차 힘들었던 것 같은데…… 설마 그때 쓰러지기라도 했나?

"난 이제 괜찮으니 걱정할 것 없어."

그는 할 말이 가득한 그녀의 얼굴을 바라보며 싱긋 웃었다. 그리고 고개를 돌려 입매를 비틀고는, 다시 발걸음을 옮기기 시작했다.

피를 잔뜩 흘렸었는데, 벌써 치료를…… 아무리 그래도 그렇지, 어떻게 저렇게 멀쩡히 움직여? 은혜는 멍한 얼굴로 멀어져 가는 그의 뒷모습을 바라보았다. 그러던 사이, 어느새 다가온 간호사가 환하게 웃으며 그녀가 도로 누울 수 있도록 움직였다.

"환자분. 과로로 쓰러지신 건 충분한 휴식을 취하셔야 해요."

"과로요?"

은혜가 간호사를 올려다보았다. 그러자 간호사는 링거의 상태를 확인하며 친절하게 대답했다.

"네. 링거 다 맞으시면 귀가하셔도 됩니다. 아까 그 남자 분께서 수납 완료하고 가셨어요."

허탈한 표정의 은혜는 고개를 숙이고 잠시 생각에 잠겼다.

과로라. 대체 뭐가 어떻게 된 거야. 죽어가는 사람만 아니었다면 모른 척 지나쳤을 텐데, 아주 이상한 일에 엮여버린 기분이었다.

곧 은혜는 모르겠다는 듯 머리를 헝클었다. 그러다 링거를 빼버리며 자리에서 일어났다.

"저, 이거 다 맞을 시간 없어요."

결론은, 말도 안 되게 키스가 효과가 있었든 없었든 그 남자는 이제 괜찮다는 것. 더 이상 신경 쓸 필요가 없었다.

어쩌다 이렇게 갑자기 병원 신세를 지게 되었는지는 모르겠지만, 우선 점집을 열어야 했고, 더 이상 여기서 팔자 좋게 있을 이유도 없었다. 갑가기 링거를 빼버린 그녀를 보고 당황한 간호사가 그녀의 팔을 붙잡았다.

"환자분, 그냥 가시면……."

"제 옷, 어디 있죠?"

그러나 옷장을 찾던 그녀는 서둘러 환자복을 갈아입고, 병실 문을 열었다.

* * *

"어떡해. 진짜 잘생겼다. 여자보다 예쁜 것 같아."

"역시 남자는 슈트라더니, 올 블랙 슈트 완전 죽인다. 저 태평양 같은 어깨. 요즘엔 저런 어깨를 어깨 깡패라고 하던데."

"저 옆에 같이 걸어가는 남자도 진짜 장난 아냐. 내가 결혼만 안 했으면 함 꼬셔봤을 텐데."

"꿈 깨. 저렇게 젊고 잘생긴 남자가 뭐가 아쉬워서 널 만나냐?"

우뚝.

병원을 나서던 원이 불현듯 그 자리에서 멈추어 섰다. 그러자 한데 모여서 그를 지켜보고 있던 간호사들은, 일제히 뒤를 돌아 차트를 들고 흩어지기 시작했다.

그는 자신을 따라 걷던 청량에게 낮은 목소리로 물었다.

"그 여자, 별다른 이상은 없고."

"예, 충분한 휴식을 취하면 괜찮답니다."

청량이 조용히 대답했다.

"사장님은 이제 괜찮으신 겁니까."

청량의 물음에, 원의 머릿속에 어젯밤 일이 스쳐 지나갔다.

어제처럼 급히 색기를 취해야만 하는 상황이 오면, 어쩔 수 없이 여자를 유혹할 때가 있었다. 그리고 대부분의 여자들은 쉽게 넘어왔다.

그런데 어제는 피투성이를 한 채, 갑자기 나타나서는 키스해 달라고 했으니…… 자신이 생각해도 급하긴 했던 것 같았다.

그는 황당해하는 그녀의 표정과 함께, 그녀에게 미친 사람 취급을 당했던 기억을 떠올리며 옅게 웃었다. 그리고 대답했다.

"그래. 아까 그 여자 덕분에, 아직 안 죽었어."

원의 대답에 청량은 말없이 안도의 한숨을 쉬었다. 쓰러진 여자를 안고 자신의 앞에 나타난 원을 보며, 대충 무슨 일이 있었는지 짐작은 했지만 역시나였다.

"언제 보아도…… 신기한 능력입니다."

청량이 원에게만 들릴 만큼의 목소리로 낮게 말했다. 그러나 원은 대답 대신 은혜의 얼굴을 떠올리며 다시 걷기 시작했다. 색기를 끝까지 취하지 못해, 완전히 낫지는 않았지만 거의 아물어서 이제는 제법 걸어 다닐 만했다.

"그 여자, 제대로 퇴원했는지 나중에 보고하고 만약 돈 같은 거 달라고 하면 그냥 주고 보내. 앞으로 다시 볼 일 없도록."

사람이 쓰러질 정도로 색기를 취하는 건, 위험했다. 정신을 잃은 상태에서 키스를 했으니, 절제력이 현저히 떨어져 하마터면 그 여자를 죽일 뻔했다.

다시는. 자신으로 인해 사람이 다치는 것을 보고 싶지 않았다. 그래서 그 여자 곁을 쉽사리 떠날 수 없었다. 어쨌든 깨어나서 다행이었지만 이것저것 설명하는 건 귀찮은 일이었다.

가끔은 키스 한 번 했다고 엉겨 붙는 여자들이 많아서, 떼어내기가 힘들었다. 그 여자도 그런 여자들 중 하나일지 아닐지는 모를 일이지만, 위급한 상황에 도와주었으니 고마워할 건 고마워하고, 줄 건 주면서 깔끔히 끝내는 게 편했다.

"알아보라고 한 건."

원이 잊고 있었다는 듯 물었다. 그러자 청량은 허리를 곧추세우고 그를 따라 걸으며 대답했다.

"예. 사장님 말씀대로 어젯밤 부르신 그 여자는 이 일대 조직폭력배 수장인 홍규용의 애인이었습니다. 사장님께서 말씀하신 왼쪽 눈 위에 큰 흉터가 난 남자는 홍규용의 오른팔로, 살인미수만 전과 2범, 조직 내 전문 칼잡이입니다."

"내가 즉사하지 않은 걸 보면, 죽지 않을 정도로만 찔렀다 이건가. 경고라고."

"피를 많이 흘리면 어떻게든 죽는 건 마찬가지입니다."

"이젠 콜걸도 함부로 못 부르는 지경까지 왔다는 뜻일지도."

"차라리 애인을 사귀시거나, 결혼을 하는 편이 낫지 않겠습니까."

청량의 물음에, 그가 발걸음을 멈추었다.

그러나 곧 그는 다시 뚜벅뚜벅 걸어가며 조용히 말했다.

"사랑, 나한테 그런 건 사치지."

한 번 보고 말 사이. 그저 한 순간의 욕구를 채우기 위해 입술을 나누는 것. 그 정도가 그 앞에 그어진 적당한 선이었다. 그리고 그 선을 넘어갈 이유도, 필요도 없었다. 어리석은 감정 때문에, 절제력을 잃어버릴 수는 없었으니까.

혹시나 관계를 가지기라도 한다면 본능이 완전히 깨어나, 있는 대로 색기를 빨아들이려고 할지도 몰랐다. 그렇게 되면…… 상대는 온몸의 정기를 빨리게 되어 죽게 된다.

그리고 엄청난 갈증을 느낄 시 또한, 색기를 취하는 데 있어 절제를 할 수가 없기 때문에, 하루에 한 번은 꼭 키스를 통해 색기를 취해야만 했던 것이었다.

"그놈은 어떻게 처리할까요."

청량이 원을 따라 걸으며 물었다. 그러자 원은 잠시 생각하는 듯싶더니, 무덤덤한 얼굴로 차갑게 답했다.

"알아서 처리해."

"예, 알겠습니다."

청량은 고개를 숙이고는 대답했다.

이윽고 병원 출구의 문을 나선 두 사람의 앞에, 한 대의 검정색 차가 미끄러지듯 섰다. 원의 운전기사인 강구가 재빨리 내려 뒷좌석 문을 열어주었다.

탁―

뒷좌석의 문이 닫히고, 청량도 앞좌석으로 향하려던 찰나,

"아."

원이 닫혀 있던 창문을 내렸다.

"……?"

청량이 원을 물끄러미 바라보았다.

"아침에 가보라고 했던 그 점집은, 어떻게 됐어."

그의 물음에, 청량은 옆에 있던 강구를 물끄러미 바라보았다. 청량이 병원에서 뒤처리를 하는 동안, 강구에게 대신 맡겼던 것이었다. 그러자 운전석으로 가려던 강구는 잠시 멈추어 서선, 청량 대신 대답했다.

"아, 그러니까 아직도 문을 안 열고 있었습니다. 옆 상가에 물어보니 원래는 아침 7시부터 꼬박 연다고 합니다."

"아직 문을 안 열었다고?"

그가 이상하다는 얼굴로 청량을 바라보았다. 그는 하루 사이에 점집에 무슨 일이라도 생긴 것인지 의아해하며 잠시 생각에 잠겼다. 그러다 문득, 어제 그녀가 했던 의미심장한 한마디가 떠오른 그였다.

—밤길, 조심하세요.

배에 칼 맞을 만한 일은 하지 않았냐고도 물었었다. 그리고 지금은, 정말로…… 배에 따끈따끈한 칼자국이 나 있다.

설마 경고……해 줬던 건가? 왠지 모를 묘한 느낌이 그의 흥미를 조금씩, 조금씩 당기기 시작했다.

그 무당, 어디까지 알아낼 수 있을까. 어쩌면 정말로, 자신의 정체에 대해 밝혀낼 수 있지 않을까.

원은 재미있다는 듯 작게 중얼거렸다.

“잘나간다는 말이 완전히 거짓은 아니었나 보네.”

운전석에 앉은 강구가 룸미러를 통해 원을 바라보며 물었다.

“어디로 갈까요?”

어쨌든, 하루에 한번은 찾아가기로 했으니. 어떻게 알았는지, 궁금하기도 하고. 이내 원은 짧게 대답했다.

“그 점집으로.”

그의 말이 떨어지자마자, 자동차 타이어가 서서히 굴러가기 시작했다. 원은 창밖을 보던 시선을 거두고 편한 자세로 고쳐 앉았다. 그리고 잠시 눈을 붙이려 두 눈을 감았다. 그 여자가 못 깨어날까 봐, 밤새 그 옆을 지킨 탓이었다.

눈을 감은 채 짧게나마 깊은 잠을 자기 위해 머릿속을 비웠다. 하지만 그것도 잠시,

빵—!

갑자기 차가 급정거를 하면서 그의 몸이 앞으로 튕겨져 나갈 뻔했다. 병원 입구에서 얼마 못 간 거리였다.

“저 여자가 미쳤나! 갑자기 튀어나오면 어쩌라고!”

차 운전을 하던 강구가 거친 욕설을 내뱉으며 눈살을 찌푸렸다. 욕을 한 부대로 늘어놓던 그는 후들후들 떨리는 다리로 브레이크를 밟고 있었다.

“뭐야.”

급정거로, 조수석에 얼굴을 부딪친 원이 어금니를 꽉 물고 고개

를 들었다.

"괜찮으십니까?"

앞에 타고 있던 청량이 원을 돌아보며 물었다. 그러자 강구는 억울하다는 얼굴로 말했다.

"저 미친 여자가 앞도 제대로 안 보고 다니다 선량한 저를 살인자로 만들 뻔했습니다!"

간발의 차로 여자는 자동차 앞에 넘어져 있었다. 여자는 곧 손을 탁탁 털고 일어나더니, 운전자를 노려보곤 다시 가던 길을 걸어갔다.

"어라? 그냥 가네."

강구가 입술을 내밀고는 중얼거렸다.

"사장님."

청량이 불안한 얼굴로 원을 돌아보았다. 그리고 역시나.

말없이 차의 앞 유리창을 응시하던 원의 미간이 서서히 구겨졌다. 저 여자가. 그의 이마에 빠직, 금이 갔다.

"그냥 넘어가자는 말 같은데 우리도 그냥 출발할까요?"

강구가 엑셀 위에 발을 올려놓으며 물었다. 그러나 곧 무거운 원의 음성에 그는 화들짝 발을 뗄 수밖에 없었다.

"차 세워."

한껏 어두운 얼굴을 한 원이 차에서 내렸다. 그리고 유유히 걸어가던 여자를 뒤쫓아 성큼성큼 걷는 그였다.

이내 그는 여자의 손목을 확 잡아 그녀를 돌려세웠다.

"뭐예요! 어……?"

"역시."

은혜였다. 원은 자신의 앞에 서 있는 여자가 어젯밤 그 여자고, 병원에 입원시켜 놓고 나온 그 여자임을 확신할 수밖에 없었다.

다신 볼일 없을 거라고 생각했는데. 왜 또, 여기 나타나 눈앞에 알짱거리는 거냐고. 신경 쓰이게. 그는 자신도 모르게 부글부글 끓어오르기 시작하는 속을 애써 누른 채, 가까스로 물었다.

"링거 다 맞고 집에 가라는 말, 간호사한테 못 들었어?"

그러나 은혜는 무표정한 얼굴로 무심하게 말했다.

"제가 링거를 맞든 말든 그쪽이 신경 쓸 일 아니고, 저는 갈 데가 있어서요."

"어디."

"그걸 제가 일일이 보고해야 돼요?"

그의 이마가 하나둘씩 구겨졌다.

그러던 와중, 은혜가 고개를 삐딱하게 기울인 채 그를 위아래로 훑어보았다.

"근데, 저 왜 따라왔어요?"

"뭐?"

"제가 병원에서 나올 때부터 따라왔던 거예요?"

"착각도 유분수지."

원은 은혜의 손목을 놓으면서 코웃음을 쳤다. 그리고 팔짱을 낀 채 말했다.

그 특유의 매혹적인 눈이 가늘어진 채 그녀를 응시했다.

"생명의 은인이 온전히 낫길 바라는 게, 잘못된 건가?"

"생명의 은인 개무시하고 혼자만 가버릴 땐 언제고, 이제와 온전히 낫길 바란다는 그딴 소리를 하는 거예요?"

"그래서 내 차에 치여서 복수라도 하려고 그랬어?"

"네?"

"저어기. 검은색 차. 안 보여?"

그가 시선을 돌려 검은색 차를 가리켰다.

차? 은혜가 그가 가리킨 차를 유심히 바라보았다. 저 차는…….

은혜는 그제야 그가 무슨 말을 하는지 알아차렸다. 방금 자신이 부딪칠 뻔했던 차였다. 이내 그녀는 그와 똑같이 팔짱을 끼고는 여유롭게 말했다.

"저 차가 그쪽 차였어요? 그런 줄 알았으면 뒷목 잡고 드러누울걸."

그러자 원은 피식 웃으며, 비스듬히 허리를 숙이고 그녀와 두 눈을 마주했다. 그리고 말했다.

"재벌한테 사기 치면 어떻게 되는 줄 알아?"

또 나왔다. 저 눈동자. 어딘가 묘해지는 느낌이 은혜를 긴장하게 만들었다. 은혜는 은근히 그를 노려보며 그의 입술이 떨어지길 기다렸다.

이윽고 그는 씩 웃으며 입술을 뗐다.

"평생 철창신세 지게 만들 수도 있어."

뭔가 그럴 듯해서 더 섬뜩한 그의 말에, 순간 은혜는 등에 오소소 소름이 돋는 것을 느꼈다.

이젠 귀신을 봐도 웬만해선 끄떡 않는데, 이 남자. 귀신보다 더

한 으스스함을 가지고 있었다. 대체, 정체가 뭘까.

"재벌이요?"

그를 빤히 바라보던 그녀는 문득 꽈악 얼어붙었다.

맞다. 이 사람, 어제도 그저께도 점집에 찾아온 안하무인 계약서였지?! 아아. 역시 어젯밤 모른 척 지나쳤어야 했는데. 하도 정신이 없어서 잠깐 잊고 있었다.

그녀의 시시각각 바뀌는 표정을 본 원은 억지로 웃음을 참으며, 여유롭게 말을 이었다.

"재벌이라니까, 이제 좀 현실감각이 되살아났나 보지."

현실감각은 무슨. 계약서만으로도 얽혀 있는데, 이것도 인연이라며 한 번 더 도와달라는 식으로 나와 버리면 아주 곤란했다.

점집에선 가면을 쓰고 있어서, 그가 자신을 못 알아보고 있는 것이 다행이었다. 비록 지금은 가면을 벗은 모습을 들켜버렸지만 서로 동일인물이라는 것만 모르면 되는 일이다.

이내 은혜는 서둘러 그의 시선을 피하며 말했다.

"어, 어쨌든 사기 안 쳤잖아요. 전 이제 괜찮으니까 신경 쓸 필요 없어요. 그럼 전 바빠서 이만."

그리고 도망치듯 그를 지나쳐 가려, 발길을 떼었다.

"힉……!"

그러나 원은 성큼성큼 걸어 우두커니, 그녀의 앞에 멈춰 섰다. 그러자 그녀의 이마가 그의 가슴에 닿았다.

순간, 은혜의 어깨가 경직되었다.

"어디 가는데."

머리 위에서 들려오는 그의 목소리에, 은혜가 불안한 얼굴로 그를 올려다보며 대답했다.

"장사하려요. 먹고 사는 게 급해서요."

"장사? 무슨 장사."

그가 의아한 얼굴로 물었다. 은혜는 재빨리 머리를 굴렸다. 그리고 최대한 두루뭉술하게 말했다.

"사람을 통해 하는 뭐, 그런…… 장사요."

좀 더 정확히는 사람의 고민을 받는 점집이었지만.

그녀는 계속해서 그의 시선을 피하며, 최대한 담담해 보이려 노력했다. 그런 은혜의 행동을 물끄러미 바라보던 원은 옅게 웃으며 말했다.

"나돈데."

"네?"

땅따먹기에 혈안이 된 금수저 주제에…… 은혜는 아랫입술을 앙다물곤 그를 노려보았다.

"아무튼 어디야. 나 때문에 쓰러진 사람, 걸어가게 둘 순 없지."

원이 주머니에 손을 찔러 넣으며 성가시다는 듯 말했다. 그러나 그녀는 후, 이마에 바람을 불어넣으며 대답했다.

"됐다구요. 그쪽같이 사람 무시하고, 자기 할 말만 하고 가버리는 배은망덕한 사람이랑은, 한시라도 같이 있기 싫으니까. 솔직히 어젯밤에 그쪽한테 키…… 아무튼 입술 박치기 한 것도 지금 엄청 후회 중이거든요? 그런 말도 안 되는 일을 도와준 내가 바보지."

"……."

그의 표정이 어두워졌다. 왠지 모르게 굉장히 거슬리는 기분. 그는 그녀의 입술을 가만히 응시했다. 그리고 조용히 말했다.

"그 키스, 효과 있었어."

은혜가 그제야 그를 똑바로 바라보았다. 그의 진지한 눈빛이 은혜의 시선을 가두었다. 그러나 그는 곧 그는 다른 곳을 바라보며 귀찮다는 듯 말을 이었다.

"그러니까 생명의 은인이라고 하지. 보기보다…… 세상에는 말로 설명할 수 없는 일들이 많아."

이 여자와 더 이상 엮이지 않으려고 했는데. 그의 머리가 지끈거려 왔다. 평소라면 절대 꺼내지도 않을 얘기를 왜 하고 있는 건지. 그는 문득 자기 자신이 낯설게 느껴졌다.

"그러니까 정말 제 키스가, 그쪽을 낫게 하는 데 효과가 있었단 말이에요?"

은혜가 그를 뚫어져라 바라보며 물었다.

"사장님."

자칫 위험한 그녀의 발언에 청량이 곤란하다는 얼굴로 원을 바라보았다.

"……봐."

이윽고 그가 성질을 내듯 와이셔츠를 올려 보였다.

"……!"

언뜻 보이는 장골 위, 탄탄한 초콜릿 옆으로 칼자국이 나 있었지만 정말 어느 정도 아문 모습이었다.

"말도 안 돼."

은혜가 믿을 수 없다는 듯 두 눈을 깜박였다. 정말 상처가 거의 다 나아 있었다. 어제 그렇게 피를 많이 흘릴 정도면 상처가 꽤 컸다는 뜻일 텐데. 하루 만에 이렇게 아물 수는 없었다.

'대체 무슨 생각이십니까.'

청량이 두 눈을 감고 아랫입술을 물었다. 이내 원은 와이셔츠를 내리고는 싸늘하게 답했다.

"됐지. 그쪽이 나 구해준 건 맞아. 근데 나 도와주려다가 잘못됐다느니, 하는 소리 듣고 싶지 않아서 확실히 해두려는 거야. 알겠어?"

은혜는 살짝 넋이 나간 얼굴로 그의 배를 계속 응시하고 있었다. 귀신이 있다는 것조차 어릴 때는 믿을 수 없는 일이었다. 그리고 그 귀신이 보인다는 건 더더욱 믿을 수 없는 일이었다.

그런데 이젠 이해조차 할 수 없는 생명체가,

"그러니까 선택해. 병원으로 돌아가서 링거 제대로 맞고 집에 가든지, 아님 내가 태워다준다고 할 때 곱게 타고 서로 웃으며 빠이빠이 하든지."

너무도 멀쩡하게 눈앞에 서 있었다.

* * *

'그래, 대충 아무 데나 세워달라고 한 다음에 내리는 거야.'

은혜는 팔짱을 낀 채 그의 옆 좌석에 앉아 있었다. 그리고 절대로 그와 시선을 마주치지 않으려 애꿎은 창밖만 바라보고 있었다.

그러면서 그녀는 방금 전 보았던 그의 상처를 다시 떠올렸다.

'정말 내 키스가…… 효과가 있었다라…….'

그런데 그와 키스를 하고 나선 왜, 정신을 잃었던 걸까.

그녀는 순간 이것저것 묻고 싶은 충동이 들었지만, 곧 포기했다. 그가 무슨 말을 하든 거짓말일 것 같아서였다. 믿기 힘든 이야기는 방금 전 이야기 하나로 족했다.

"……?"

기나긴 침묵이 계속되자, 그녀는 무의식적으로 힐끔 그를 바라보았다. 그는 두 눈을 감고 있었다.

'자나?'

은혜는 두 눈을 감은 채 잠들어있는 그를 말없이 응시했다. 긴 속눈썹. 날카로운 콧날. 흠잡을 곳 없는 턱 선. 길게 뻗은 팔다리는 마치 모델 같은 느낌. 자세히 보니 재수는 없어도, 모두가 한 번쯤은 넋을 놓고 바라볼 만큼 완벽했다.

무엇보다 얼굴을 빤히 바라보는 것만으로도, 어딘가 묘한 느낌이 들면서…… 단번에 빠져드는 느낌이 드는 것이 가장 이상했다. 그런데, 역시나 아무런 기가 느껴지지 않는다. 사람의 시선을 확 빨아들이는 상을 가지고 있긴 하지만, 그것이 전부였다. 어쨌든 여자로서 객관적으로만 보자면 빠져들 만한 얼굴인 것은 맞았다. 그러나 지금은 그저 귀찮은 재벌일 뿐이다. 누군가한테 빠질 만한 여유도 없고. 싸가지는 더더욱 싫고. 떡 줄 사람은 생각도 안 하고 있었으나, 은혜는 혼자서 고개를 저으며 그를 보고 있었다.

"왜 자꾸 빤히 쳐다봐."

"……!"

그가 눈을 살짝 뜬 채, 그녀와 시선을 부딪쳤다. 갑자기 마주친 두 눈에, 은혜는 창밖으로 시선을 돌렸다. 그리고 볼멘소리로 답했다.

"그런 적 없네요."

그녀가 오리발을 내밀자, 원이 피식 웃으며 말했다.

"네 숨소리 때문에 잠을 잘 수가 있어야지."

펑. 갑자기 머릿속에서 뭔가 터지는 소리가 들렸다. 정곡을 찌르는 그의 한마디에, 은혜는 마른침을 삼키고는 화제를 돌렸다.

"그건…… 그러니까 내 잠바, 어딨냐고 물어볼 참이었거든요!"

병실 옷장에는 어젯밤에 입고 있었던 후드 집업이 없었다.

"잠바? 이거 말하는 건가?"

원이 쇼핑백에서 피 범벅이 된 후드 집업을 집어 들었다.

"하……."

은혜의 입가에서 허탈함이 가득한 탄식이 흘러나왔다. 그녀는 한동안 피로 물든 옷을 바라보았다. 이 옷에 피가 묻어 있는 것을 보니, 어젯밤 일은 꿈이 아니긴 한 것 같았다.

"주세요."

은혜가 옷을 가져가려 손을 뻗었다. 그러나 원은 가볍게 옷을 빼내며 고개를 저었다.

"그냥 버려."

"왜요?"

"피범벅인 옷. 다시 입고 싶어?"

"네, 입을 거예요."

은혜가 담담한 얼굴로 말했다. 그리고 내놓으라는 듯 다시 한 번 쐐기를 박았다.

"그 옷, 소중한 거라서요."

"소중한 거라고?"

은혜의 진지한 얼굴을 마주한 원이 한쪽 눈썹을 치켜 올렸다. 잠시 그녀의 말뜻을 이해해 보려 했다. 그러나 곧 그의 생각을 깬 건, 운전을 하던 강구였다.

"사장님. 거의 다 왔는데요."

이내 원은 옷을 쇼핑백에 집어넣으며 말했다.

"저기 사거리만 지나면 내 목적지인데. 그쪽은 어디서 내려주면 되지?"

그러자 은혜는 잊고 있었다는 듯, 다시금 머리를 굴리기 시작했다. 아까 차에 타고서, 병원 근처 큰길에 내려달라고만 했기 때문이었다. 그녀는 곧 창밖 너머를 가리키며 말했다.

"저는 사거리 근처에서 내려주면 돼요."

"그래?"

어딘가 어색한 그녀의 말투에, 원이 그녀를 유심히 바라보았다. 은혜는 그의 시선을 피하고는 사거리 근처에 보이는 버스 정류장을 가리켰다.

"아, 저기 버스 정류장에서 세워주세요. 거기서 조금만 걸어가면 되거든요."

"세울까요?"

강구가 룸미러로 원의 표정을 살폈다.

"그래."

그는 그녀에게서 시선을 거두고는 짤막하게 대답했다. 빨리 보내고 헤어지는 게 편할 것 같았다. 그리고 이제 신경을 끄면 됐다. 이윽고 자동차가 버스정류장 앞에 섰다. 그녀는 차가 멈춰 서자마자 문을 열고 내렸다.

"그럼."

은혜는 문을 닫고 짙게 선팅된 창문을 바라보았다. 닫힌 유리창 너머로 앉아 있는 그의 실루엣이 보였다.

사랑하는 사람들이 하나둘 죽어간 뒤로…… 누군가와 깊게 엮이는 건 죽어도 싫지만. 어쨌든 죽어가던 사람을 살렸으니, 그걸로 되었다. 키스가 정말로 효과가 있었다는 말이 사실이라면.

은혜는 뒤를 돌아 빠른 걸음으로 걸어가려 했다.

"아. 잠깐 거기 서."

그러나, 그가 그녀를 불러 세웠다. 어느새 내려진 창문 사이로, 그는 그녀에게 시선을 고정하고 있었다.

"왜요?"

그녀가 그를 바라보았다. 그의 눈 밑에 드리워진 그림자가 유독 짙어 보였다. 이윽고 그는 은혜를 향해, 짧게 당부했다.

"날 구해준 건 고마운데. 어제 있었던 일, 그리고 오늘 그쪽이 본 거 모두. 입 밖엔 꺼내지 마."

너무도 당당한 그의 말에, 은혜는 기가 찼다.

"그쪽이나 제가 쓰러져 있던 동안 무슨 짓이라도 한 건 아니겠죠?"

"그쪽 어딜 봐서 건드려."

원은 대답할 가치도 없다는 듯 고개를 돌리고는 창문을 올렸다. 그를 태운 차는, 은혜를 둔 채 출발했다.

"참나. 키스해주고 사람 살렸다는 걸 누가 믿는다고."

은혜는 멀어져가는 자동차를 보곤 홱, 뒤돌아섰다. 그리고 하늘을 바라보며 이마에 손을 얹었다.

"아놔…… 지금 몇 시야?"

해가 어느덧 중천에 떠 있었다. 할머니 병원비 대기도 빠듯한데, 돈 벌어야 할 사람이 병원 신세를 지다니. 하루라도 빨리 할머니의 병원비를 마련하려면, 바짝 벌어야 했다.

"얼른 문 열어야 하는데."

이내 그녀는 빠른 걸음으로 점집을 향해 가기 시작했다. 누군가가 같은 곳을 향해 가고 있다는 것을 새까맣게 모른 채.

"어째서 저 여자에게 상처를 보여주신 겁니까."

줄곧 입을 열지 않고 있던 청량이 입술을 뗐다. 원은 은근히 창문 쪽을 응시하면서 누군가를 지켜보고 있었다.

"사내에서도 숨기시는 것 아니었습니까."

청량이 낮게 말을 이었다. 그러자 원은 피곤하다는 듯 두 눈을 감은 채 대답했다.

"설명이 필요한 상황이었으니까."

말도 안 되는 일을 설명하기 귀찮아서, 그리고 이 능력에 대해 다른 이들이 알아서 좋을 것도 없을 것 같아서 숨겼을 뿐이었다. 그런데, 어젯밤의 일을 후회한다는 그 여자의 말이 은근히 신경에 거슬렸다. 그래서 키스를 해야만 했던 진짜 이유를 똑똑히 보여주고 싶었다. 지금 되돌아보면, 아주 쓸데없는 생각이었지만.

"뭐, 어차피 다시 볼 여자도 아니고."

그는 스스로를 합리화하며 피곤한 눈을 굳게 감았다. 그러나 원의 말을 들은 청량은, 아까 그가 했던 말을 기억해내며 은근슬쩍 물었다.

"병원에서도 다시 볼일 없을 거라 하시더니, 그 여자를 쫓아간 건 사장님 아니십니까?"

되돌아보니, 여태껏 한 번도 보지 못한 모습이기 때문이었다. 매일 여자를 부르면서도, 여자엔 관심이 없는 남자. 그가 바로 선우 원이었으니까.

"뭐, 그건."

예상치 못한 질문에 원이 입술을 달싹였다. 그러나 그는 곧 최대한 담담하게 답했다.

"아까는, 그래도 환자인데 온전히 낫지도 않은 상태에서 돌아다니려고 하니까 그게 신경이 쓰였던 것뿐이야."

그러자 잠자코 운전을 하고 있던 강구가 실실 웃으며 중얼거렸다.

"사장님께서 신경 쓰는 여자도 있다니."

"시끄러워."

원이 어금니를 꽉 물고 강구를 노려보았다. 괜한 한기를 느낀 강구는, 재빨리 그에게 목적지에 도착했음을 알렸다.

"그 점집 앞에 도착했습니다요."

「가면보살」

잘빠진 검은색 자동차가 허름한 간판이 달려 있는 2층짜리 건물 앞에 섰다. 청량이 열어주는 문을 열고 내린 원은 천천히 점집으로 다가갔다. 사람들이 많이 지나다니는 거리 한복판. 화창한 오후 햇살 아래를 유유히 걷는 그의 모습은, 여자들의 시선을 한 몸에 받았다.

"대박. 뭐야, 저 사람?"

"연예인 아냐? 아님 모델?"

"진짜 심쿵이다. 심쿵."

원은 묘한 분위기를 풍기며 담담하게 걸었다.

형용할 수 없는 매력의 작은 얼굴. 길게 뻗은 다리와 완벽한 핏. 마치 런웨이 위를 걷는 모델과 같은 그를 본 여자들은, 덫에라도 걸린 듯, 한동안 멈춰 서서 그를 바라보았다. 그러다 가까스로 정신을 차리고는 가던 길을 가길 반복하기도 했다. 이윽고 원이 점집 앞에 섰다. 점집 문은 굳건하게 닫혀 있었다.

"지금이 몇 시지."

원이 옆에 서 있던 청량에게 물었다.

"지금 12시 정도 됐습니다."

청량이 스마트폰을 꺼내 시간을 확인하곤 대답했다.

원은 점집 안을 들여다보며 불이 꺼져 있는지를 확인했다.

점집 특성상 밖에서 안이 훤히 보이지는 않았다. 어쨌든 이곳저곳 갈라진 스티커들 사이로 보이는 건, 사람이 없다는 사실뿐.

이윽고 원은 조용히 뒤를 돌아섰다. 그리고 가면을 쓴 은혜의 얼굴을 떠올리며, 점집 문에 기대서는 그였다.

이내 그는 피식 웃으며 말했다.

"이 여자. 점점 오기 생기게 만드네."

"대충 세수랑 양치질만이라도 하고……."

은혜는 습관처럼 잠바주머니 손에 찔러 넣으려 했다. 그런데 손은 수욱, 아래로 미끄러졌다.

"아."

은혜의 미간이 확 구겨졌다. 어떻게든 내린다고, 후드 집업을 깜박 잊고 두고 내린 것이었다.

"안 되는데."

그녀는 엄지손톱을 입에 물었다. 하나밖에 남지 않은 은성의 옷이었다. 은혜는 머리를 잔뜩 헝클었다. 가뜩이나 초췌했던 그녀의 모습이 더욱 초췌해 보였다.

"……!"

그때, 터벅터벅 점집 앞으로 다가오던 은혜의 발이 그 자리에서 묶여버렸다.

아담한 점집 문에 기대어 서 있는 어딘가 익숙한 실루엣의 남자. 그의 얼굴을 알아본 은혜는 또다시 절규했다.

"하…… 또 저 남자야?"

2. 어딜 도망가

은혜는 그 자리에서 재빨리 뒤를 돌았다.

"회사든 집이든 돌아가나 했더니, 최종 목적지가…… 우리 점집이었어?"

그녀는 마치 UFO라도 본 듯 한동안 멍하니 두 눈을 깜박였다. 그리고 다시 원을 재빨리 훑어보았다. 그 자리에 고대로 꿈쩍도 않고 서 있는 폼을 보니, 아무래도 자신이 올 때까지 기다리려는 것 같았다.

"이럴 땐 어찌해야 하나요. 장군님……."

그러나 그녀가 애타게 찾는 장군님은 코빼기도 보이지 않았고, 머리엔 쥐만 났다. 요즘 들어 머리에 여러 번 쥐가 나고 있는 것 같은 기분이었다. 그리고 그 순간에는 항상 누군가가 있었다.

바로 저 남자! 저저, 여유롭게 문에 기대서 있는 자태……!!!

"이 정도면 진짜 껌딱지 아냐?"

어떻게 헤어진 지 30분도 안 돼서 또 만나냐고.

평소 같았으면 후드 모자를 획 덮어썼을 텐데, 이미 피범벅이 돼서 저 남자 손아귀에 있으니. 이래저래 진퇴양난이었다.

"매일 한 시간씩 시간 내달라는 게 뻥은 아니었다는 거네."

불현듯 든 생각에 은혜가 중얼거렸다. 그러나 분명한 사실은, 멀쩡히 잘 있던 점집을 호시탐탐 노리는 악의 근원이 바로 저 남자고, 자신이 구한 남자도 저 남자였다. 그리고 저 남자는 자신이 가면보살의 무당이자, 생명의 은인이라는 것을 모르고 있었다. 앞으론 다시 보지 말자고 한 게 누군데. 이건 뭐, 인연이나 운명조차 읽을 수가 없으니 피할 수도 없다.

이래서 점집에 오는구나. 그녀는 그제야 점집을 찾는 이들의 마음을 조금은 헤아리게 된 것 같았다. 아아. 그런데 지금은 이런 진솔한 속마음 인터뷰나 찍을 때가 아니었다.

옷도 찾아야 할 뿐만 아니라 점집도 지켜내야 하는데. 그냥 가서, 내가 여기 주인이고 어젯밤 당신을 구한 생명의 은인이다. 라고 다 밝혀버려? 아니야. 가뜩이나 떼어버리고 싶은데, 하나의 인연이 더 겹쳐버리면 아주우 곤란해.

'아아악!'

너무도 오랜만에, 그것도 한꺼번에 덮친 복잡한 생각에, 그녀는 보이지 않게 절규했다. 뭐 이렇게 황당하게 꼬였을까.

'최대한 조용히 살자'란 신조에 서서히 금이 가기 시작하는 징

조가 보이는 것 같았다.

"일단은 일보 후퇴."

옷은 가면보살인 상태에서, 내가 당신을 구해준 그 여자와 친하다, 대신 전해주겠다고 하면 되겠지.

은혜는 후, 거친 한숨을 내쉬었다. 그리고 심호흡과 함께 양쪽 머리카락을 잡아당겨 최대한 얼굴을 가렸다. 이내 그녀는 점집을 등지고 선 채 최대한 빨리 걷기 시작했다.

청량은 말없이 원을 바라보았다. 원은 점집 문에 기대선 채, 줄곧 입을 다물고 있었다. 무슨 생각을 하는지 알 수 없는 그의 눈은 한곳에 시선을 고정하고 있었다.

"사장님."

무심코 주위를 둘러보던 청량이, 무언가를 발견한 듯 두 눈을 가늘게 뜨고는 입을 열었다.

"저 여자분은."

청량의 말에, 원의 시선이 한 여자에게로 고정되었다. 지나다니는 많은 사람들 틈새로 점점 멀어져 가는 낯익은 뒷모습이 어쩐지 눈에 띄었다. 왜냐하면, 불과 몇 시간 전에 본 어떤 여자의 옷차림과 무척 비슷했기 때문이었다. 인정하고 싶지 않지만.

"저 여자. 집이 그 사거리 근처라고 하지 않았나."

두 눈을 가늘게 여민 원이 낮게 물었다. 그러자 청량이 조용히 대답했다.

"제가 듣기론 그 사거리 버스 정류장 근처가 집이라고 했습니다. 그리고 그 버스 정류장에서 여기까지는 걸어오기엔 꽤 되는 거리입니다."

그의 말에, 가만히 은혜의 뒷모습을 응시하던 원은 곧 시선을 다른 곳으로 돌리며 말했다.

"뭐, 갑자기 이쪽에 볼일이라도 생겼나 보지."

하지만 은근히, 그리고 계속. 눈에 띄는 여자. 원이 보일 듯 말 듯하게 미간을 좁혔다.

"아."

그러다 그가 무언가 잊고 있었다는 듯 입술을 떼었다.

"……?"

청량이 그를 돌아보았다.

원이 아랫입술을 지그시 물고는 말했다.

"저 여자……, 내 차에 두고 갔잖아."

"무엇을 말입니까."

"옷."

"옷이요?"

"그래. 소중한 거라나. 아무튼 버리고 새로 사주든지 돈을 주든지 하려고 했던 건데."

원은 귀찮다는 듯 눈을 감았다 뜨며 피범벅이 된 은혜의 후드 집업을 떠올렸다.

"아, 그 옷……."

청량이 그제야 이해했다는 듯 고개를 숙이고는 대답했다.

"가져오겠습니다."

이윽고 청량이 저벅저벅 자동차가 대기하고 있는 곳으로 향했다.

원은 팔짱을 낀 채, 문에 기대선 모습으로 멀리 은혜를 바라보았다. 마주친 김에 빨리 전해주는 게 낫겠지.

그러다 곧 서서히 은혜의 뒤를 밟아가는 그였다. 은혜는 최대한 빠르게 걸어가고 있는 것이었지만, 긴 다리로 성큼성큼 걷는 그에겐 어림없었다.

"못 봤겠지?"

점집과 조금 멀리 떨어진 한적한 곳에 멈춰선 은혜는 양쪽으로 눈동자를 굴리며 주위를 살폈다.

"누굴 못 본다는 거지."

순간, 은혜의 등줄기에 소름이 쫙 돋았다.

혼령……? 그 남자랑 목소리가 비슷한 령인 거지? 그런 거지? 제발 그런 거라고 말해줘.

하지만 신기 충만한 무당으로서의 예감은 No라고 말하고 있었다. 은혜는 마른침을 꿀꺽 삼키고는 주춤주춤 돌아섰다.

"으힉!"

이럴 땐 아무리 무당이라도 예감이 좀 틀렸으면 했는데.

"혹시 내가 그쪽을 못 봤을 거라 생각하는 건가?"

배에 칼을 맞았음에도 불구하고 키스 한 방에 멀쩡하다고 주장하시는—탄탄한 초콜릿을 두 눈으로 봤으니 안 믿을 수도 없지만 — 언제, 어디서, 어떻게 왔는지 모를 정체불명의 남자가, 하늘에서 뚝 떨어진 것처럼 여유롭게 서 있었다.

"그러니까……."

그와 두 눈을 마주한 그녀는 한 걸음, 한 걸음 뒤로 물러섰다. 그러자 그는 한 걸음, 한 걸음 그녀와 보폭을 맞춰 앞으로 다가갔다.

"……!"

그리고 그때. 그를 피하듯 주춤주춤 뒷걸음질 하는 은혜의 등에 차가운 감촉이 닿았다. 벽이었다.

"……!"

더 이상 물러날 곳이 없어진 그녀는 작전을 변경했다. 침을 삼키는 그녀의 목울대가 꿀꺽 올라갔다 내려왔다.

"사람 잘못 보신 것 같습니다."

이렇게 된 이상, 못 본 척 36계 줄행랑이다.

그러나.

"어딜 도망가."

"꺄악……!"

그가 그녀를 벽으로 밀어붙이며 양 팔 안에 그녀를 가두었다.

"내 얘기, 아직 안 끝났는데."

또다시 마주친 눈. 원은 순간, 그녀의 눈동자가 낯설지 않다고 느꼈다. 언젠가 본 적이 있는 것처럼, 그녀의 맑은 눈동자의 강한 인상이 그의 머릿속에 박혔다.

그러나 이내 그는 두 눈을 감아 머릿속 잔상을 떨쳐버렸다. 그리고 물었다.

"아까는 그렇게 당당하게 내리더니. 집은 그 사거리 근처라고 하지 않았나?"

원의 그라운드 안에 갇힌 은혜의 눈동자가 불안하게 떨렸다. 넓은 어깨와 가슴 위로 그의 작은 얼굴이 그녀를 내려다보고 있었다.

"무, 물론이죠."

"근데 왜 여기 있지?"

은혜는 곧 그의 눈을 피하듯 시선을 옮기며 대답했다.

"여기 '있을 수도' 있는 거죠. 왜, 왜라니요."

"'있을 수도' 있다면서, 말은 왜 더듬어."

재벌들이 흔히 한다는 경영수업 일부에는 말발 기르기라도 있는 건가! 나 무당인데. 신기와 입으로 먹고사는 무당인데! 입씨름으로는 당해낼 재간이 없었다. 결국 그녀는 대답 대신 그의 가슴팍을 밀어내며 말했다.

"저기요. 좀 떨어져 주실래요?"

"그러면 도망갈 거잖아."

"다신 보지 말자면서요!"

"다시 볼일 생기는 게 싫으니까 지금 붙잡아 두고 있는 거라고."

"네?"

은혜가 무슨 뜻이냐는 듯, 그를 뚫어져라 바라보았다.

나뭇가지에 실처럼 날아든 솜사탕~ 하얀 눈처럼 희고도 깨끗

한 솜사탕~

그러나 때마침, 그의 안주머니에서 휴대폰 벨이 울렸다.

"솜사탕……?"

의외의 벨소리에 은혜는 푸흡, 웃어 버렸다.

"아."

원은 자신의 안주머니를 잠시 응시하더니, 곧 은혜를 가두었던 팔을 벽에서 떼곤 휴대폰을 꺼내들었다. 그는 은혜의 한쪽 손목을 꽉 붙잡은 채, 전화를 받았다.

["사장님. 어디 계십니까."]

전화의 주인은 청량이었다. 쇼핑백을 들고 점집 앞에서 원을 찾는 듯했다. 원은 짤막하게 대답했다.

"점집에서 정면 방향으로 쭉 내려오다 보면, 나하고 웬 망아지 같은 여자 하나가 보일 거야."

"뭐? 망아지?"

은혜가 잔뜩 미간을 찌푸렸다.

["알겠습니다."]

"이거 놔요. 이제 도망 안 가요."

원이 그녀의 손목을 붙잡은 채 휴대폰을 다시 안주머니에 넣는 동안, 은혜가 볼멘소리로 중얼거렸다.

"그러고 보니 링거 다 맞고 오라니까 병원에서도 도망쳤지."

"병원에서 날 가두기라도 했대요? 내가 그냥 나온 거예요. 그쪽이 날 가두면 가뒀지. 근데 솜사탕 벨소리는 너무한 거 아니에요?

다 큰 어른이.”

그녀의 물음에 그는 잠시 입술을 닫았다가, 나직한 목소리로 말했다.

“노랫말이 좋잖아.”

“노랫말이요?”

“가사.”

“……?”

“이 동요 속 아이가 부럽기도 하고.”

부러워……? 모든 걸 다 가졌을 당신이 왜 동요 속 아이를 부러워하는 거지? 은혜는 의아한 얼굴로 그를 빤히 쳐다보았다.

“사장님.”

수려한 외모의 청량이 어느새 은혜의 옷이 담긴 쇼핑백을 들고 왔다.

“여기 가져왔습니다.”

원은 그가 내민 쇼핑백을 건네받았다. 그리고 쇼핑백 안, 옷에 묻은 핏자국을 한동안 뚫어져라 쳐다보았다.

그는 아주 잠시 동안, 불현듯 떠오르는 흐릿한 기억에 잠겼다.

늘 그랬듯 키스를 통해 입술 사이로 전해지는 기는, 그 순간의 욕구를 충족하기 위함이었다. 그리고 어느 정도 그 욕구가 채워지면 스스로 입술을 떼었다.

그런데.

어제 누군가의 입술이 닿았을 때, 처음으로 절제를 하기가 고통스러웠다. 조금 더, 아주 조금만 더 입술을 머금고 싶었다. 덕분에 상대방의 기력을 모두 잃게 한 불상사를 만들었지만, 그건 대체 뭐였을까. 의식을 거의 잃은 상태에서도 놓치고 싶지 않은 특별한 기는…….

내가 무슨 생각을 하는 거야.

이내 원은 다시금 두 눈을 감았다 뜨며 생각을 깨웠다.

"……?"

그러던 원의 눈에 무엇인가가 들어왔다. 잠바 주머니 사이로 무언가가 빼꼼 나와 있었다.

자세히 보니, 독특한 모양의 열쇠고리였다.

순간, 그의 심장이 두근— 반응하며 빠르게 뛰었다.

'뭐지?'

심지어…… 어디서 본 적이 있는 것 같은 느낌마저 들고 있다. 갑자기 든 이상한 느낌에 원은 서둘러 은혜에게 쇼핑백을 넘겨주었다.

"받아."

"?"

"소중한 거라며."

쇼핑백을 받아든 은혜는 고개를 천천히 끄덕이면서 그를 물끄러미 바라보았다.

"내 얼굴에 뭐 묻었어?"

뭐야, 날 붙잡은 이유가 이거 때문이었어? 괜히 도망치려고 안간힘을 쓴 셈이었다.

"아뇨. 이거 전해주려고 붙잡은 거예요?"

"응."

"아……."

"뭐야, 그 아쉽다는 말투는?"

원이 피식 웃었다. 예상치 못한 그의 웃음에 은혜가 주춤했다.

"누가요! 전~혀 아쉬운 거 없거든요? 감사할 따름이네요. 그럼 이제 볼일 끝난 거죠?"

"그래. 근데 내가 쭉 생각을 해봤는데, 그래도 나한텐 그쪽은 은인이니……."

나뭇가지에 실처럼 날아든 솜사탕~ 하얀 눈처럼 희고도 깨끗한 솜사탕~

또다시, 그가 말을 끝마치기도 전에 휴대폰이 울렸다.

"전화, 안 받아요?"

쇼핑백을 안아든 은혜가 턱짓으로 그의 가슴 쪽, 휴대폰이 울리고 있는 곳을 가리켰다.

"어쨌든 전 볼일 끝났으니 이만."

그리고 그녀는 서둘러 가벼운 목례와 함께 발길을 돌렸다.

'아싸, 잠바 찾았다~.'

해맑은 미소와 함께.

"아직 내 말 안 끝……. "

그런 그녀를 발견한 원이 손을 뻗었지만, 곧 한숨을 내쉬며 전화 통화에 집중하는 그였다.

"예, 회장님. 네, 지금 본가로 가겠습니다."

"점집을 안 열기로 작정한 건가."

자동차 뒷좌석에 앉아 본가로 향하던 원이 중얼거렸다.

약속한 지 얼마나 됐다고 꽁꽁 숨어버리다니. 이건 문전박대를 당했을 때보다도 기분이 더 나쁜 것 같았다.

"요즘 회장님 건강 상태가 많이 나빠지셨습니다."

조수석에 앉아 침묵을 유지하던 청량이 사뭇 진지한 표정으로 입을 열었다.

"알고 있어. 나도 슬슬 떠날 때가 된 것 같기도 하고."

"……사장님."

청량이 두 눈을 번쩍 떴다.

그러나 원은 창밖을 바라보며 조용히 말했다.

"나는 10년 전도, 지금도, 그리고 앞으로도 지금 이 상태, 이 모습일 테니까."

"사장님, 너무 자랑이 심하신 것 아닙니까? 물론 사장님께서 최강 동안인 건 알겠지만, 앞으로도 쭉 그 모습이실 거라니요. 가끔 보면 자뻑이 도가 지나치……."

나름 농담이라고 던진 건데, 청량이든 원이든 반응이 싸하자 강구는 재빨리 입을 다물었다. 그리고 자신은 아무 말도 안 했다는 듯 다시 운전에 집중했다.

그래. 아무도 믿지 않겠지.

원은 주름 하나 없는 자신의 손등을 물끄러미 응시했다.

"이번 프로젝트만 끝나면 나도 슬슬 정리할 거다, 청량."

그가 '정리'라는 말뜻을 정확히 정의하지는 않았지만, 청량과 강구는 자연스럽게 그 말뜻을 알아차렸다.

"에에? 진심이십니까, 사장님?"

강구가 두툼한 손으로 운전대를 꽉 잡고 룸미러를 통해 원을 바라보았다. 그러자 원은 창밖을 향해 있던 시선을 돌려 피식 웃으며 대답했다.

"허 기사님 철밥통은 지켜줄 테니까 걱정 말고."

"아니 뭐, 그것 때문에 놀란 건 아니고요…… 아무튼 조금만 더 기다리시면 차기 회장님이 되실 수 있을 텐데, 정리하신다는 게 이해가 안 가서 말입니다."

"그래서 이번 프로젝트에 더 매달리시는 것이었군요."

청량이 작은 한숨을 내쉬며 중얼거렸다.

"사장님, 본가에 도착했습니다요."

강구의 한마디와 함께 자동차가 대저택의 입구에 멈춰 섰다. 청량이 조수석에서 내려 뒷좌석의 문을 열어주었다.

거대한 저택 앞에 선 원은 처음 빗속에서 자신에게 손을 내밀었던 지금의 양아버지, 선우 헌의 모습을 떠올렸다.

이름도, 나이도, 출신도 모르는 자신을 어둠 속에서 구해 준 헌을 위해, 그는 헌이 원하는 것을 이뤄주려 노력했다.

조금만, 조금만 더 남아 있자 했던 것이 어느덧 10년이 지나버렸다. 언제, 어떻게 지나가 버렸는지도 모를 10년이.

그러다 양아들마저 되긴 했지만, 한때는 이 괴물의 몸을 숨길

안정된 곳이 하나쯤 있어도 좋을 것 같다는 생각이 들기도 했었다.

하지만 이제는 혼자 살아가는 법을 터득했고, 익혔다.

이제 자신이 엮은 매듭을 스스로 풀어야 할 때가 온 것이었다. 또한 이미 오랜 시간을 지체해 버렸다.

저택 안으로 들어서며 원은 미뤄두었던 대답을 했다.

"결자해지니까. 이제 내 자리를 대신 채워줄 말괄량이를 설득해 봐야지. 어쩌면 경영엔 눈곱만큼도 관심 없는 그 녀석을 어떻게 설득하느냐가 제일 문제일지도 몰라."

"린 아가씨야 유명하니까요."

원의 말에, 청량은 벌써부터 지친다는 듯 살짝 미간을 좁혔다.

원이 안으로 들어서자 저택의 사람들이 일렬로 서서 그를 맞이했다. 저택 중앙을 장식한 샹들리에와 화려한 대리석 바닥이 반짝반짝 빛났다.

"오셨습니까. 회장님께서 기다리고 계십니다."

사람들 중 가운데에 서 있던 중년의 남자가 그의 앞에 고개를 숙였다. 선우 헌 회장을 가장 가까이에서 돌보고 있는 박 집사였다. 박 집사와 두 눈을 마주한 원은 곧 회장이 있는 곳으로 발걸음을 옮겼다.

* * *

"할머니! 나 왔어."

"왔냐?"

오늘 장사는 이미 망했다는 결론. 그리고 또다시 그 남자를 마주치지 않을 겸 병원에 온 은혜였다. 미리 근처 마트에 들러 전날 못산 생수와 할머니의 음료수 한 상자를 든 채였다.

306호. 6인 병실에 들어선 은혜는 창가 쪽에 자리한 외할머니 곁으로 다가가며 물었다.

"할머니, 지금 뭐 드시는 거야?"

병실 들어설 때부터 냄새가 심상치 않다고는 했지만 역시나.

할머니는 은혜의 눈치를 한 번 보더니, 이내 담담하게 답했다.

"햄버거."

"햄버거? 이러다 의사선생님께 혼나면 어쩌려고! 그렇잖아도 다이어트해야 한다고 그러던데."

"하도 먹고 파서 옆자리 김 할매 딸내미한테 몰래 사다 달라고 했지. 그러고 보니, 너 가게는 어쩌고 여기 왔다냐?"

햄버거와 콜라를 쩝쩝거리며 먹던 할머니는 은혜를 위아래로 훑어보더니 시큰둥하게 대답했다. 평소에 은혜가 무당이라는 것을 밝히기 싫어한다는 것을 아는 할머니는 점집을 가게라 불렀다.

"내가 하도 앉아만 있어서 허리도 아프고, 하도 말을 많이 했더니 목도 아프고 그래서 좀 쉬려고 닫았다, 왜."

은혜가 큰 숨을 내쉬며 팔짱을 끼자, 할머니는 코웃음을 치며 콜라를 쪼옥 마셨다.

"내가 아무리 신빨이 떨어졌어도, 너 뻥치는 건 다 알어. 뭔 꿍

꿍이야."

정곡을 찔린 은혜는 괜히 헛기침을 하며 할머니의 침대 옆 간이침대 위에 걸터앉았다.

"아, 뭐! 내가 쉬고 싶을 때도 있는 거지. 할매 괜찮은지 볼 겸, 묻고 싶은 것도 있고 해서 왔어."

"뭔데."

햄버거 하나를 뚝딱 해치운 할머니는 손을 탁탁 털더니 침대에 기대서 편한 자세로 물었다.

"내가 얼마 전에 어떤 손님을 받았는데 말이야. 글쎄, 그 손님한테서, 아무런 기도 안 느껴지는 거 있지? 처음 봤을 때는 찌릿하면서도 온몸이 마비되는 느낌? 뭔가 나를 확 휘감는 느낌…… 그런 느낌이 들었는데 그 이후론 아무것도 안 보여. 느껴지지도 않고. 이런 경우는 뭐야?"

은혜는 원을 처음 봤을 때부터를 떠올렸다.

은혜의 말을 들은 할머니의 눈썹에 힘이 들어갔다.

은혜가 모시는 장군님이 꿈에 나온 적이 있었다. 장군님이 말씀해주셨던 게 이런 뜻이었나.

이윽고 할머니는 은혜를 똑바로 바라보며 단호하게 말했다.

"절대로, 그 손님하고는 엮이지 말거라."

"뭐……?"

"부딪칠 일은 많겠지만, 어쨌든 그 이상으로 엮이진 말아."

"부딪칠 일이 많다니. 그냥…… 손님일 뿐인데?"

은혜는 할머니가 혹시 뭔가라도 알고 있는 것은 아닐까, 은근히 불안한 얼굴로 되물었다.

그러나 할머니는 고개를 저으며 단단히 못을 박았다.

"그놈은 위험해. 잘못 엮였다간, 그놈의 굴레에서 영영 벗어날 수 없게 될 만큼."

"그 손님이 남자인 건 어떻게……."

은혜의 동공이 흔들렸다.

소름이 돋을 만큼 정확한 한마디에, 그녀는 무심코 마른 입술을 적셨다. 할머니는 그런 은혜가 못마땅하다는 듯 입술을 씰룩거리며 대답했다.

"나는 무당으로 헛살았냐. 아무튼 새겨들어."

할머니의 당부를 들은 은혜는 무심결에 고개를 끄덕였다.

"……알겠어."

은혜가 멍하니 할머니를 바라보고 있던 사이, 할머니는 120도 정도로 눕혀두었던 침대를 완전히 펴고는 누우며 말했다.

"이제 가 봐. 배부르고 등 따시니까 졸린다."

"뭐야, 온 지 얼마 되지도 않았는데?"

"귀청 떨어져, 이것아. 얼굴 봤으면 됐지. 이왕 쉬는 거 얼른 가서 푹 쉬라는 뜻이야."

할머니의 성화에, 은혜는 툴툴거리면서 자리에서 일어났다. 말은 저렇게 하지만 은혜를 생각하는 말이었다. 그리고 그것을 아는 은혜 역시 더 이상 티격태격할 수 없었다.

"할머니 찬 거 싫어하니까 음료수는 그냥 옆에 두고 갈게."

이내 은혜는 병실을 나서려 발걸음을 옮겼다. 그러다 문득 드는 생각에 할머니를 돌아보며 물었다.

"근데 할머니, 정말 혹시나 해서 묻는 건데."

"뭐어."

"우리 점집 그만두고, 앞으로 남은 인생 다른 거 하면서 호의호식 하고 살아볼까?"

"시끄러워!!!"

역시나 떨어지는 것은 짧고 굵은 날벼락이었다.

"그냥 해 본 소리야!"

"잘란다. 얼른 가봐. 나 잘 먹고 잘 살고 있으니까 병원비나 밀리지 말고."

"병원은 독촉을 안 하는데, 할머니가 독촉하는 거 같아. 내가 무슨 빚졌어?"

"잔다고 했잖어!"

"으휴."

언제나 당신 할 말만 하시고 뒤돌아버리는 할머니가 언제나 야속한 은혜였다. 하지만 이제 그것도 얼마 남지 않았다고 생각하니 가슴 한구석이 저려온다.

"하여튼…… 약 잘 먹고, 치료 잘 견디고 계셔. 자주 와볼 테니까. 치료비 같은 건 걱정하지 말고. 점집도…… 걱정 말고."

그녀는 다시 할머니의 곁으로 다가가 이불을 따뜻하게 덮어주었다. 어렸을 땐 너무도 원망스러운 할머니일 뿐이었다.

억지로 신을 받게 했으니까.

그러나 이제는 가족이라고는 할머니 단 하나뿐. 할머니마저 떠나면, 혼자서 살아갈 자신이 없었다. 서서히 준비를 해야 하는데, 표현하는 것이 서툴러서 살갑게 대해드리지 못하고 있었다.

이윽고 은혜는 원이 건네준 쇼핑백을 들고 조용히 병실을 나섰다.

* * *

"너는 내 장례식에 날 보러 올 셈이냐? 어째 이렇게 얼굴 한 번 보기가 힘들어."

그가 방 안으로 들어서자마자, 침대에 등을 기대고 앉아 있던 늙은 회장이 볼멘소리를 터트렸다. 그는 책을 보고 있었던 듯했다. 10년 전보다 훨씬 많이 늙은 얼굴. 아무것도 변한 것 없는 자신과는 달리, 너무도 쇠약해진 늙은 남자의 모습은 그의 마음을 공허하게 만들었다.

원은 회장의 침대 옆에 마련된 일인용 소파에 앉으며 물었다.

"중요한 할 말이 있다고 하지 않으셨습니까."

"벌써 10년이야. 네가 우리 집 식구가 된 게."

"알고 있습니다."

"너는 10년 전이나, 지금이나 변한 게 없구나."

"……."

원은 흠칫 놀랐지만, 내색할 수 없었다. 언젠가부터, 그의 주변 사람들이 으레 그런 말을 한다는 것을 깨달았기 때문이었다.

"10년 전이라……. 허허. 나는 뭘 믿고 새파란 청년을 우리 집 안에 들였을꼬."

회장은 침대 옆에 책을 놓고 원을 빤히 바라보았다. 원은 짧게 미소를 지어 보였다. 그래, 당신이 없었더라면…… 나는 아직까지도 방황하며 살았을지도.

색기나 마시면서 혼자 어둠 속을 걸어야 했던 시간 대신, 그저 보통 인간답게 살아갈 수 있는 곳을 만들어주었으니까.

"……나는 그때 너를 들인 것을 후회하지 않는다, 원아."

언제부터인가 누군가를 보고 있으면, 늘 그 사람이 무슨 말을 할지, 나아가 무슨 생각을 할지 예상해 보는 습관이 생겼다. 상대방의 말에 대한 대답을 준비할 시간을 가질 수 있어서였다.

그러나 그 역효과는 이렇게 예상치 못했던 한마디를 마주했을 때 자연스럽게 나타났다.

포커페이스의 유지가 안 된다는 것. 언젠가 떠나야 한다는 것을 알았기에, 정만큼은 들지 않으려 했었는데. 겉모습의 시간은 흐르지 않았지만, 마음의 시간은 흘러버린 모양이었다.

……다행히도. 아주 괴물은 아닌 거겠지. 그의 눈가에 옅은 그늘이 드리워졌다 사라졌다.

이내 회장은 보일 듯 말 듯한 미소를 지으며 말을 이었다.

"오히려 하나밖에 없었던 우리 문제아 공주님 대신, 기댈 수 있는 다 큰 아들이 있어서 좋았지."

"자주 찾아뵙지 못해서 죄송합니다. 회장님께서 제게 맡겨주신 모든 것들을 최대한 열심히 하려다 보니…… 시간이 없었습니다."

원이 아주 잠시, 말끝을 흐렸다.

회장은 늙은 입술을 천천히 움직였다. 마치, 그간 하지 못했던 속 깊은 얘기를 꺼내는, 마지막을 준비하는 사람처럼.

"가끔은 친아버지도 아닌 내가, 너에게 너무 큰 짐을 지게 한 것은 아닌가 하는 생각도 든다. 때가 되면 보냈어야 하는데…… 내가 너를 너무 오래 붙잡고 있어서 네가 나를 떠나지 못한 것은 아닌지 하는 생각도 들고."

언제나 따스한 노인이라고 생각하긴 했지만, 갑자기 목이 메는 이유는 뭘까.

"아닙니다, 회장님. 회장님께서 저를 거두어 주셨으니 제가 마땅히 회장님 곁을 지켜드리는 게 맞습니다."

"정말…… 그리 생각하는 게냐?"

회장은 천천히 자세를 고쳐 앉으며 원과 눈을 마주쳤다.

"예."

망설임 없는 그의 대답에, 회장은 안도의 미소를 지었다. 그리고 그제야, 원을 이 자리에 부른 이유를 입 밖에 꺼내었다.

"그렇다면, 내 한 가지 부탁이 있다. 원아."

탁.

원은 조용히 문을 닫고 나왔다.

회장의 말을 들은 그의 표정은 어두워져 있었다. 쉬운 부탁처럼 보이지만, 자신에게만큼은 어려운 부탁이었다.

갑자기 이런 부탁을 하는 이유가 무엇일까. 원은 회장의 방을 나서면서 깊은 생각에 빠졌다.

이내 원은 이 저택에 마련된 그의 방으로 향했다. 오늘 하루쯤은 호텔에 나가지 말고, 제 곁에 머물고 가라는 회장님의 말 때문이었다.

호텔에 굳이 나가지 않고도 언제나 일처리를 하는 데 능숙했기 때문에 그다지 걱정은 되지 않았다.

그럼에도 일을 하지 않으면, 온갖 생각이 머릿속을 복잡하게 만들기 때문에 오히려 쉬는 것이 더 피곤했다. 그런데 오늘만큼은 쉬는 것이 나을 것 같다는 생각이 들긴 한다.

회장님께는 비밀로 해 두었지만 알고 보면…… 자신은 어젯밤 큰일을 당했던, 환자이기도 하니까.

원은 지친 두 눈을 감았다 뜨곤, 밖에서 기다리고 있을 청량에게 전화를 넣었다.

딸칵—

오랫동안 비워져 있던 방문을 열고 들어선 원은, 서늘한 공기를 느끼며 휴식을 취하려 재킷을 벗었다.

와이셔츠 단추를 풀려던 도중, 그는 문득 떠오르는 생각에 아랫입술을 물었다.

하루에 한 번은 찾아가겠다고 했는데. 고작 한 시간도 안 내주려 도망친 사람은 그 무당이니, 오늘은 무효인 건가.

그가 입매를 비틀며 와이셔츠를 벗었다. 탄탄하게 자리 잡은 근육들이 빛나는 그의 다부진 어깨와, 칼자국이 나 있는 배가 온전히 드러났다.

상처를 물끄러미 내려다보던 원은 문득 드는 생각에 나직이 입술을 뗐다.

"경고해 준 거, 고맙다고 말해 주려 했는데."

* * *

내 집인데도, 마음 놓고 올 수도 없었던 하루였다.

밤까지는 기다릴 수 없었나 보지? 점집 앞에 아무도 없는 것을 확인한 은혜는 터덜터덜 걸어와 문 앞에 섰다.

"후우. 오늘은 일도 안 했는데 왜 이렇게 피곤해. 할머니 말대로 오늘은 그냥 쉬어야지. 어쩌다 병원 신세까지 졌으니."

문을 열기 위해 바지 주머니를 뒤적거리던 은혜는 열쇠가 없다는 것을 깨닫고 순간 당황했다.

"뭐야, 열쇠가 어디 갔지?"

하지만 얼마 지나지 않아, 어젯밤 입었던 후드 집업의 주머니에 열쇠를 넣어 두었다는 것을 깨달은 그녀였다. 은혜는 피범벅이 된 후드 집업을 들여다보곤 열쇠를 꺼냈다. 굳은 피가 이제는 옷 무늬처럼 보이고 있었다.

"빨아도 안 지워지면 어떡하지."

피가 배어 나오는 배를 움켜쥐고 자신의 어깨에 쓰러진 남자.

그의 파르르 떨리는 입술을 아직도 잊을 수가 없었다.

어쩌다 칼에 찔려서는. 은혜는 무의식적으로 중얼거렸다.

"……!"

그러다 곧, 그녀는 자신이 어제 아침 그에게 해 준 경고를 떠올렸다.

"아."

어쨌든 경고해 줬었는데. 결국은 진짜로 피를 흘리며 나타나 버렸다. 예지몽이 아니길 바랐지만, 예지몽이었다.

"당장 키스하지 않으면 죽는다……라."

은혜는 문득 떠오른 그의 간절하고도 그 뜻을 알 수 없는 한마디를 가만히 되뇌었다.

미친 척하고 그의 말을 들어주긴 했으나, 그에게 키스를 한 순간. 온몸에 힘이 빠지고 숨이 가빠지기 시작한 것은…… 아직도 강렬한 느낌으로 남아 있었다.

저 아래 깊은 곳에서부터 심장을 가르고, 목을 타고 올라온 무언가가 빠져나가는 기분이, 너무도 오묘하고 신비로워서 온몸을 부르르 떨었던 기억.

대체 그건 뭐였을까?

"엮이면 안 되는 남자. 하지만 엮여 있는 남자."

은혜는 깊은 한숨을 내쉬었다.

그녀가 쥐고 있던 열쇠의 마트로시카 열쇠고리가 무겁게 흔들렸다.

* * *

다음날 아침. 오전 열한 시 반쯤이었다.

좀처럼 깊게 잠드는 법이 없는데, 오늘은 늦잠을 자버렸다. 그리고 이상하게도 기분이 꽤 상쾌하게 느껴졌다.

원은 회장에게 인사를 마치고 천천히 출근하기 위해 현관으로 향했다.

"아, 젠장."

그때, 2층에서 계단을 타고 내려오던 린이 곧바로 뒤를 돌아섰다. 그러나 그것을 놓칠 리 없는 원이 린의 곁으로 다가가 물었다.

"선우 린. 네가 왜 집에 있어. 학교에 있을 시간 아닌가?"

원에게 잡힌 린은 눈썹을 꿈틀거리며 다시 그를 향해 돌아섰다.

"알 게 뭐야. 언제 왔고, 이게 몇 달 만인진 모르겠지만 너나 잘해, 잘난 오빠 씨."

린과는 입씨름을 해서 좋을 게 없었다. 워낙 고집불통에, 말대꾸는 둘째가라면 서러웠다. 그것을 누구보다 잘 아는 원은 린의 이마를 꾸욱 누르고는 짤막하게 말했다.

"5분 내로 준비하고 나와. 학교 데려다 줄게."

린은 팔짱을 낀 채 콧방귀를 뀌었다.

"학교 안 갈 거야. 신경 끄고 일이나 하러 가."

원의 입가에서 한숨이 훅, 새어나왔다.

"또 뭐가 문젠데."

"담임이 부모님 모시고 오래."

"뭐? 너 또 무슨 사고 쳤어."

"사고 안 쳤거든? 담배 한 모금 빨고 있었는데 걸렸을 뿐이야."

"전에 담배 끊겠다고 했잖아."

"끊으려고 했어. 어제까지 딱 100일째였는데, 갑자기 어떤 애가 빡치게…… 아무튼 부모님 안 모시고 오면 학교 오지 말래. 그래서 안 가는 거고."

"말도 안 되는 소리 하지 마. 빨리 준비하고 나와. 내가 대신 가 줄 테니까."

원이 피곤하다는 듯 이마에 손을 얹으며 말했다.

"……진짜?"

의외의 수확에 무표정했던 린의 얼굴이 활짝 폈다. 부모님을 모시고 오라는 말이 걸리긴 했던 모양이었다.

원은 시계를 보며 담담하게 대답했다.

"마음 바뀌기 전까지 1분 줄게."

"아깐 5분이라며!"

바쁘게 움직이려던 린이 소리쳤다. 그러나 원은 여전히 시계를 보며 가볍게 대답할 뿐이었다.

"벌써 10초 지났다."

"담임한테 뭐라고 말할 거야?"

고등학교 입구에 다다르자, 린이 불안한 얼굴로 원을 바라보며 물었다. 원은 의외로 여유로운 표정이었다.

"글쎄. 앞으로 한 번만 더 담배 피우면 손가락에 깁스를 시켜놓겠습니다, 라고?"

"허얼."

린이 팔짱을 낀 채 눈살을 찌푸렸다. 린의 고등학교는 유명한 명문 사립고가 아닌 일반 인문계 고등학교였다. 애초에 재벌 엘리트 코스에는 관심도, 생각도 없는 린이 부린 막강한 고집의 결과였다. 그리고 그것은 원이 호텔 경영을 맡게 되는 데도 적지 않은 영향을 주기도 했다.

"다 왔네. 얼른 내려."

원은 어이없어하는 린의 표정을 뒤로한 채 차에서 내렸다.

지금의 시간대와 학생들이 운동장을 나와 산책을 하며 돌아다니고 있는 것을 보니, 이제 막 점심시간인 듯했다.

린이 나오기를 기다리던 원은, 그녀가 선뜻 내리지 않자 차문을 열고 안을 들여다보며 물었다.

"왜 안 나와?"

그러자 린은 무표정한 얼굴로 짤막하게 대답했다.

"오빠 먼저 가. 비교되니까."

"뭐?"

"가뜩이나 친오빠 아닌데, 친오빠 맞냐는 소리까지 들으면 짜증나."

린의 말을 들은 원은 기가 차다는 듯 피식 웃었다. 이내 그는 별걸 다 신경 쓴다는 듯, 린의 팔을 잡아끌었다.

"네가 언제부터 그런 거 신경 썼다고. 나 빨리 호텔 들어가 봐야 해. 얼른 나와."

그러자 린은 툴툴거리며 차에서 내렸다.

이윽고 린과 원이 교문 안으로 걸어 들어갔다. 큰 키에 늘씬한 몸매, 조막만 한 얼굴. 린 또한 누구에게든 꿀리지 않는 외모를 가지고 있었다. 그것만으로도 다른 이들의 이목을 끌기엔 충분한데, 그녀 옆에 서 있는 하나의 조각상은 더욱 놀라울 따름이었다.

두 우월한 남매가 교무실에 가기 위해 교정을 걷자, 모든 학생들의 시선이 그들에게로 집중되었다.

"헐 대박! 뭐야, 뭐야?"

"쟤 선우 린 아냐?"

"남자 친군가? 아냐, 남친이라기엔 좀 나이가 있어 보이는데…… 누구지? 누군데 이 시간에 같이 학교에 와?"

점심을 먹고 운동장에 나와 산책하는 학생들, 교실로 돌아가는 학생들, 그리고 교실에서 수다를 떨던 학생들은 우연히 바라본 창밖을 통해 그들의 모습을 지켜보고 있었다.

"바로 이런 게 싫어."

린은 원과 함께 교무실로 향하던 중, 툭 한마디를 내뱉었다. 여고라서 그런지 시선집중과 관심은 배가 되었다.

"오빠가 잘나면 좋은 거지."

원이 교무실이 있는 복도를 걸으며 재미있다는 듯 웃었다.

"네에, 네에."

린은 더 이상 말하기도 귀찮다는 식으로 대답을 하곤, 교무실 앞에 우뚝 멈춰 섰다.

"얘기 잘해. 이왕이면 나 좀 신경 쓰지 말라고 해줬음 좋겠어."

"더 신경 써 달라고 할 거야."

"좀! 오빤 하나도 어떻게 내 말을 안 들어 줘?"

"아버지께서 걱정하시니까. 아버지 많이 아프신 거 너도 알잖아. 이젠 그만 속 썩이고 말 좀 들어. 이제 슬슬 경영수업 받고 호텔 물려받을 생각도 하고."

"Me? 내가? 무슨 개뼉다구 같은 소리래. 난 호텔 물려받을 생각 없으니까 오빠나 가져. 대신 먹고 살 만큼은 좀 주고. 어째 양아들이 잿밥에 관심도 없어? 다른 그룹은 친아들들도 하나라도 더 가지려고 안달인 판인데."

린은 한껏 미간을 좁히며 입술을 앙다물었다. 그러나 소용없었다. 원은 진지한 얼굴로 린을 바라보며 단호하게 말했다.

"린아. 진심이야."

언제나 차갑고 강한 척해도, 자신에게만큼은 다정하게 굴었던 오빠가 진지하게 나오니 린은 순간 당황했다. 그리고 늘 그래 왔듯 귀찮고 복잡한 상황은 피하려, 린은 귀를 막고 이 상황을 대충 얼버무리려 했다.

"아아아아, 몰라. 왜 갑자기 나한테 다 넘기고 떠날 사람처럼 굴어?"

"이제……."

"누구…… 선우 린? 너 이제야 학교 온 거니?"

교무실 앞에서 두 남매가 벌이던 실랑이는 오래가지 못했다. 목소리의 주인은 린의 담임선생님이었다.

"안녕하십니까, 선생님. 린의 오빠인 선우 원이라고 합니다."

린의 선생님을 마주한 원은 이내 싱긋 웃으며 자기소개를 했다. 그러자 순간 린의 담임선생님의 뺨이 붉게 물들었다.

"예……? 아, 예. 안녕하세요."

노처녀 티 팍팍 내시네. 린은 들리지 않게 중얼거렸다. 그러나 귀신같이 그것을 알아들은 원이 입가에 미소를 띤 채 조용히 린을 툭 쳤다.

"선생님이 부모님 모시고 오라고 했잖아요. 저희 부모님께서 몸이 안 좋으셔서 오빠가 대신 왔어요."

린은 원을 가리키며 말했다.

원은 그에 응수하듯 다시금 미소를 띠며 물었다.

"그래도 괜찮겠죠, 선생님?"

이미 원의 얼굴에 넋이 나간 담임선생님은 무심결에 고개를 끄덕이고 있었다. 그리고 그녀는 원에게서 눈을 떼지 못한 채 린에게 말했다.

"그럼 네 오빠분과 상담을 할 테니까, 넌 5교시 수업 준비해."

"넵. 그럼 잘 얘기하셔, 오빠님."

린은 평소에 잘 터뜨리지 않는 웃음을 억지로 참았다. 그녀는 원과 두 눈을 마주치고는 유유히 교실로 향했다.

"저분 누구셔? 설마 진짜 네 오빠야?"

그리고 그런 린의 옆에, 기다렸다는 듯 우르르 여학생들이 몰려와 복도가 시끄러워지기 시작했다.

"오빠 아니고 아빠다 왜."

린은 귀찮다는 듯 빠른 걸음으로 걸었다. 그런 린의 말을 들은 원은, 멀어져가는 그녀의 뒷모습을 눈으로 좇았다.

"그럼 상담을…… 시작해 볼까요?"

린이 떠나고 원과 교무실 앞에 둘이 남게 되자, 담임선생님은 환하게 웃으며 교무실 안으로 그를 안내했다.

"아. 예, 그래야죠."

린이니까. 린이니까 여기까지 온 것이었다. 원은 애써 어색하게 웃는 얼굴로 자리를 옮겼다.

—네 동생, 린을 부탁하마.

린의 담임과 좋게 이야기를 마친 뒤, 교정을 나서던 원은 늙은 회장이 쿨럭거리며 힘겹게 내놓은 한마디를 상기시켰다.

오랜 시간 함께했던 '가족'이었기에, 비록 친동생은 아니더라도 린은 특별한 존재였다. 린이 일곱 살 때부터 함께였다. 하지만 언제까지나 린의 옆에 있을 수는 없었다. 린 또한 자신의 정체를 알아버린다면…… 충격이 클 테니까. 지금처럼 툴툴거리면서도 애틋한 오빠 동생 사이로 지낼 수 없게 될 테니까.

톡—

이미 수업이 시작되어 한산해진 교정을 걸어 나오던 원의 어깨에, 빗방울이 떨어졌다. 짧은 예고가 끝나자, 그의 발아래로 후두둑 빗방울이 떨어지기 시작했다.

"비……?"

예상치 못한 빗방울에, 조금은 당황한 원은 서둘러 자동차가 있는 곳으로 향했다.

"……?"

문득, 초청 강연을 마치고 학교 안에서 걸어 나오던 누군가가 그의 모습을 빤히 쳐다보았다.

"어머나."

그를 보자마자 느껴진 특별한 기운이, 그가 누구인지 한눈에 알아보게 했다.

빠르게 걸어가는 그의 뒷모습을 바라보면 여자는 붉은 입술을 달싹이며 입꼬리를 올렸다.

"우연이라기엔 놀랍지만……, 여기 있었네. 내 동족."

* * *

비가 내리고 있었다. 오전에 점집 문을 닫은 은혜는 어제 이후로 다시 병원으로 향하고 있었다.

생각해 보니, 오늘은 병원비를 수납하는 날이었던 것이었다.

뭐 알고 있었다고 해도, 어젠 아무것도 들고 나오지 않았으니 어차피 오늘 다시 병원에 와야 했다. 또 점집을 비우고 왔다며 어떤 핀잔을 들을지는 모르겠지만, 병원비는 밀리지 말라고 했으니 할머니도 길게 잔소리는 하지 않겠지. 병원을 다녀온 다음에는…… 엄마, 아빠, 그리고 우리 은성이를 보러 가볼까.

흰색 불투명 우산을 쓴 은혜는 추적추적 내리는 비와 함께 건고 있었다.

"성빈 오빠! 어디가세요오!!!"

흠칫. 그녀는 무의식적으로 깜짝 놀라 뒤를 돌아보았다.

뭐지. 등 뒤 저편에서 느껴지는 진동들은.

몇 명의 덩치 큰 여자애들일 뿐인데도, 마치 아프리카의 물소들이 강줄기를 향해 달려오는 것만 같았다.

"낮인데도 날씨가 꽤 쌀쌀하네."

그러나 그녀는 곧 관심을 거두었다.

은혜는 카디건을 여미곤 다시금 병원을 향해 계속해서 걸었다.

"……!"

그리고 그 순간.

누군가 우산 안으로 들어와 은혜의 어깨를 감싸 안았다.

"누, 누구……."

"쉿."

미소년 같은 여리여리한 외모에, 귀여운 눈웃음을 가진 남자.

은혜를 감싸 안은 그는 자연스럽게, 그리고 나직이 그녀의 옆에서 속삭였다.

"자연스럽게 걸어줘요."

"네?"

"부탁이에요."

간곡해 보이는 부탁이었다. 은혜는 두 눈을 끔벅인 채 자신도 모르게 그를 따라 발걸음을 맞추었다. 사람들이 많이 다니는 거리 위, 수많은 인파 속에 그들은 자연스럽게 섞여 갔다.

이윽고 그는 어느새 가던 길을 반대로 틀어 한쪽 길목 안으로 들어섰다. 그리고 길가에 있던 포장마차 앞에 멈추어 서선 우산을 더욱 깊숙이 눌러 쓰는 그였다.

그의 팔은 그녀를 더욱 세게 감싸 안았다. 뒤에서 보이는 모습은 마치 포장마차에서 어묵과 떡볶이를 즐기는 연인 같았다.

그가 자리를 잡자마자 그를 뒤쫓아 온 것처럼 보이는 소녀들은 고개를 갸웃하며 그를 찾기 시작했다. 얼떨결에 그와 붙어 선 채 옴짝달싹못하고 있던 은혜는 옆을 돌아보았다.

너무도 가까운 그의 턱 선. 뽀얗고도 하얀 피부가 투명했다. 그는 어느새 눈앞에 어묵과 보글보글 끓고 있는 빨간 떡볶이에 시선을 고정하고 있었다.

"이봐요."

은혜는 눈살을 찌푸리며 말을 걸었다.

"아."

그러자 그제야 남자는 슬며시 바깥을 내다보고는, 안도의 한숨을 쉬며 나직이 말했다.

"후. 갔다."

"……?"

대체 무슨 영문인지 몰랐지만, 이내 은혜는 자신을 감싸고 있는 그의 팔을 응시하며 짧게 대꾸했다.

"이것 좀."

"……? 아. 미안해요."

그녀의 시선에, 남자는 화들짝 놀라며 그녀를 감싸고 있던 팔을 풀었다.

"아깐 정말 급해서 어쩔 수 없었어요. 많이 놀랐죠?"

그가 해맑게 웃으며 미안한 표정을 지었다. 반달 모양처럼 휘어진 눈웃음이 매력적인 남자였다. 혼자서 우산을 고쳐 쓴 은혜는 그와 마주서서 물었다.

"혹시 연예인이에요?"

"아니요, 그런 건 아닌데……."

"그럼 왜 여자애들이 그쪽을 쫓아와요?"

"성운 병원 광고 모델을 한 적이 있는데 그 뒤로 나도 모르는 애들이 계속 쫓아오네요. 물론 자주 있는 일은 아니에요. 절 알아보시는 분들이 간혹 있으셔서……."

그는 곤란한 얼굴과 함께 멋쩍게 웃었다.

성운 병원? 은혜는 낯익은 이름에 잠시 머리를 굴렸다. 그러다 곧 그 병원은 할머니가 입원해 있는 병원임을 깨달았다.

그러고 보니…… 병원 곳곳 광고판에서 본 얼굴 같기도.

곧 은혜는 퉁명스러운 말투로 중얼거렸다.

"아무튼 광고 모델을 했으면 연예인 맞잖아요. 그러니까 팬들이 쫓아오는 거고."

"아니에요."

그러나 그는 정말 아니라는 듯한 얼굴로 고개를 저었다.

뭐, 이 상황에서 그게 중요한가. 은혜는 눈앞에 떡볶이를 바라보며 차갑게 말했다.

"어쨌든. 잘 지나가던 사람 붙잡고 이게 뭐예요? 저랑 지금 떡볶이 먹자고요?"

그러자 그는 다시금 해맑게 웃으며 지갑을 꺼내들었다.

"그럼 저를 도와주신 답례로 제가 살까요?"

농담 아닌 농담도 그에겐 진담처럼 들렸나 보다.

방금 무슨 일이 있었냐는 듯, 자신의 앞에서 지갑을 든 채 웃고 있는 남자를 마주한 은혜는 기가 찼다.

그리고 아니나 다를까, 딱 잘라 말했다.

"됐어요."

딱딱하게 굳은 은혜의 얼굴을 본 남자는 금세 미안한 얼굴로 지갑을 내려놓았다.

"그럼 전 이만."

은혜는 그를 두고 다시 가던 길을 가려 걸음을 뗐다. 그러나 남자가 그녀를 뒤따라 나와 붙잡아 세웠다.

"제가 갑자기 나타나서 화가 많이 나신 건……."

어느새 그는 그대로 비를 맞고 있었다.

"……."

은혜는 가만히 그를 바라보았다. 어제도 그렇고, 오늘도 그렇고 정말 원하지 않게 누군가를 도와주고 있었다.

요즘 제사에 소홀했더니 마가 끼었나. 여태까지 조용히, 그리고 무사히 잘 살아왔건만. 시간차도 없이 또 한 사람과 엮여버렸다.

쏟아지는 빗줄기는 아니었지만, 제법 부슬부슬 내리는 가을비라 그런지 그의 어깨는 점점 젖어가고 있었다. 그리고 그의 옆에 슬픈 얼굴로 서 있는 누군가의 영을 본 은혜는, 한숨을 내쉬었다.

이내 그녀가 자신의 우산을 그에게 씌워주며 말했다.

"비 맞으면, 그쪽 어머니가 슬퍼하세요."

* * *

"린 녀석. 생각보다 학교생활이 많이 불량한 모양이야."

원이 그를 기다리고 있던 차에 타며 말했다.

"사장님께서 그렇게 신경 쓰시는 여자는, 이 세상에 린 아가씨밖에 없는 것 같습니다."

조수석에 탄 청량이 엷은 미소를 지으며 대답했다.

"회장님께서 나한테 린을 부탁하셨어."

"내놓은 아이처럼 대하시지만, 아무래도 아직은 어린 여고생일 뿐이니…… 저도 회장님 마음, 이해할 것 같습니다. 하지만 사장님께선……."

청량은 곧 하던 말을 멈추었다. 룸미러로 보이는 원의 모습 때문이었다.

원은 두 눈을 감고 있었다. 생각할 거리가 많은 얼굴이었다. 굳이 묻지 않아도 그 뜻을 알고 있는 청량은 조용히 다른 것을 물었다.

"어디로 갈까요?"

그러자 원은 조금은 피곤한 목소리로 답했다.

"호텔 가기 전에 잠깐 들를 데가 있어."

"오늘도 문이 닫혀 있습니다."

청량이 점집 안을 들여다보고 나오며 말했다. 원은 주머니에 손을 찔러 넣은 채 어두운 표정을 짓고 있었다.

"대체. 갑자기 문을 닫은 이유가 뭐야."

그는 뭔가 아주 불편하다는 듯 한껏 미간을 좁힌 채 한 손으로 이마를 짚었다.

"진짜 해 보자…… 이거지."

그는 한 발자국, 물러서서 눈앞의 점집을 응시했다.

"가면보살."

그가 낮게 '가면보살'이라는 이름을 읊조렸다.

한참을 뚫어져라 점집 간판을 바라보던 그는 다시 자동차가 있는 곳으로 발길을 옮겼다. 그리고 낮은 목소리로 말했다.

"호텔로 가."

* * *

"무슨 뜻이죠?"

한없이 웃고 있던 남자가 갑자기 어두운 얼굴을 하며 물었다.

은혜는 곧 자신이 쓸데없는 말을 내뱉었다는 것을 깨달았다.

잊고 있었다. 자신은 그 누구에게도, 정체를 밝히지 않는 가면보살이라는 것을.

그녀는 방금 했던 말을 대충 얼버무리려 대답 대신 결론부터 말했다.

"아, 어쨌든 우산. 씌워 드리겠다구요. 사람들은 보통, 이것도 인연인데. 라고 하죠."

은혜는 점집에 찾아와 인연 운운하며 운명처럼 만났다는 커플들을 떠올렸다. 무당인 자신이 직접 로맨스 소설을 써도 될 정도로 뻔한 레퍼토리. 이 말을 여기서 써먹게 될 줄이야.

"아뇨, 방금 뭐라고 하셨어요?"

그러나 그녀가 대충 얼버무리려고 했던 말을, 남자는 진지한 얼굴로 다시금 물어왔다.

"그러니까……."

은혜는 역시 괜한 말을 했다는 듯, 입 안을 그득 깨물었다. 실은 눈앞에 이 남자의 엄마인 것처럼 보이는 중년의 여자가 버젓이 서 있었다. 언제 나타났는지는 모르겠으나 지금 그쪽 옆에 귀신이 서 있다, 어떻게 말해!

이내 은혜는 최대한 머리를 굴리고는 횡설수설 대답했다.

"그러니까, 제가 정신병이 있어요. 혼자서 보이지 않는 것도 본다고 생각하고, 그걸 입 밖으로 말하는 걸 좋아해요. 방금 말한 것도 그쪽한테 달리 우산을 씌워줄 거리가 없으니까 그렇게 말한 거예요."

"……예?"

그쪽한테 달리 우산을 씌워줄 거리가 없다니. 이건 마치 당신한테 우산을 엄청 씌워주고 싶었다는 그런 뜻으로 들렸을 거야…….

그녀는 속으로 머리를 쥐어뜯었다. 이렇게 설명하기 싫으니까 점집에서 가면을 쓰고 말할 때 외에는 귀신 어쩌구, 얘기를 하지 않는 것이었다. 그리고 괜히 아는 사람이 눈앞에서 슬퍼하고 액운을 피하지 못하는 것을 보기 싫으니까, 최대한 인연 따위 만들려 하지 않는 것이었다. 그런데 뭐? 이것도 인연인데? 그 말은 대체 왜 꺼냈을까. 그것도 모자라서, 놀란 건 이쪽인데, 이쪽을 놀라게 만든 저쪽한테 우산을 씌워주겠다고…….

"푸흡."

은혜를 빤히 바라보던 남자는 불현듯 웃음을 터트렸다.

"푸하하하."

"왜 웃어요?"

"쿡쿡……."

남자는 재미있다는 듯이 웃으며 그제야 얼굴을 풀었다. 설마 이게…… 통했나? 은혜는 남자의 표정 변화를 살피며 한쪽 눈썹을 치켜 올렸다. 그런데, 그보다도 아까부터 뭔가 잊고 있는 것 같은 기분이 든다.

"맞다."

은혜는 갑자기 이마를 탁 치더니, 손목시계를 바라보았다. 벌써 시간이 이렇게 되었나. 엄마, 아빠한테까지 다녀오려면 좀 서둘러야 할 텐데.

"저기. 우산 씌워 드리려고 했는데, 제가 지금 가봐야 할 데가 있어서요."

"……?"

이윽고 남자는 그녀의 우산을 대신 들고는 씩 웃으며 말했다.

"어디 가는지 물어봐도 돼요?"

"……?"

은혜는 남자를 물끄러미 바라보았다. 그리고 두 눈을 깜박이며 대답했다.

"성운 병원이요."

그러자 남자는 놀란 얼굴로 반색하며 말했다.

"어? 나도 거기 가는데."

"네?"

"저 우산 없는데. 같이 가도 돼요?"

이윽고 남자는 들고 있던 은혜의 우산을 함께 썼다.

그리고 아까보다 더 다정하게 그녀의 어깨를 감싸 안는 그였다.

"……?"

은혜가 그를 바라보자, 남자는 싱긋 웃으며 소리 없는 질문에 대한 답을 해주었다.

"비 맞으면 안 되니까."

뭐라고 대꾸할 틈도 없이, 그가 천천히 그녀를 길목 밖으로 이끌기 시작했다.

"……?"

차 시트에 기대앉아 창밖을 응시하며 호텔로 돌아가던 원의 눈에 낯익은 얼굴이 띄었다.

'저 여자는.'

낯선 남자와 함께 걷고 있는 여자는 분명, 그젯밤 자신을 구해 준 그 여자였다.

얼씨구? 우산도 같이 쓰고……?

원은 자신도 모르게 미간을 좁혔다.

저 여자가 남자와 있든 말든. 그는 곧 창밖에서 정면으로 시선을 돌리곤 편하게 기대어 앉았다. 그러나 다시금 원은 은근슬쩍 고개를 돌려 창밖을 바라보았다.

이번엔 그 여자가 환하게 웃고 있었다.

그의 두 눈이 가늘어졌다.

"근데 사장님. 그거 아세요? 첫 번째 만남은, 우연. 두 번째 만남은 악연. 그리고 세 번째 만남은, 인연이라던데. 뭐, 그 이상은 말할 것도 없고요."

운전을 하다, 백미러로 은혜를 알아본 강구가 불현듯 배시시 웃으며 운을 뗐다. 잘못하면 사고가 날 뻔했던 상황 속의 여자였기 때문에 강구는 그녀를 기억하고 있었다.

"뜬금없이 무슨 소리야."

침묵 속 던져진 강구의 말에, 원은 화들짝 놀라 창가에서 얼굴을 떼곤 팔짱을 끼며 앉았다.

"사장님은 저 여자분과 몇 번째입니까?"

그러나 강구는 눈치 없이 룸미러로 원과 두 눈을 마주치며 물어왔다. 그러자 원은 무심결에 곰곰이 생각해 보는가 싶더니 이내 입술을 꾹 다물었다.

"그런 걸 왜 일일이 세."

"사장님, 제 기억이 맞다면……."

조수석에 앉아 있던 청량이 불쑥 입을 열었다. 그러나 원은 곧 관심 없다는 듯 두 눈을 감고 잠을 청했다.

"몇 번째입니까?"

운전에 집중하면서도 강구는 호기심 가득한 눈으로 물었다.

"방금 지나친 것까지 포함하면."

청량이 언제나 그랬듯 원의 심기를 살피고는 작게 웃었다. 그리고 그는 원이 보지 못할 각도에서 조용히 손가락 세 개를 펴 보였다.

*　　*　　*

"제 광고 사진이 SNS에 돌아다녔나 봐요. 그 광고 정말 억지로 찍은 거였는데. 결국 그게 화근이 되어서 병원에서 일하는 중에도 많은 분들이 알아보고…… 아까 여고생들도 저를 알아보곤 갑자기 막 뛰어오더라구요."

성운 병원으로 향하는 길.

은혜와 사이좋게 우산을 함께 쓴 남자는 환하게 웃으며 이야기 보따리를 늘어놓았다. 서글서글하게 생겼다고 생각하긴 했으나 실제로도 성격이 좋은 편 같았다.

"그 정도면 인기스타 수준인데요?"

대화의 흐름을 끊고 싶지는 않아서 대답은 해주었지만,

나는 누구고. 여긴 어디인가.

생전 남자와 함께 길을 걸어본 적 없는 은혜는 멍하니 병원으로 향하고 있었다.

"어느 정도 도망치다 보면 지쳐서 가겠지 했는데, 너무 전투적으로 뛰어와서 머리를 좀 쓸 수밖에 없었어요. 정말 죄송해요."

그는 다시 한 번 정중하게 사과해 왔다.

은혜는 곧 깊은 한숨을 내쉬며 고개를 저었다.

"아니에요. 제가 요즘 남을 도우라는 계시를 받았는지, 아주 여러 번 의도치 않게 남을 돕고 있는 처지라서요."

그녀의 대답에 그는 고개를 끄덕이며 수긍한다는 표정을 지었다.

"봉사 정신이 강한 분이시구나."

"에?"

아니, 어떻게 또 이야기가 거기로 흘러가지. 의도치 않게라고 분명 말한 것 같은데. 또다시 은혜의 입가에서 옅은 한숨이 새어 나왔다.

그러던 중, 어느덧 성운 병원 앞에 다다른 그들이었다.

우리나라에서 손꼽히는 병원. 거대한 건물 위에 세련된 '성운 병원'이라는 글자가 박혀 있었다.

"어, 다 왔다."

이윽고 병원 입구에 들어선 남자는 우산을 접으며 말했다.

"데려다주셔서 고마워요."

"오던 길이었는데요, 뭐."

"……가 생겼네요."

그는 눈웃음과 함께 그녀에게 우산을 건네주며 말했다.

"네?"

그가 방금 뭐라고 말했는데, 제대로 듣지 못했다. 은혜는 고개를 갸웃하곤 그를 빤히 쳐다보았다. 그러자 그는 다시금 말해 주었다.

"제 특별 환자요."

"……!"

무…… 무슨 환자. 은혜는 당황한 얼굴로 멍하니 그를 올려다보았다. 그는 문득 잊고 있었다는 듯 아랫입술을 깨물더니, 곧바로 사과했다.

"아까 환자의 말을 진지하게 듣지 못하고 웃어서 미안해요. 이건 제가 잘못한 부분이에요."

대체 무슨 소리를 하는 거야. 은혜는 대꾸하지 않은 채 계속해서 그를 쳐다보고 있었다.

"정신적 장애가 있다고 하셨죠?"

"네?"

은혜에 두 눈이 동그래졌다. 아니 그건…….

그러자 그는 어색하게 웃으며 덧붙였다.

"나는 이 병원의……."

"아이고, 이제야 찾았네. 어디 갔다 이제 오는 거야? 최 교수님이 아까부터 찾고 계셨어."

그가 말을 끝맺으려던 찰나, 흰 가운을 입은 남자가 빠르게 다가와 말허리를 잘랐다. 그러자 남자는 아쉽다는 듯 눈을 살짝 찡

그리더니 말을 이었다.

"이런. 아무튼 오늘 정말 고마웠어요. 제가 지금 펜이나 명함이 없어서 급히 연락처를 드릴 방법이 없네요. 다음에 여기 성운 병원 오실 일 있으면 꼭 저 찾아주세요. 알겠죠?"

"아니……."

"윤성빈. 윤성빈이에요! 꼭 저 찾으세요!"

이내 그는 그 특유의 해맑은 웃음과 함께 손을 흔들며 사라졌다. 은혜는 멀어져 가는 그의 뒷모습을 멍하니 바라보았다. 얼굴은 미소년인데, 멀리서 보니 키는 무척 컸다.

"광고 모델이라더니 병원에서 일하시는 분이었나 보네. 아무리 그래도 그렇지, 대놓고 환자라고……. 뭐, 의사라도 되시나? 그러기엔 너무 어려 보이는데."

그가 정확한 직업을 말해주진 않아서 의아했다. 그러나 은혜는 곧 빗물이 떨어지는 우산을 들고 수납처로 발길을 뗐다. 그녀가 지나가는 병원 복도와 벽 곳곳에는, 흰 가운을 입은 남자가 환하게 웃고 있었다.

"하아……. 이건 뭐, 월급이 들어오자마자 바람처럼 스쳐 지나가버리는 회사원이 된 기분이야."

병원비를 수납하고 나온 뒤, 허탈한 기분에 은혜가 깊은 한숨을 내쉬었다. 딱히 어렵게 사는 건 아니지만, 어렵게 사는 것 같은 느낌. 잘나가는 보살도 목돈 앞에서는 바람 앞의 등불일 뿐이었다. 어쨌든, 할머니를 포기할 수는 없는 법. 할머니가 완쾌하실 때까지, 열심히 점을 볼 예정이었다.

"아자……!"

은혜는 작게 파이팅을 외쳤다.

병원비 수납을 끝내고 할머니에게 들려 볼까 했지만, 할머니는 같은 병실 할머니들과 열심히 블랙잭을 하고 계시는 중이었다. 심지어 할머니들께 블랙잭을 손수 가르쳐주셨다.

물론 이유는 당신이 하고 싶으셔서. 햄버거 좋아해, 블랙잭 폐인이야. 정말 요즘 할머니답지 않은 할머니지만, 겉으로 보기엔 아직 정정하신 것 같아 그나마 마음이 놓였다.

은혜는 병원을 천천히 나섰다.

입구에 멈추어선 그녀는 가만히 하늘을 올려다보았다.

차가운 빗방울이 뺨에 톡, 톡 떨어졌다. 매번 땅바닥만 보며 살아왔기 때문일까. 하늘을 올려다본 지 오래된 것 같았다. 자신은 땅 위에 발을 딛고 살고, 가족들은 모두 하늘에 살고 있다고 생각하니 괜히 미안해져서 보기가 싫었다.

어느덧 비가 멈추었다.

오랜만에 가족들을 만나러 가볼 차례였는데, 다행이었다. 서두른 덕분에 동해에 다녀올 시간은 될 듯했다.

이윽고 은혜는 병원 근처 마트에서 소주와 맥주, 그리고 아이스티를 한 병씩 사서 고속버스 터미널로 향했다.

"잘 지냈어?"

바닷바람이 그녀의 머리카락을 흔들었다.

은혜는 주문진 방파제 앞에 서서 부드럽게 철썩이는 바다를 바라보았다. 정작 자신은 아무런 상처 없는 사람처럼, 점집에 온 손님들의 어깨를 두드리고 고민 상담을 해 주었지만. 늘 쿨하고, 활발한 척을 했지만…….

이곳에 오기만 하면 눈시울이 뜨거워졌다.

"죽은 사람들한테 잘 지냈냐고 묻는 건, 실례인가……."

생전 바다를, 그리고 주문진을 가장 좋아했던 부모님이었다. 은성이도 바다라면 자다가도 벌떡 일어났다. 주문진에 있는 단골 횟집에서 회를 시켜, 푸짐한 해산물들을 즐기는 것. 그것이 그녀 가족만의 일탈 방식이었다.

그녀의 엄마, 아빠는 먹는 것만 봐도 행복하다며 주로 술을 음미했다. 따라서 결국 한 접시 가득 떠진 회는 은혜와 은성의 몫이었다. 눈앞에는 맛있는 회, 등 뒤에는 드넓은 밤바다. 환상이었지…….

깔깔, 까르르 웃으며 주문진에서의 밤을 보내던 추억이 아직도 고스란히 남아 있는데.

지금은 자신 혼자였다.

은혜는 아빠가 좋아했던 소주와, 엄마가 좋아했던 맥주를 뿌리며, 푸른 바다에 잠들어 있는 가족들을 향해 조용히 말을 걸었다.

"다른 영가들은 시도 때도 없이 나를 찾아와서 괴롭히는데, 왜 엄마 아빠는 나한테 안 와? 나 잘 살고 있는지 궁금하지 않아? 은성이도 나를 보러 온 적이 없어."

엄마, 아빠. 그리고 은성의 영은 한 번도 본 적이 없었다. 신을 받기 전에도 보이지 않았고, 신을 받고 나서도 보이지 않았다. 은혜는 그 자리에서 쭈그려 앉으며 울먹거렸다.

"내가 다 잡아먹어서 그래……?"

파도 소리만이 침묵을 대신했고,

"나 미워서 그래……?"

여전히 가족들은 아무런 대답이 없다.

그녀는 이번엔 봉지에서 복숭아 맛 아이스티가 든 병을 꺼내 들었다. 그리고 바다에 뿌려주며, 메이는 목을 애써 삼켰다. 아이스티는 은성이가 가장 좋아했던 음료수였다. 언제나 집에 돌아오면 아이스티부터 찾았다.

"주은성. 너도 마찬가지야. 너도 어딘가에 있다는 거 아는데. 왜 나 보러 안 와? 내가 무당이라서 창피해?"

사랑스러운 동생. 먹는 것을 좋아하고 운동을 취미삼아 했던 씩씩한 아이였는데. 이제 갓 고등학생이 된 어느 날 주검이 되어서 돌아왔다. 눈앞에 싸늘하게 식어 있는 동생을 믿을 수가 없어서, 그 자리에서 세상이 무너진 것처럼 울었다. 엄마, 아빠가 돌아가시고 나서 남은 유일한 혈육이었다. 뭐라도, 어떤 말이라도 듣고 싶은데…… 은성이마저 찾아오지 않았다.

"다들 못됐어. 나만 빼고 같이 있으니까 좋아……?"

은혜가 울음을 터뜨렸다. 오늘따라 왜 이렇게 혼자인 게 서러운지.

"차라리 지독한 신병을 앓게 할 것이지, 왜 우리 가족을 데려가셨어요? 네?"

신을 조금만 빨리 받았더라면. 엄마, 아빠는 죽지 않았을 텐데. 어쩌면 은성이도…….

신 받기를 거부해서. 신의 존재를 무시해서. 무당이 되고 싶지 않아서! 그렇게 발버둥 쳤는데.

"왜 내가 우리 가족 잡아먹게 만들었냐구요……."

결국 이 모양 이 꼴로, 세상에 혼자 남겨져버렸다.

그 벌이라는 듯이.

은혜가 하늘을 올려다보며 슬픈 미소를 지었다.

"모두 너무 보고 싶다. 너무 너무, 보고 싶다."

*　　*　　*

비는 왔다가, 멈췄다가를 반복하고 있었다.

병원에서 나와 주문진에 다녀왔을 때만 해도 내리지 않았건만, 집에 돌아오는 길에는 다시 비가 내리기 시작했다.

"우산을 접었다, 폈다 하는 것도 일이네."

그리고 점집에 도착할 즈음이 되니, 비는 다시금 멈추었다.

차가 밀려버리는 바람에 한밤중이 되어버린 시간.

드디어 점집.

이곳저곳 다니는 날은 항상 녹초가 되는 것 같았다. 하도 앉아만 있어서 그런지 운동량 부족인가. 게다가 동해에서 하도 울어버린 탓에, 기운이 남아 있질 않았다.

부은 눈을 한 은혜는 피곤한 몸을 이끌고 겨우 점집 앞에 도착한 것을 자축하고 있었다. 그녀는 2층으로 올라가기 위해 열쇠를 꺼내들었다. 그리고 열쇠구멍에 열쇠를 넣으려던 순간,

"이제야 왔네."

익숙한 누군가의 목소리가 서늘하게 귓가를 파고들었다.

"언제까지 안 오나, 계속 기다렸어."

아니나 다를까, 느릿하게 고개를 돌려 어둠 속에서 간신히 확인한 얼굴은.

"……!!!"

이젠 보기만 해도 지긋지긋한, 그 남자였다.

지금은 가면을 쓰고 있지 않았다.

은혜는 곧 바로 뒤돌아섰다. 가면보살=후드 집업이라는 공식이 성립될 뻔한 순간이었다. 이내 그녀는 접었던 우산의 버튼을 눌러 활짝 펴 썼다.

어떻게 된 게…… 피하면 피할수록 이런 아찔한 상황에 부딪치게 되고, 마주치게 되는 것일까. 그것도 요즘엔 하루에 한 번 꼴인 것 같았다. 이 남자를 만나게 된 그 순간부터!

"이렇게 한밤중에 찾아오는 게 어딨어요!?"

드디어 정신을 가다듬은 그녀가 퉁명스럽게 소리쳤다. 그러자 저음의 목소리가 꽤 또렷하게 들려왔다.

"하루에 한 번 만나기로 했잖아. 아직 밤 12시 안 지났어."

그는 늘 그랬듯 긴 다리를 자랑하듯 문 옆에 기대어 서 있었다. 아직 별다른 반응이 없는 것을 보니, 원은 은혜의 얼굴을 제대로 보지 못한 것 같았다. 은혜는 뒤돌아선 채, 최대한 아무렇지 않은

목소리로 대꾸했다.

"하루 더 연장시켜 줄게요. 그러니까 내일 오세요."

"어제도, 그리고 오늘도 안 열었잖아."

"어, 어제는 일이 있었고…… 오, 오늘도 일이 있었어요. 그리고 뭐, 제가 뭐 매일 점집에 붙어 있어야 해요?"

"약속했잖아. 하루 한 시간쯤은…… 쿨럭―!"

"……?"

은혜는 그제야 자신이 우산을 들고 서 있다는 것을 깨달았다.

맞다. 비가 왔었지. 그녀는 몰래 고개를 돌려 재빨리 그의 모습을 확인했다. 그의 머리가 젖어 있었다. 항상 같이 다니던 사람도 없는 지금, 그는 혼자 서 있었고 손엔 아무것도 없었다.

우산도 없이…… 여태 기다린 거야?

은혜의 양심의 소리가 쿵쾅쿵쾅 울리기 시작했다.

물론 그가 올 때까지 점집에서 턱 받치고 기다려야 한다는 건, 어림 반 푼어치도 없는 소리였지만 저렇게 비까지 맞으면서 기다렸다고 하니…… 왠지 마음이 불편했다.

"아직 11시니까, 내일까지 한 시간 남았어."

그는 머리에서 물을 뚝뚝 떨어뜨리며 낮게 말했다.

호텔 일정을 마치고 차에서 내릴 땐 비가 내리지 않아서, 우산 같은 건 생각도 하지 못했다. 강구와 청량 모두를 보내고, 괜한 자존심에 올 때까지 기다렸건만…… 비 맞은 생쥐 꼴이 되어버렸다.

밤 11시.

은혜는 고민에 빠졌지만, 역시 자신이 동일인물이라는 건 이렇게 쉽게 밝힐 순 없었다.

"안 돼요. 저 피곤하니까 내일 다시 오시든가 하세요."

그녀는 열쇠를 꽉 쥔 채 단호하게 말했다. 그녀가 쥔 열쇠에 매달린 마트로시카 인형이 딸랑, 흔들렸다.

저 열쇠고리는…….

우산에 가려진 은혜의 뒷모습을 응시하던 그의 두 눈이 커졌다. 그는 은혜의 손에 들려있는 열쇠고리를 유심히 바라보았다.

그리고 곧, 열쇠고리가 낯이 익은 이유를 깨달은 그였다. 저 열쇠고리는 그저께 밤, 자신을 구해준 여자의 옷 주머니에 들어 있었던 것이었다.

"……."

그가 어둠 속에서 한 걸음, 걸어 나왔다. 그리고 저벅저벅 은혜의 곁으로 다가갔다. 은혜의 뒤에 멈춰선 그는 은혜를 돌려세웠다.

"지금 뭐 하는……."

"……!"

그와 그녀가 깊은 눈동자를 마주했다.

원의 동공이 거세게 흔들렸다.

이제야 생각나 버렸다.

가면 속 눈동자.

이윽고 그의 입가에서, 한껏 화가 난 것처럼 보이는 저음의 목소리가 흘러나왔다.

"같은 사람……이었어?"

그의 얼굴이 무척 굳어 있었다. 은혜는 제대로 마주친 그의 두 눈에 갇힌 것처럼 움직일 수가 없었다.

"왜 숨겼지?"

그가 갑자기 다가올 줄은 몰랐다. 처음부터 그를 보자마자 달아날 수도 없는 노릇이었다. 이미 그는 그녀의 팔을 꽉 붙들고 있었다. 마치, 도망칠 것을 예상이라도 했다는 듯이.

가면보살은 도망가지 않겠지만, 후드 집업녀는 도망갈 여지가 충분했다. 어제의 전적도 있고.

결국 은혜는 짧은 한숨과 함께 두 눈을 꾹 감았다 떴다. 이윽고 그녀는 천천히 우산을 머리 위에서 내렸다.

그리고 바로 서서, 그와 마주했다.

그녀는 가면보살의 모습이 아니었다. 그러나 가면보살이었다.

"굳이 말해야 할 이유도 없었잖아요. 어차피 제가 누구든 크게 신경 안 쓸 거고, 앞으로 다시 보지 말자면서요."

"그건."

그의 눈썹에 힘이 들어갔다. 은혜는 차갑게 말을 이었다.

"더군다나, 제가 가면을 쓰는 이유는 제 얼굴, 제 정체에 대해서 그 누구도 알지 못하길 바라서예요."

"……."

그가 멈칫했다.

자신의 정체에 대해서, 그 누구도 알길 원하지 않는다.

그는 곧 스륵, 은혜의 팔을 놓아주었다.

"그래."

그의 입가에서 힘없는 음성이 새어나왔다.

"……?"

은혜가 그를 뚫어져라 쳐다보았다. 어쨌든 자신을 속인 것이니, 화를 낼 줄 알았는데.

이내 그는 그녀를 지나치면서, 천천히 걸어가기 시작했다. 그리고 나직이 말했다.

"그쪽이 같은 사람이든, 아니든. 한쪽은 앞으로 한 달 간 나와 얽혀 있어야 하는 사람이고, 한쪽은 생명의 은인이야. 하지만 난 둘 다—."

"……?"

"신경이 쓰여."

"……!"

은혜는 문득 그가 지나쳐간 어깨가 어쩐지 시리게 느껴졌다. 그가 붙잡고 있었던 팔 또한 서늘해졌다.

"쿨럭."

그는 불현듯 기침을 토해냈다. 원은 주먹을 말아 쥐곤 입가에 가져다 대며 애써 기침을 참아냈다. 평소에 감기 같은 건 잘 걸리지 않았다. 그런데 갑자기 추위도 자주 느끼고, 감기마저 걸리다니 이상할 따름이었다. 이제는 머리도 점점 어지러워지는 것 같은 기분. 그는 힘겹게 눈을 감았다 뜨며 말을 이었다.

"그러니까…… 앞으로 또다시 숨으려고 하지 마. 나한텐, 이미 들켜버렸으니까."

그리고 그는 다시 천천히 걷기 시작했다.

"오늘은 목요일이니까, 내일은…… 금요일. 내일 보지."

금요일에 만나자는 말과 함께.

은혜는 뒤를 돌아 그의 뒷모습을 응시했다. 그는 한 손으로 이마를 짚고 있었다.

둘 다 신경이…… 쓰인다. 무슨 뜻이야. 은혜의 눈동자에 알 수 없는 빛이 서렸다, 사라졌다. 아, 몰라. 머리가 복잡해진 은혜는 작은 입술로 불만을 내놓곤 점집을 향해 발을 뗐다.

쿨럭.

그러나 저 멀리서 들려오는 기침 소리가 그녀의 발목을 붙잡아 버렸다.

"하."

그러게 왜 혼자 기다려서는. 그냥 가자. 모른 척, 그냥 가자고.

은혜는 마음을 굳게 먹었다.

하지만 마음처럼 발길이 쉽게 떨어지지 않는다.

그녀의 머릿속에 검은 실타래가 마구 엉켜버렸다.

은혜는 다시금 뒤를 돌아섰다. 그리고 그가 걸어가던 방향으로 성큼성큼 걸어갔다.

"……!"

갑작스러운 누군가의 손길에, 원이 발걸음을 멈춰 섰다.

그는 두 눈을 가늘게 여미곤 손길의 주인을 돌아보았다.

"뭐지."

그의 얼굴은 어느새 창백해져 있었다.

"저기, 그러니까."

이윽고 은혜는 그의 옷깃을 붙잡은 채, 볼멘소리로 작은 입술을 움직였다.

"이미 들킨 마당에, 그것도 감기 든 사람을 어떻게 그냥 보내요."

"뭐……?"

"따라와요."

은혜는 한숨과 함께 원의 팔을 잡고 그를 점집으로 이끌었다. 그리고 마트로시카 열쇠고리가 달린 열쇠로 점집 문을 열었다.

"들어오세요."

"……?"

원이 물끄러미 그녀를 바라보았다. 또, 빤히 쳐다본다.

은혜는 그의 시선을 피하며 입술을 비죽거렸다.

"따뜻한 거라도 드릴게요. 오랫동안 비 맞고 있었잖아요."

"나보고…… 지금 그쪽 집에 들어가라고?"

"싫으면 말든가요. 나도 엄청 피곤하거든요?"

"겁이 없는 건가. 생각이 없는 건가."

"무슨 뜻이에요?"

"아냐."

원이 피식 웃었다. 좀처럼 웃지 않는 입가에서 웃음이 새어나왔다.

"그럼 신세 좀 질까."

이윽고 원은 은혜를 가볍게 밀어냈다. 그리고 저벅저벅 점집 안으로 들어서는 그였다.

"뭐, 뭐야?"

은혜는 뭔가 그에게 말려들었다는 느낌이 들어 순간 멍해졌다. 그러다 자신의 손에 들려 있는 마트로시카 열쇠고리를 눈앞에 들어보았다.

"날 어떻게 알아봤지?"

그녀는 고개를 갸웃했다. 원인이 누구인지도 모른 채.

* * *

"Re-experience(재경험), Avoidance(회피행동), Hyper-arousal(자율신경계의 과잉각성 상태) 모두 나타나는 것으로 봐선 PTSD(외상 후 스트레스 장애)인 것 같습니다. 환자가 많이 괴로워하는 상태니 우선 SSRI(세로토닌 재흡수 억제제, 우울증 치료제) 투여하고 환자가 Ventilation(살았으니 괜찮다는, 환기)될 수 있도록 환자 지인들에게 상황이 심각하다는 암시 같은 말들은 금기 시키세요."

늦은 밤이었지만, 성빈은 교통사고로 온가족을 잃은 환자를 보고 나오는 길이었다.

"윤성빈. 오늘도 여고생들한테 쫓겼다면서?"

정신과 레지던트 2년차 동기인 은후가 커피를 들고 성빈의 어깨를 툭 치며 말했다.

"어. 병원 광고 찍은 거 하루하루 후회한다, 내가."

성빈이 후, 입김을 불며 앞머리를 휘날렸다. 그의 담당 교수인 최 교수 때문이었다. 그는 광고 모델을 하면, 일주일 오프(Off)를 주겠다고 했다. 물론 그 전엔 절대 못 하겠다고 못을 박았지만 마침 오프를 써야 할 급한 일이 있었다.

그래서 결국 광고 모델이 되는 것을 응하고 말았던 것이었다. 그 대가는 너무도 가혹했지만. 현재로서는, 아무리 그래도 일주일을 한번에 오프 내긴 눈치가 보여서 남은 며칠간은 아직 아껴둔 상태. 레지던트 2년차 주제에, 언제 또다시 쓸 날이 오겠느냐만은, 그래도 전과 같은 급한 일을 대비해서 쓸 수 있기를 소망하고 있었다.

"근데 오늘은 뭔가, 그 애들이 고마웠다고나 할까."

문득 그가 피식 웃으며 중얼거렸다.

"고마웠다니?"

은후가 커피를 홀짝이다 성빈을 돌아보았다.

"덕분에, 재미있는 여자를 만났거든."

성빈은 낮에 있었던 일을 회상하듯 멍하니 다른 곳에 시선을 두고 있었다.

"으응? 으으응?"

은후는 자신이 잘못 들은 건 아닌지, 믹스 커피를 홀짝이던 종이컵에서 입술을 뗐다. 그리고 커피를 원 샷 때리며 다시 물었다.

"뭐라고? 여자?"

윤성빈이 여자라니. 밖이든 병원이든 엄청난 인기를 누리면서도, 정작 여자엔 관심 없는 일벌레 윤성빈이? 성운 병원 아이돌 윤성빈이?

"심지어 내가 떡볶이 먹자고 했는데 망설임 없이, 노. 이런 걸 뭐라고 하더라. 단호박?"

성빈은 가운 주머니에 손을 찔러 넣으며 재미있다는 듯 말을 이었다.

떡볶이?! 은후의 눈이 더욱 동그랗게 커졌다. 은후는 종이컵을 구기곤, 어느덧 다음 환자를 체크하러 가는 성빈의 뒤를 쫓아갔다.

믿을 수 없다는 듯한 은후의 목소리가 병원 복도에 울려 퍼졌다.

"도대체 누구야? 천하의 윤성빈의 관심을 돌린 여자가?"

* * *

"비가 내리면 돌아갔어야죠. 왜 바보처럼 거기서 기다려요?"

은혜는 어두컴컴한 점집을 밝히려 등을 켜며 툴툴거렸다.

"……추워."

원은 어느새 은혜가 평소 손님을 받는 의자에 앉아 있었다. 그리고 캐시미어 코트 깃에 얼굴을 묻고 있었다. 1층인 점집은 너무도 서늘했다. 2층인 살림집은 보일러를 약하게 틀어놓았기 때문에 그나마 온기가 남아 있을 터.

"이쪽으로 오세요. 거기 계속 앉아 있음 입 돌아가요."

이내 은혜는 점집 안에 연결된 계단으로 원을 안내했다.

"여기가 집……?"

은혜의 집 안에 들어선 원은, 주위를 둘러보며 의아한 눈을 했다. 옥탑방처럼 생긴 은혜의 집은 방 두 칸에 작은 거실이 있는 아담한 공간이었다. 방 한 칸은 할머니께 내어드렸고, 또 다른 방 하나는 의상과 장신구, 굿에 필요한 것들을 넣어두는 창고의 역할을 하고 있었다. 그리고 은혜 자신은 거실 한쪽에 침대 하나, 일자형 소파, 화장대—거울과 로션, 그리고 빗밖에는 없는—만을 놓고 지내고 있었다.

"여기 앉으세요."

은혜는 밖에 나와 있는 자신의 침대를 가리키며 고개를 기울였다. 그러나 원은 그 자리에 서 있을 뿐이었다.

"제가 원래 팔자 운운 잘 안 하는데요. 지금은 아이고 내 팔자야, 라고 하고 싶거든요?"

우두커니 서 있던 그는 여리게 떨고 있었다.

이내 은혜는 답답하다는 듯 침대 옆에 개어 두었던 담요를 가져오더니, 턱 원의 어깨에 둘러주었다.

"……?"

그리고 원을 뒤에서 밀어 침대에 앉혔다.

"어린애예요? 엄마가 반찬 안 먹여주면, 밥 안 먹는."

그녀가 허리에 손을 얹고는 미간을 좁혔다.

"엄마가 기억에 없어서 모르겠네."

원이 담요를 바라보며 나직이 말했다.

"다른 가족은?"

이내 그는 집 안을 둘러보며 물었다. 어딘가 썰렁한 느낌이었다. 그러자 은혜는 커피포트에 뜨거운 물을 부으며 담담하게 대답했다.

"저랑 할머니 둘뿐이에요. 할머니는 아프셔서 병원에 입원해 계시구요."

"어디가 아프신데."

"그 연세에는 안 아프신 게 이상한 거죠. 셀 수 없이 많은 곳이 아프세요. 사실, 저는 그렇게 알고 있으려고 하는데……."

그녀는 기침에 좋다는 대추차 티백을 넣으며 잠시 뜸을 들였다. 그리고 따뜻한 머그컵을 원에게 내밀며 말을 이었다.

"할머니도 암이니까."

"……."

원은 말없이 그녀가 내민 컵을 받아들었다. 은혜는 그의 옆에 앉으며 그가 듣고 있든, 듣고 있지 않든 마치 하소연을 하듯 혼잣말처럼 말했다.

"저는 하루라도 할머니와 함께 있고 싶은데, 할머니는 병원이 좋으신가 봐요. 거기가면 주변 사람들도 한 번씩 찾아와 주고, 병원에서 해주는 밥 먹고. 병실 사람들 사귀면서 블랙잭도 할 수 있으니까. 덕분에 저는 강제 독거 여인 신세이지만."

"블랙잭?"

"다른 할머니들은 고스톱을 좋아하시는데, 할머니는 소싯적에 당신이 강도랜드에서 블랙잭 퀸이었다고 우기세요. 그리고 사람만 모이면 카드를 내밀어요. 그래 봤자 결국 신을 거부 못 한 무당이셨으면서."

"그쪽은…… 왜 무당이 됐지?"

원이 대추차를 모아 쥐며 물었다.

그의 물음에 그녀는 천천히 고개를 돌려 그를 바라보았다. 젖은 그의 머리카락이 도드라져 보였다.

왜 무당이 되었을까. 은혜의 눈동자에 불현듯 기억하고 싶지 않은 기억들이 스쳐 지나갔다.

갑자기 눈가가 뜨거워져 버렸다. 그것을 알아챈 그녀는 재빨리 자리에서 일어났다. 그리고 불현듯 원에게서 담요를 거두어갔다. 젖은 옷도 안 벗은 상태에서, 담요를 덮어버린 것을 깜박한 처사였다.

은혜는 담요를 팔에 걸치고는 담담하게 입술을 뗐다.

"벗어요."

"뭐?"

원의 눈이 커졌다. 갑자기 뭘 벗으란 거야.

이윽고 그의 머릿속에 이상한 생각이 들기 시작했다.

좁은 공간. 남녀가 단둘이 있다. 그것도 침대 위에. 그리고 여자가 갑자기 남자에게 옷을 벗으라고 말한다.

내가 무슨 생각을 하는 거야. 그는 고개를 저으며 두 눈을 감았다 떴다. 다른 여자와는 평소라면 자주 있는 일이었고, 색기를 취하기 위해 키스를 하더라도 절대 떠오르지 않을 생각인데……, 지금은 이상한 생각을 하고 있었다.

"……갑자기 왜?"

원은 조용히 코트를 여몄다. 마치 불안하다는 듯이.

그러자 은혜는 또다시 답답하다는 듯 그에게 가까이 다가갔다. 그리고 그의 옷깃을 붙잡았다.

당황한 원은 여민 옷을 놓치지 않으려 힘을 주었다.

“지금 무, 무슨 짓을 하려고?”

“이것 좀 놔 봐요.”

“아니, 갑자기 옷을 왜…….”

“아 거참! 젖은 옷 계속 입고 있으면 안 돼요.”

“……!?”

그제야 원의 손에서 힘이 풀렸다.

그것을 놓치지 않은 은혜는 원이 입고 있던 젖은 코트를 벗겨냈다. 마침내 그의 코트를 손에 넣은 그녀는 그것을 이리저리 둘러보며 물었다.

“명품 코트 훔쳐 갈까 봐 그래요?”

원은 머리가 아프다는 듯 고개를 푹 숙이고 있었다. 자신이 무슨 생각을 했는지 깨닫자, 왠지 모를 비참함이 느껴졌기 때문이었다.

천하의 선우 원이……. 이내 그는 아랫입술을 잘근 물었다 놓았다. 아니야. 이건 내가 당할 뻔한 거라고.

“……?”

그가 아무런 대답을 하지 않자, 은혜는 코트를 잠시 의자에 걸어두고 그에게 가까이 다가갔다. 그리고 그의 앞에 쪼그려 앉아, 심각한 얼굴로 물었다.

“왜 그래요? 갑자기 어지러워졌어요?”

그녀가 그의 이마에 손을 대었다.

"……!"

불현듯 느껴진 예상치 못한 온기에, 원은 천천히 고개를 들었다.

코가 닿을 만한 거리. 느릿하게 움직이는 그의 눈동자는 눈앞의 그녀의 눈동자를 응시하고 있었다.

"……어지러워."

그쪽 때문에. 원이 무거워진 눈꺼풀을 내리며 그녀의 손목을 가만히 잡았다. 그리고 그대로 그녀의 어깨에 쓰러지듯 이마를 대었다.

"나 조금만 잘게."

갑작스러운 그의 행동에, 은혜는 당황한 얼굴로 그의 어깨를 붙잡으려 했다.

"네? 잠은 집에 가서 자요! 어딜 여자 집에서 자려고……."

아까처럼 쉽게 그의 몸에 손을 댈 수는 없었지만.

"……."

그러나 그는 이미 여린 숨소리를 내고 있을 뿐이었다.

"정말 할 말 없게 만드네."

뜨거웠다. 얼음장처럼 차가울 것 같은 그의 이마가.

이미 그의 몸 상태를 알아버렸으니, 아픈 사람을 깨워서 쫓아낼 수도 없고. 하는 수 없다는 듯 은혜는 그의 손에서 조심스럽게 손목을 빼내곤 그의 머리를 베개에 누였다.

그가 앉아 있던 곳이 침대라 다행스러울 뿐이었다.

곧 그녀는 그에게 이불을 덮어주고는 대야에 물을 받아왔다.

흰 수건을 적셔 물기를 빼내고, 그의 이마에 올려놓았다.

"북극에 데려다놓으면 북극 늑대들과 어울려 다닐 것 같은 사람이, 비 좀 맞았다고 이렇게 약한 모습 보여도 되는 거예요?"

그는 약해질 수밖에 없었다.

하루에 한 번은, 색기를 취해야 하는데 벌써 이틀을 걸렀다.

칼에 찔렸던 날 밤, 은혜와 키스를 하고 난 뒤부터.

은혜는 조각을 다듬어 놓은 듯한 그의 얼굴을 빤히 바라보았다. 뭔가에 홀린 것처럼, 조금만 의식을 놓는다면 빠져들 것만 같은 얼굴.

"네. 아무리 북극 늑대라도 바이러스는 못 이기겠죠."

은혜는 어느새 뜨거워진 젖은 수건을 다시 찬물에 적셨다. 조금 있으면 열이 내릴 줄 알았는데, 생각보다 단단히 감기가 든 것 같았다.

깊어가는 밤, 그녀는 그가 누워 있는 침대 옆에서 쪼그려 앉아 그의 열을 계속 체크했다.

그리고 그렇게 하길 몇 시간을 반복.

"아……. 드디어 해냈다."

드디어, 그의 이마가 미지근해졌다. 안도의 한숨을 쉬자마자, 기다렸다는 듯이 눈이 감겨오고 있었다.

그러나 은혜는 뭔가 있고 있었다는 듯, 눈을 부릅떴다. 그리고 짧은 메모를 적어 거의 다 마른 그의 코트 안주머니에 넣어두었다.

"후. 벌써 새벽 5시가 다 됐어어어……."

은혜가 시계를 바라보며 울상을 지었다. 내일도 장사를 해야 하는데. 가뜩이나 잠도 못 자는 불쌍한 무당인데.

지금 많이 자봐야 한 시간일 텐데……. 하지만 한 시간이라도, 지금 타이밍은 잠을 자기에 나쁘지 않은 조건이었다.

평소엔 잡귀들이 가장 활발한 4시쯤만 되어도, 불쑥 문을 두드리고 장난을 쳐서 잠에 깨기 일쑤였다. 문득 느끼는 거지만, 그가 이곳에 올 때만큼은 적막할 정도로 평화로웠다.

함께 있으면 있을수록 이상한 북극 늑대 씨.

"참 이상해……."

그러나 이상함도 잠시. 은혜는 침대 옆에 앉은 상태에서 쓰러지듯 엎드려 잠들었다.

원이 천천히 두 눈을 떴다. 가만히 천장을 바라보던 그는 이내 고개를 돌려 은혜를 바라보았다.

새근새근 잠들어 있는 은혜를 바라보던 원은 나직이 말했다.

"북극 늑대는 언제나 최대한 에너지를 아껴야 해. 그게, 그들이 춥고 메마른 땅에서 사는 방식이거든."

은혜는 피곤한 눈을 감은 채, 여전히 잠이 들어 있을 뿐이었다. 그는 천천히 몸을 일으켰다. 그가 몸을 일으키자, 이마에서 젖은 수건이 떨어졌다.

"……."

젖은 수건을 말없이 바라보던 그는 조용히 은혜의 뺨에 흘러내린 머리카락을 넘겨주었다.

"그래서, 난 아무것도 말해줄 수가 없어."

그가 느릿하게 자리에서 일어났다. 그리고 은혜를 침대에 옮겨준 뒤, 그녀가 그랬던 것처럼 이불을 덮어주었다.

그리고 코트를 챙겨 자리에서 걸어가려던 그의 눈에 화장대 위에 놓여 있던 은혜의 가면이 들어왔다.

"……나도 정체를 숨겨야 하거든."

이윽고 그의 음성이 메아리처럼 울리며 사라졌다.

"그래서. 내가 해야 할 일을 해야만 하고."

그쪽이 아무리 신경 쓰여도.

* * *

"으음……."

은혜는 입술을 오물거리며 이불을 가슴까지 끌어당겼다.

포근해. 톡톡한 이불을 가슴에 끌어안는 건, 정말 기분 좋은 일이었다.

따르르릉!

그때, 은혜의 집 전화가 울렸다.

"응?"

그녀가 두 눈을 번쩍 떴다.

지금은 깜깜한 밤이 아니고, 어딘가 개운한 것을 봐선…… 벌써 아침? 아니, 오후 1시?!

은혜는 벽걸이 시계를 보고는 경악을 금치 못했다.

미쳤나 봐! 미쳤나 봐!

따르르르릉! 따르르르릉!

그녀가 입을 떡 벌리고 있던 사이, 집 전화는 계속해서 울리고 있었다. 은혜는 그제야 정신을 차리고는 침대에서 내려와 전화를 받았다.

"여보……."

["왜 이렇게 휴대폰을 안 받아!!!"]

은혜는 일명 2G 폴더 폰을 급히 꺼내들었다.

부재중 전화 37통. 모두 블랙잭 퀸, 블랙잭 퀸 블랙잭 퀸……이었다. 곧이어 은혜는 크흠, 목소리를 가다듬고 대답했다.

"그게, 내가 일하느라 완전 바빠서……."

["무당한테 뻥치지 말라고 했냐, 안 했냐! 내가 1층에 전화 안 넣어 봤겄어!"]

"아, 귀 아파! 늦잠 자느라 못 들었어. 왜 전화하셨는데?"

["뭐어, 늦잠? 네가 어째 늦잠을…… 암튼 은혜 너, 얼른 병원으로 와봐라. 지금 당장! 빨리! 알았지?!"]

"왜? 무슨 일 있어?"

갑자기 병원으로 오라는 할머니의 말에, 은혜가 두 눈을 번쩍 떴다.

또 무슨 일을 시키려고. 은혜가 어금니를 꽉 물었다. 처음 몇 번은 진짜 위급한 일이라도 생긴 줄 알고 급하게 뛰어나갔지만, 이제 몇 번 당하다 보니 그리 놀랍지도 않았다.

그리고 늘 그렇듯, 할머니는 자기 말만 하고 끊어버렸다.

["무슨 일 있으니까 불렀지! 얼른 와라잉? 아아! 내 금고에 있는 서류봉투도 가지고!"]

뚝.

"또 무슨 일이야."

갓 잠에서 깬 은혜는 수화기를 내려놓고, 서둘러 나갈 준비를 했다. 할머니가 당부한 서류 봉투도 입술을 씰룩이며 가방에 챙겼다.

*　　*　　*

"……로열 백화점의 입지조건 분석, 제반 현황 검토, 시장 동향 파악을 위해, 로열 호텔 주변 상업지구 분양시세의 특수성을 고려하여 사업장 분양시세 책정에 영향을 미친 주요 요인을 분석한 것과……."

이사들이 모여 있는 미팅룸. 원은 거대한 스크린을 띄우고 로열 백화점 사업 진행 프리젠테이션을 하고 있는 중이었다.

사업 계획서에 따라, 차분히 설명을 하는 원은 그 어느 때보다도 진지한 눈빛이었다.

"사업장 주변상가 평균분양가, 사업장 인근 신규 주상복합 평균시세, 사업장 인근 시 대형쇼핑몰 신규분양 현황 등을 책정 근거로 이번 로열 백화점 최종 분양가를 산출했고, 그 외에 추가된 고려사항과 더욱 상세한 사업수지 분석을 위해 이번 프리젠테이선 자리를 마련하여…….”

이사들은 그가 준비한 자료들을 보며 고개를 끄덕이고 있었다. 그리고 오랜 시간, 원은 계속해서 설명을 해나갔다.

“전에 말씀드렸지만 대지면적은 ……제곱미터, 건축면적은 ……제곱미터, 연면적은 ……제곱미터로, 현재 백화점 부지를 확보하는 데 시간이 좀 걸리고 있으나, 순차적으로 진행되고 있으니 성공적 오픈을 기대해보셔도 좋을 것 같습니다.”

이윽고 프리젠테이션이 끝났다. 요란하지 않은 박수소리가 이끌어져 나오고, 원은 정중하게 고개를 숙인 뒤 프리젠테이션을 마쳤다.

“열심히 준비하셨던 보람이 있었던 것 같습니다.”

청량은 원의 앞에 시원한 음료수를 내어 놓으며 말을 건넸다.

백화점 프로젝트를 기획하고 진행하며, 진행 상황을 계속 설명해나가는 등, 반복, 반복되는 일상이 익숙해질 때도 됐지만 그렇지 않다는 게 유감일 뿐이었다.

가끔은 너무 타이트한 완벽성이 독이 되는 것도 같았다.

오후 2시. 오늘의 중요한 일정을 마무리하고 보니, 원은 그제야 ‘사업의 일환’인 미팅이 남아 있다는 것을 깨달았다.

“오늘 맞지?”

원이 음료수를 한 모금 마시며 물었다.

“예?”

청량이 원을 바라보았다.

"금요일."

그가 피식 웃었다.

이내 원은 핸드폰을 찾으려 코트 안주머니를 뒤적였다.

"……?"

그리고 그녀가 넣어둔 쪽지를 발견했다.

[밤새 돌봐준 걸로 이틀 치 빼먹은 약속, 지킨 거예요! —J.E.H]

"쿡."

그는 미치겠다는 듯, 웃음을 터뜨렸다. 정말 예상을 뛰어넘는 여자라니까.

"……?"

문득 그는 메모 끝에 적혀 있는 이니셜을 발견했다.

그리고 보일 듯 말 듯하게 미간을 좁혔다.

'J.E.H'

제대로 된 이름은 알려주기 싫다는 건가. 원은 가만히 그녀의 이름을 떠올렸다.

계약서에서 보았던 이름. 뭐였더라.

"사장님……?"

쪽지를 들고는 뭔가를 깊게 생각하는 듯한 원을 이상하게 바라본 청량은, 작게 그를 불러보았다.

"생각났다."

그러나 갑자기 눈을 반짝이며 청량과 눈을 마주친 그였다. 청량은 두 눈을 깜박이며 또다시 질문했다.

"어떤 것을 말씀하시는 건지……."

원의 붉은 입술이 살짝 벌어졌다. 이내 그가 엷은 미소와 함께 낮게 읊조렸다.

"주은혜."

*　　*　　*

"헉……헉……. 할머니, 무슨 일인데?"

말은 그렇게 했지만, 그래도 사람 일은 모르는 것이었다. 할머니를 양치기 소년이라 믿으며, 담담한 척할 때는 언제고, 어느새 불안해진 느낌에 최대한 빨리 병원으로 달려온 것이었다.

그리고 곧장 할머니 병실로 달려갔지만, 할머니는 침대에 없었다. 이곳저곳 수사한 결과, 점심을 드시곤 산책을 나갔다는 말을 들었다.

그리고 은혜는 병원 밖 정자에 앉아서…… 열심히……

"어잉? 우리 은혜 왔어?"

블랙잭을 즐기고 계시는 할머니를 발견했다.

"할머니!!!"

내가 못살아. 그녀는 눈앞에 펼쳐진 광경에 거친 한숨을 내쉬었다.

"내가 가져오라고 한 건 가져왔어?"

패를 공개하기 직전의 카드를 덮어놓은 할머니는 은혜를 이리저리 훑어보며 물었다.

“가져오긴 했는데, 이 서류 봉투가 뭔데?”

은혜는 밀봉되어 있던 서류 봉투를 크로스 백에서 꺼내며 할머니에게 다가왔다.

“내 놔.”

할머니는 은혜가 다가가자마자, 서류 봉투를 홱 가져가더니 씨익 웃었다. 할머니의 옆에는 둥글게 앉은 구경꾼들이 가득했고, 할머니의 앞에는,

“어……?”

낯익은 얼굴의 남자가 앉아 있었다. 정확히는, 하얀 가운을 입은…… 의사?

“어?”

할머니의 앞에 앉아 있던 의사도 놀란 눈으로 은혜를 바라보았다.

“의사 총각. 내 소원 한 가지 들어주기에 올인한 거, 맞지?”

그때, 할머니는 남자의 시선을 돌리며 배시시 웃었다.

그러자 의사는 은혜에게 잠시만요. 라는 눈웃음을 짓고는 할머니를 바라보았다. 그리고 비장한 얼굴로 고개를 끄덕였다.

“할머니께서도 한 달 동안 3kg 빼기에 올인하신 겁니다?”

“좋아.”

이윽고 할머니는 은혜를 스윽 지켜보았다. 그리고 그 어느 때보다도 행복한 미소를 짓더니, 바닥에 고이 깔아두었던 카드 두 장을 뒤집었다.

"21! 블랙잭!"

할머니의 입가에서 우렁찬 목소리가 뛰쳐나왔다.

"하아……."

의사는 졌다는 듯 귀엽게 한숨을 쉬었다. 의사의 카드는 3장으로 21이었다. 같은 21이었지만, 할머니의 카드가 한 장 더 적으니 할머니가 이긴 셈. 할머니는 만세를 부르고, 구경꾼이었던 환자들도 까르르 웃었다.

"봤느냐, 손녀? 블랙잭 퀸 아직 안 죽었어~ 내가 의사 총각도 이겼다고! 암!"

은혜는 당최 무슨 영문인지 몰라, 어리둥절해 하면서도 창피해서 고개를 숙이고 있었다.

지금 드는 생각이라곤…… 할머니가 블랙잭을 잘하는 건 누구나 아는 사실인데, 그 희생양이 된 저 의사가 조금 불쌍하다는 것?

"자아, 그럼. 올인한 대가를 치루셔야 하겠는데."

이윽고 할머니는 옆에 두었던 서류 봉투를 의사에게 내밀었다.

"네, 올인한 대가. 달게 받겠습니다."

그러자 의사는 웃으며 할머니가 내민 봉투를 받아들었다.

저 봉투에는 뭐가 들었을까.

구경꾼들과 은혜의 시선이 서류 봉투에 집중되었다.

의사는 밀봉되어 있던 서류 봉투를 조심스럽게 뜯었다. 서류 봉투의 입구가 벌어지고, 그가 천천히 그 안에 들어 있던 무언가를 꺼냈다.

"……!!!"

그리고 그 무언가를 알아본 은혜의 표정이 사색이 되었다.

할머니의 입가에 의미심장한 미소가 지어졌다. 할머니는 의사가 들고 있는 사진을 가리키며 순수하게 물었다.

"우리 손녀딸, 어때?"

"할머니!!!"

은혜는 의사에게로 성큼성큼 다가가서 그가 들고 있는 사진을 빼앗으려 했다.

"……?"

그러나 그는 이미 사진을 쏙 빼서 자세히 들여다보고 있는 중이었다. 은혜가 빼앗아갈 수 없도록, 머리 위로 높이 들고서.

"저기요. 그러니까 그 사진은……."

은혜의 증명사진을 확대한 사진이었다. 한때 무당 일이 죽어도 하기 싫어서, 취직이라도 해볼까 찍어둔 증명사진이다.

할머니는 그걸 어떻게 찾아서 가져간 거야. 은혜의 얼굴은 붉어질 대로 붉어졌고, 할머니는 그런 은혜를 보며 후후 웃고 있을 뿐이었다.

"정말 할머니 손녀예요?"

사진을 보던 의사가 눈웃음과 함께 물었다.

"그러엄. 눈에 넣어도 안 아플 우리 손녀지. 어때, 마음에 들어?"

그의 물음에, 할머니는 두 눈을 반짝이며 대답했다.

의사는 웃음을 애써 참는 듯, 사진을 계속해서 보다가 곧 은혜에게로 천천히 시선을 돌렸다.

사진 속의 여자.

그리고 눈앞에 서 있는 여자.

그와 은혜의 시선이 부딪쳤다. 은혜는 한껏 불안한 얼굴로 그를 바라보고 있을 뿐이었다. 쉽게 다가갈 수 없는 철벽같은 여자인 줄 알았더니, 그녀가 당황한 모습이 꽤 귀여웠다.

이윽고 그는 은혜를 바라보며 입가에 옅은 미소를 띠었다.

그리고 말했다.

“저야, 만나게만 해주시면 감사하죠.”

“……!!!”

쿠쿵—!

머리 위에 커다란 돌덩이가 떨어진 기분.

은혜는 무슨 소리냐는 듯 그를 바라보며 바쁘게 입술을 움직였다. 그러나 그는 싱긋 웃으며 할머니에게로 시선을 돌렸다. 그리고 능청스럽게 묻는 그였다.

“그런데 할머니 손녀 분께서 저를 좋아해주실지 모르겠네요.”

그러나 할머니는 은혜 눈치를 스윽 보더니 이내 걱정 말라는 듯 자신 있게 고개를 끄덕였다.

“걔는 눈이 낮아서, 남자라면 무조건 좋아할 거야. 또 연애를 좀 못 해봤어야지. 게다가 의사 총각처럼 얼굴 잘생겼지, 똑똑하지. 착하지! 그 요즘 말로 뭐라고 하냐. 아, 꼬픈남? 그래, 그거. 꼬시고 싶은 남자를 누가 마다해~ 다른 할매들이 손녀 사윗감으로 눈독 들이는 거, 내가 먼저 찜한 거야, 알겠지?”

“푸훕…….”

의사는 할머니의 말에 또다시 애써 웃음을 참았다.

"할머니!!!"

할머니는 대체 그런 용어를 어디서 배우는 거야? 은혜는 창피함에, 열이 나고 있는 이마에 손을 얹고 두 눈을 찡그렸다.

"아무튼 할머니, 게임 즐거웠습니다. 제가 다른 의사들이랑 해도 웬만해선 다 이기는데, 할머니는 못 이기기겠네요. 다음에는 꼭 이기겠습니다! 기대하세요."

이윽고 의사가 자리에서 일어나며 인사를 했다. 그러자 할머니는 만족스럽다는 듯 호탕하게 웃더니, 그에게만 들릴 만한 목소리로 말을 끝맺었다.

"후후. 점심시간만큼이라도 쉬고 싶었을 텐데, 늙은이랑 놀아줘서 고맙지~ 역시 저 처치곤란 방콕 녀석, 잘 부탁해."

"하하……. 알겠습니다."

의사는 작게 웃더니, 조심스럽게 다시 한 번 인사를 하곤 정자에서 내려왔다. 은혜의 사진이 든 서류 봉투를 든 채.

"죄송한데, 잠깐만요."

"네? 어어ㅡ."

그가 내려오자마자, 은혜는 그의 팔을 붙잡고 어디론가 향했다.

"할머니, 저 여자 분, 손녀 맞으시죠? 이제 보니 손녀분 박력이 넘치시는데요?"

은혜의 할머니와 그 곁에 있던 사람들은, 젊은 두 남녀가 단둘이 사라지는 모습을 보고 흥미롭다는 듯 깔깔깔 웃었다.

*　　　*　　　*

"……사장님."

금요일 오후. 햇살이 좋은 날.

청량이 불안한 얼굴로 원을 바라보았다. 점집 앞에 서 있는 원의 표정이 좋지 않았다.

굳게 닫혀 있는 문.

정말 수많은 여자를 만나봤지만…… 이런 여자는 처음이다.

"대체 이 여자는, 나를 뭘로 보는 걸까."

한두 번도 아니고, 갈 때마다 없으니 이제 이것도 익숙해지고 있었다. 차라리, 메모라도. 아니, 전화나 문자로라도 언질을 주든가. 어디 다녀올 데가 있다고.

그러고 보니, 그 여자에 대해서는 이름, 직업 말고는 번호 하나 몰랐다.

"후."

그는 쓸데없이 맑은 하늘을 올려다보았다.

"아, 사장님."

그때, 청량이 무언가 생각났다는 듯 두 눈을 떴다. 그리고 원의 곁으로 가까이 다가가 조용히 전했다.

"제가 깜박한 게 있습니다. 정말 죄송합니다."

"뭐지."

원이 낮게 물었다.

"하윤아 씨가 성운 병원에 입원했다고 합니다."

"……!"

그 순간. 원의 온몸의 신경회로가 멈추었다.

그의 눈동자가 흔들렸다. 가까스로 힘을 준 손끝이 보이지 않게 떨렸다.

청량은 고개를 숙인 채 조용히 말을 이었다.

"폐암…… 이라고 합니다."

"뭐라고……?"

가슴이 무너지는 것 같은 기분이, 원의 심장을 움켜쥐었다. 원은 그럴 리가 없다는 눈으로 청량을 바라보고 있었다. 그러나 청량은 그의 간절한 눈빛에 대한 옳은 대답을 할 수 없었다.

"말기 상태에서 발견되었다고 합니다. 성운 병원에 입원해서 항암 치료를 시작할 예정이고요."

"……안 돼."

원은 힘겹게 메어오는 목에 힘을 주었다.

"……."

청량은 아무런 말도 할 수 없었다.

"그러면 안 돼. 그러면……."

어떤 이유에서인지, 그가 아주 오래전부터 돌보아왔던, 그리고 지켜봐왔던 여자. 린과는 다른 의미로 신경 써왔던 여자.

"나 때문에 정말 오랫동안 병원에 있었는데…… 어떻게 또다시 암이라는 거야."

이윽고 그는 점집에서 발걸음을 돌렸다. 그리고 자동차에 타며 말했다.

"당장 성운 병원으로 가."

성운 병원에 도착한 원은, 곧바로 여자가 있는 병실로 향했다.

6인 병실 306호.

그는 차마 안으로 들어가지 못한 채, 밖에서 여자를 보고 섰다. 여자는 침대 헤드에 기대어 앉아서 창가를 바라보고 있었다.

"잠시만요."

탁—

문득 그는 306호로 들어가는 간호사를 붙잡았다. 그리고 말했다.

"저 여자, 당장 병실 옮겨주세요. 1인 특실로."

"누구세요?"

간호사는 원을 물끄러미 바라보며 물었다.

"내가 누구인지가 중요한 게 아니라, 저기 저 여자. 당장 병실 옮겨달라고요."

"하윤아 씨요? 아니, 그보다 누구신데 이러시는 건가요? 저 환자분 보호자세요?"

"그건……."

여자의 보호자냐는 물음에, 원은 아무런 대답도 할 수가 없었다. 간호사는 그를 이상하다는 눈으로 보더니 이내 차트를 들고 안으로 들어갔다.

"……사장님."

그의 곁에 서 있던 청량이 조심스럽게 원을 불렀다. 원은 아무것도 들리지가 않았다. 자신 때문에 죽을 뻔했던 여자를, 또다시 죽게 둘 수는 없었다.

"살려야 해……. 죽게 둘 수는 없어."

그는 창가를 응시하고 있는 윤아를 보며 힘겹게 말했다.

청량은 고개를 숙이곤 진지하게 대답했다.

"사장님께서 늘 지시하셨던 것처럼 최선을 다해 하윤아 씨를 지원할 겁니다. 병원 측에도 각별히 신경 쓸 수 있도록 당부해 두고, 병실도 옮길 수 있도록 처리하겠습니다."

청량의 말은 믿음직스러웠지만 원의 손끝은 여전히 가늘게 떨리고 있었다. 숨을 쉴 수조차 없이, 목이 메어왔다.

그는 병실을 등진 채, 천천히 뒤를 돌아섰다.

이 이상, 문턱을 넘을 수가 없었다. 10년이나 지나버렸는데도 다가갈 수가 없었다. 언제까지 키다리 아저씨로 머무를 수 없는 일인데도…… 언제까지 겁쟁이처럼 숨어 있을 수 없는 일인데도…… 용기가 나지 않았다. 그런데 이젠 시간이 없었다.

원은 벽을 쓸듯 주저앉았다.

* * *

"아무도 없죠?"

병원 뒤편, 한적한 곳에 멈춰선 은혜는 주위를 두리번거렸다.

이내 그녀는 숨을 몰아쉬곤 그를 빤히 바라보았다. 그리고 뭔가 머릿속으로 정리를 해보더니, 곧바로 물었다.

"이 병원 의사였어요?"

그는 싱긋 웃으며 가볍게 고개를 한 번 끄덕였다.

"윤성빈. 성운 병원 정신건강의학과 레지던트 2년차."

그의 대답에 은혜는 그를 찬찬히 위아래로 바라보았다. 그리고 놀란 눈으로 되물었다.

"네? 한참은 어려 보이는데, 의사……?"

아무리 다른 것에는 관심이 없다고 해도, 의사가 되려면 기본 6년 대학공부, 인턴 1년, 그리고 레지던트라고 알고 있었다.

한 번은 아들을 의대에 꼭 보내고 싶다는 학부모 손님을 받았기 때문이다. 그 손님은 아들보다 의대에 대해 빠삭했다.

성빈은 다시금 고개를 끄덕이며 여유롭게 답했다.

"이래 봬도, 제가 좀 똑똑하거든요. 17살 때 대입검정고시 합격하고 수능 봐서 바로 의대에 진학했어요. 지금은 여기 성운 병원에서 일하는 중이구요."

"여기……서요?"

"네. 제가 입고 있는 건 뭔데요?"

그가 입고 있는 옷은 의사들의 상징. 새하얀 가운이었다. 그리고 그 가운의 한쪽 가슴팍에는 성운 병원의 마크가 붙어 있었다.

"아……."

은혜는 전에 그와 병원에 왔을 때 왜 진작 눈치채지 못했는지, 순간 자신이 한심스럽게 느껴졌다. 병원 광고 모델을 했으면 병원 포스터에 있던 의사도 이 남자였다는 거잖아. 열일곱 살. 천재였구나.

"정말 존경스럽네요."

여리여리하고도 귀여운 얼굴이 다시 봐도 여느 꽃 같은 미소년 같았다. 귀엽고, 귀엽고, 귀여운 건 알겠는데…… 의사 선생님. 매치가 안 돼!

은혜는 순간 멍해짐을 느꼈다.

성빈은 가운 주머니에 손을 찔러 넣으며 서운하다는 듯 말을 이었다.

"할머니께서 여기 입원해 계신다고 왜 말 안 했어요? 게다가 할머니 보러 자주 왔을 텐데, 병원 안에 붙어 있는 포스터…… 못 봤어요?"

"봤겠죠. 봤는데……."

"관심이 없었구나."

그가 작게 웃었다.

"아무튼 정신과 의사시면서 왜 저희 할머니와 놀아드리고 계셨어요?"

"오전 회진 다 돌고, 점심시간이라 아주 잠시 한숨 돌리는 중이었는데, 할머니께서 블랙잭 한 게임만 하자고 하셔서요."

"그럼 점심 못 먹은 거예요?"

"음, 할머님을 위해서 안 먹었죠."

그는 살짝 어깨를 으쓱하며 대답했다.

"미안해요. 우리 할머니가 좀…… 그러세요."

은혜는 창피함에 고개를 숙이고, 미안하다는 듯 그를 바라보았다.

"괜찮아요. 덕분에 이걸 얻었잖아요?"

성빈은 씨익 웃으며 은혜의 사진이 든 서류 봉투를 들어보였다.

"네? 아. 그건…… 정말 미안하고 죄송한데요, 그 사진 못 본 걸로 해주세요. 할머니와 내기한 것도 신경 쓰지 마시고, 이왕이면 사진도 돌려줬음 하구요."

은혜는 곤란한 얼굴로 손을 내밀었다. 그러나 성빈은 쥐고 있던 서류 봉투를 등 뒤로 가져가더니, 고개를 저었다.

"아뇨. 저는 게임에서 진 대가로 받은 이 사진 속 여자 분을 꼭 만나봐야 할 것 같은데요."

"아니…… 지금 저랑 장난치는 거예요?"

은혜가 미간을 좁혔다. 어떻게 할머니는 하다하다 이런 상황까지 만들었을까.

"음……. 어?"

성빈은 잠시 말이 없더니 곧 시계를 보고는 예쁜 눈웃음을 지었다.

"저 이제 들어가 봐야 해서요."

"아니, 저희 할머니가 원래 게임을 좋아하셔서 그런 내기를 거신 거라니까요? 그리고 그쪽도……."

"그쪽 아니고, 윤성빈. 성빈이라 불러요."

"네?"

"그쪽은 주은혜. 맞죠?"

"그걸 어떻게……."

은혜가 두 눈을 번쩍 떴다.

성빈은 서류 봉투를 지키려 더욱 뒤로 빼고는 대답했다.

"사진 뒤에 할머니께서 상세한 신상정보를 적어놓으셨던데요?"

"뭐라구요? 저기요, 이리 줘 봐요."

은혜는 재빨리 그의 뒤로 손을 뻗었다. 그러나 성빈은 유연하게 피하고는 이내 병원 건물 입구 쪽으로 한 걸음, 한 걸음 뒤로 물러섰다.

"제가 레지던트라 엄청 바빠서요."

그리고 그는 그새 사진 뒤에 적혀져 있던 메모들을 모두 외운 듯 하나하나 읊기 시작했다.

"나이는…… 나보다 두 살 많고."

"아니, 저기요."

"하는 일은…… 방콕. 백수였어요?"

"백수 아니거든요! 나름 그 방에서 하는 일이…… 아니, 내가 왜 이 말을 하고 있는 거야. 아무튼 그거 다 거짓말이에요."

무슨 이유에선지 할머니는 그녀의 정확한 직업을 적어놓지 않았던 것이었다. 그러나 중요한 건 그게 아니었다.

신상을 털린다고 해도, 이렇게 어이없게 털리는 법이 어딨어.

억울한 은혜의 마음을 아는지, 모르는지, 그는 계속해서 한 걸음, 한 걸음 뒤로 물러나며 말을 이었다.

"좋아하는 것, 하고 싶은 것은 모두 잠자기? 수면 부족이에요? 불면증은 정신과에서 상담 받는 게 좋은데."

"이봐요."

은혜는 양쪽 옆구리에 손을 얹고 외쳤다. 그리고 불현듯 성빈이 훅, 은혜의 정신을 앗아갔다.

"그럼, 내일 같이 점심 먹어요."

"……?"

"오늘 못 먹은 점심. 내일 같이 먹으면, 이 사진 돌려줄게요. 그럼 은혜 씨 만나보라는 할머니와의 약속도 지키는 거고. 좋죠?"

"그런 게 어딨어요!"

"싫으면 말구요. 그럼 사진은 제가 잘 보관하면 되죠."

어느새 그는 은혜에게서 멀어져 있었다.

성빈은 뒤를 한번 스윽 돌아보더니, 곧 서류 봉투를 가지고 빠른 걸음으로 병원 안으로 들어갔다. 해맑은 한마디와 함께.

"생각 있으면 내일 12시. 우리가 만났던 떡볶이집 앞에서 봐요!"

"저, 저기요!"

회전문 안에서 손을 흔드는 성빈을 멍하니 바라본 은혜는 그 자리에서 발걸음을 멈추고 말았다.

"와."

그녀의 입가에서 짤막한 '어이없음'이 흘러나왔다. 은혜는 말없이 주먹을 말아 쥐었다. 사람 당황시키고 막무가내인 건, 갑자기 우산 안에 들어왔을 때부터 알아봤어야 했어.

"요즘 왜 이러지."

오늘도 조용히. 그리고 무사히. 라는 신조는 이미 곱게 접어 하늘 위로였다. 은혜는 성빈이 사라진 회전문을 멍하니 응시했다.

그리고 그때.

"내일 12시. 우리가 만났던 떡볶이집…… 앞."

누군가의 목소리가 은혜의 귓가에 울렸다. 은혜는 뒤를 돌아보았다.

"……?"

원이었다.

"어? 여긴 웬일……."

"내 약속은 깨고. 다른 남자 만날 시간은 있고."

원은 붉은 입술을 나쁘게, 그리고 차갑게 움직였다. 그는 점점 화가 나고 있는 자신을 알아차리지 못하고 있었다.

그러나 은혜는 이해할 수 없다는 듯이 되물었다.

"무슨 소리예요."

"……오늘이 무슨 요일인지 알아?"

"오늘은…… 금요일이죠."

"어제는."

"당연히 목요일…… 아. 어제."

그녀는 그제야 생각났다는 듯, 아랫입술을 물었다. 그리고 재빨리 그의 표정을 읽었다. 역시, 화났다.

"그게, 할머니가 급한 일이 있다고 병원으로 부르시는 바람에 어쩔 수 없이 온 거예요. 방금 그쪽이 들은 건……."

"아무리 내가 그쪽에게 필요한 것이 있어서 만나러 오는 거라지만."

"……."

"거기다 유감스럽게도 날 구해준 사람이기도 해서, 고맙게 생각하고는 있다지만 말이야."

"……."

"그쪽이 그렇게 무시해도 될 만큼 바보는 아니거든."

"무시한 적 없어요. 뭔가 오해를 하고 계시나 본데……."

원은 은혜를 똑바로 바라보았다.

그리고 말했다. 그 어느 때보다도 차갑게.

"착각하지 마. 주은혜."

그는 곧 은혜를 지나쳐 서늘한 분위기를 풍긴 채 걸어가기 시작했다.

"……!"

그의 입에서 자신의 이름이 들린 건, 점집에서 처음 만난 이후로 처음이었다. 그러나 그의 목소리는 화가 나 있었다.

이건 오해야. 오해라고.

은혜는 멀어져 가는 그의 뒤에 소리쳤다.

"제발 내 말 좀 끝까지 들어요!"

그는 어느덧 성큼성큼 걸어 자동차가 있는 곳으로 가고 있었다. 그리고 청량이 열어주는 문 사이로 차에 탔다.

창문 안으로 보이는 그의 모습은 서서히 굴러가는 자동차와 함께 사라졌다.

3.

자꾸 네가 생각나 미칠 것 같아

"할머니. 내가 정말 부탁하는데, 나 이제 어린애 아니거든. 할머니 말이면 무조건 따르던 예전의 겁쟁이 주은혜 아니라고."

["……."]

"근데 왜 자꾸 나 바보 만들어? 사람들 다 있는 데서, 그것도 의사 앞에서 나 바보 만드니까 재미있었어? 그래서 그래?"

괜히 할머니에게 화가 나서, 병실에도 들르지 않은 채 집에 돌아와 버렸다. 그리고 전화로 낮에 제대로 하지 못했던 말들을 쏟아냈다.

"할머니 병원비 때문에 점집 안에 처박혀 있는 게 누군데 나보고 방콕족이래? 거기다 나, 누구랑 연애할 시간도 없어. 하고 싶지도 않고! 또 할머니가 쓸데없이 자꾸 나 불러서 왔다 갔다 할 시간도 없다고!"

["처박혀 있다니! 은혜 너, 말버릇이 그게 뭐냐!"]

언제나 그랬듯, 한 번 짜증내고 말겠지 했건만. 오늘따라 심상치 않은 은혜의 반응에, 할머니는 괜히 다른 것을 꼬투리 잡고 있을 뿐이었다.

"난 조용히 살고 싶어. 지금도, 앞으로도 영원히. 그러니까!"

조용히 살고 싶다는 그녀의 말에 할머니의 언성이 높아졌다.

["언제까지 그렇게 혼자서 어둡게 살 건데! 이제 너도 웃으면서 행복하게 살아야지! 이 할미 가슴 찢어지는 건 생각도 안 해?"]

은혜의 말문이 콱 막혔다.

과연 내가 행복할 자격이나 있을까.

그녀의 목소리가 여리게 떨렸다.

"행복……? 가족들 다 잡아먹은 내가…… 행복? 할머니 뜻대로 무당 됐잖아. 그러니까! 이제 더 이상 내 인생에 끼어들지 마."

뚝.

할머니에게 상처 주는 말을 끝으로, 멋대로 전화를 끊어버렸다.

"하……."

마음은 이게 아닌데. 지금 기분이 나쁜 건, 할머니 때문이 아니잖아.

여느 때처럼 작은 짜증만 내고 넘어갈 수 있는 일인데, 어쩐지 화가 나고 있었다. 할머니는 아픈 사람이었다. 그리고 자신은 아픈 사람에게 가슴의 상처를 남겨버렸다.

은혜는 침대 이불에 얼굴을 묻었다.

"할머니, 나는 나쁜 년이야……."

엄마, 아빠가 돌아가시고 자신을 돌본 건 외할머니였다.

친할머니를 비롯한 친척들은 모두 불행한 아이라며 외면한 자신을.

이윽고 은혜는 할머니한테 다시 전화를 걸었다. 그러나 할머니도 단단히 화가 났는지 전화를 받지 않았다.

그녀는 어쩔 수 없이 음성 메시지를 남겼다.

"할머니. 미안해. 그렇게까지 말할 생각은 없었는데 내가 요즘 기분이…… 너무 싱숭생숭해서 이상하기도 하고, 당황스러운 일들이 많이 생겨서 그랬어. 절대 진심으로 말한 거 아니니까 화 풀어. 할머니 아픈데 나쁘게 말해서 미안해. 그러니까 할머니, 나 때문에 화나서 더 아프지 마……."

갑자기 눈가가 뜨거워지고 말았다.

할머니마저 떠나버리면 어쩌려고 그래, 주은혜?

은혜는 휴대폰을 꽉 붙들었다. 너무 일찍 혼자가 되어 버린 두려움이 다시금 덮쳐오고 있었다. 그녀는 서둘러 핸드폰 플립을 닫았다.

"……."

그리고 눈앞에서 떠나버린 한 사람.

—착각하지 마. 주은혜.

머릿속 한편에서는, 우두커니 걸어가던 원의 뒷모습이 머릿속에서 떠나질 않고 있었다.

"……그래."

은혜는 이불을 뒤집어썼다. 화가 났든 말든, 어차피 엮일 필요도, 엮일 이유도 없는 남자였다. 가면보살에게는 그가 먼저 다가온 것이었고, 가면을 벗은 주은혜는 사람을 살리기 위해 어쩔 수 없이 그에게 다가간 것이었다.

어느 쪽이든 다른 이유는 없을 테니까. 그건 그 남자도 마찬가지겠지.

"멋대로 생각하라고. 나야 그쪽이 안 찾아오는 게 고맙지."

*　　*　　*

"치프. 저 내일 오프 내겠습니다."

성빈이 생글생글 웃으며 치프(Chief: 레지던트 4년차, 의국장) 송이에게 말을 건넸다.

"뭐?"

엑스레이(X-ray) 사진을 보고 있던 송이는 쓰고 있던 뿔테 안경을 쓸어 올렸다. 그리고 단호하게 No를 던지려던 찰나, 성빈은 송이의 얼굴 가까이 턱받침을 하고 그녀를 뚫어져라 응시하고 있었다.

"저 일주일 오프권 있잖아요. 그거 내일 한 장 쓸게요. 네? 치프~."

"최 교수님은 파릇한 2년차한테 어째서 그렇게 큰 포상을 주셨나 몰라. 나 때 같으면 어림도 없는 소리…….”

성빈의 반짝거리는 눈빛에, 송이는 엑스레이 사진으로 얼굴을 가린 채 대답했다.

“후. 네 눈빛에 안 녹는 여자 있으면 안과 가보라고 해야겠다. 미소년의 얼굴을 봐도 무감각할 수 있는 시신경에 대한 연구를 해보거나.”

“허락해 주시는 거죠?”

성빈이 환하게 웃었다.

송이는 고개를 끄덕이고는 귀찮다는 듯 빨리 나가라 손짓했다.

“그럼 감사히 잘 쉬겠습니다.”

성빈은 꾸벅 인사를 했다. 그리고 그가 나가려던 찰나, 송이는 무관심한 척 물었다.

“애인이라도 생긴 거야? 너 중요한 행사나, 어머니 기일 같은 날 말고는 따로 오프 내달라고 안 하잖아.”

그녀의 물음에 성빈은 눈을 찡긋, 윙크하며 대답했다.

“애인, 생겼죠. 강제로.”

“……!!!”

그리고 둘의 대화를 엿듣고 있던 은후를 비롯한 간호사들의 눈이 커졌다.

“서 선생님이 말한 윤 선생님 애인설이 진짜였어요?”

“오프까지 내신 걸 보면 진짜인 거 아냐?”

“대박. 우리 성운 병원의 아이돌께서 떠나가셨어.”

“안 돼에에에에. 윤 선생님, 그럴 수는 없어요. 전국의 모든 팬들이 울 거라구요."

간호사들이 절규하듯 한 마디씩 했다.

"괜찮아. 나는 아직 솔로니까."

은후가 옆에 있던 간호사의 어깨를 토닥이며 말했다. 그러나 간호사들은 일제히 은후를 한심하다는 듯 바라보았다.

"그래서요? 서 선생님이 드라마 '괜찮아, 사랑이야.' 조인성 씨라도 돼요? '괜찮아, 솔로니까.' 라고 하게."

"스키조(Schizo) 연기는 공효진 씨 없어서 어떻게 하시려나."

"진짜……."

은후는 미간을 찌푸리며 팔짱을 꼈다. 간호사들은 그런 은후는 눈에도 들어오지 않는다는 듯, 문 너머의 성빈을 보며 한마디씩 한탄했다.

"우리들만의 아이돌이었던 윤 선생님이, 전국 모든 사람들에게 노출된 것만 해도 서러운데…… 윤 선생님의 눈에 들어온 여자가 있다는 사실이 더 충격이야."

"대체 어떤 여자일까. 성운의 아이돌의 관심을 가져간 그분은."

"엄청 예쁘겠지?"

"몸매도 좋을 거야."

"설마 우리 병원의 누군가는 아니겠지?"

"설마아~ 그럴 리는 없다고 해줘. 더 질투 나니까."

딸칵—

문이 열리고 대화의 주인공이 나타났다. 은후와 간호사들은 후다닥 문가에서 떨어지고는 어색하게 웃었다.

"하하. 윤 선생님~."

"어? 다들 여기서 뭐해요? 서은후. 너도 뭐 해? 회진 안 돌아?"

성빈은 은후를 바라보며 고개를 갸웃했다. 그러자 은후는 아, 입술을 벌리고는 다시금 어색하게 웃었다.

"어? 어. 돌아야지."

"참, 나 내일 오프 낸다. 내일 하루만 나 대신 수고 좀 해줘."

그가 은후의 어깨를 토닥이며 말했다.

"뭐? 그러고 보니, 네 몫이 다 내 차지잖아? 야, 윤성빈. 아무리 그래도 솔로한테 너무한 거 아냐?"

"무슨 뜻이야? 내가 오프 내는 거랑 네가 솔로인 거랑 무슨 상관인데?"

성빈은 무슨 뜻이냐는 듯 맑은 두 눈을 깜박였다. 그의 귀여운 눈빛에 간호사들은 속으로 코피를 터트렸다.

"아니, 그게……."

은후가 머뭇거렸다. 이내 간호사들이 은후에게 들릴 만한 목소리로 웃으며 조용히 말했다.

"윤 선생님께서 간만에 따로 오프 내시는 건데, 서 선생님이 당연히 수고 좀 해주셔야죠."

"그럼요!"

"저희들도 더 열심히! 아자!"

간호사들이 한마음으로 고개를 끄덕였다. 그러자 성빈은 보답하듯 그 특유의 눈웃음을 지어 보였다.

"고마워요. 그럼 수고."

이내 그는 손을 흔들며 마무리 회진을 위해 발걸음을 옮겼다.

이미 그의 눈웃음에 넋이 나간 간호사들은 서로 짝짜꿍하며 꺄아—를 연발하고 있었다.

“에효. 잘생김이 얼굴에 안 붙은 게 죄지. 죄야.”

은후는 가운 주머니에 손을 넣고 졌다는 듯 고개를 푹 숙였다.

뒤에서 간호사들의 행복한 비명이 어렴풋이 들려오자, 병원 복도를 걷던 성빈은 재미있다는 듯 가만히 웃었다.

그리고 비 오던 날. 우산을 쓴 채 단호히 거절하던 은혜의 모습을 떠올리며 행복하게 중얼거리는 그였다.

“이번에는 꼭, 떡볶이. 같이 먹어야지.”

* * *

“사장님. 댁에 도착했습니다.”

어느덧 시간은 저녁에 접어들었다. 차 안을 감도는 엄청난 저기압에 눌려 있던 강구가 조심스럽게 적막을 깼다.

강구의 목소리에 원은 감고 있던 눈을 떴다. 그는 말없이 문을 열었다. 그가 차에서 내리자 청량도 따라 내렸다.

청량은 집 안으로 들어가려는 그를, 잠시 막았다.

“저, 사장님.”

원이 청량을 바라보았다.

짧은 머뭇거림 후, 청량이 조심스럽게 말문을 열었다.

“매번 말씀드려야겠다고 생각하고 있었는데…… 언제나 이 문제에 대해서 가장 예민하셨던 사장님께서 아무 말씀도 없으셔서 저도 넘어갔습니다만."

원은 참을성 있게 청량이 말을 이어하길 기다렸다.

청량은 잠시 주위를 살피더니, 넌지시 말했다.

"사장님께서 여자를 부르지 않으신 지 벌써 3일째입니다."

"뭐……?"

원이 휴대폰을 꺼내 날짜를 확인했다. 정말 시간은 3일이 흘러 있었다.

"그럴 리가 없는데."

그는 날짜를 보면서도 부정했다. 하지만 청량은 원을 바라보며 덧붙였다.

"사장님이 따로 해결하시지 않았다면…… 정확합니다."

말도 안 된다.

서재 책상에 앉은 원은 혼란에 빠져 있었다.

그런데 자신이 곰곰이 생각해 봐도, 최근 3일 동안은 여자를 부르지도, 따로 키스를 한 적도 없으니 청량의 말이 맞았다.

"어떻게…… 가능한 일이지?"

10년 전.

그는 자신이 색기를 빨아들인 여자가 혼수상태라는 뉴스를 본 적이 있었다. 그리고 그때부터, 기를 빨아들이는 것이 사람을 죽일 수도 있다는 것을 깨달았다.

그래서 최소한의 색기만을 흡수해서 살아가는 법을 연구하려

했다. 하지만 3일이 지난 그날, 또다시 엄청난 갈증이 밀려왔고 본능적으로 기를 취할 상대를 찾았다.

그러나 이번엔 아주 조금만 취한 뒤 죽을 힘을 다해, 엄청난 정신력으로 그것을 멈춰냈다. 짧은 순간 색기를 빨아들이자, 상대는 어지러워하긴 했지만 죽지는 않았다. 그때 생각해 낸 방법이 키스를 한다는 명목으로 여자의 색기를 아주 잠깐, 최소한으로 빨아들이는 것이었다.

사실 입술을 맞대지 않고 두 손으로 얼굴을 감싼 채, 숨을 들이쉬는 것만으로도 색기를 빨아들이는 것은 가능했다. 다만 사람들의 눈을 의식해 키스라는 방법을 택해야 했던 것이다. 문제는, 적은 양의 기를 흡수하니 하루 뒤 다시 갈증이 밀려들었다. 그래서 매일 다른 상대와 키스를 하며 삶을 이어나갈 수밖에 없었다.

그렇게 10년을 살아왔는데…….

10년 전 그날처럼 최대한의 색기를 빨아들이는 것, 즉, 사람을 죽일 정도의 색기를 마시지 않는 한, 3일 동안이나 갈증을 느끼지 않을 리가 없다.

그런데…… 3일이 지났다.

갈증을 느끼지 못했던 3일이.

"……!"

그는 자신의 배에 손을 얹었다. 칼에 찔렸던 그날, 급한 치유를 위해 누군가와 키스를 했다. 그리고 그날 이후로는 다른 누구와도 키스를 한 적도, 갈증도 없었다.

원의 눈빛이 거세게 흔들렸다.

"……주은혜."

그녀와 키스를 한 이후부터.

* * *

"천애고아 녀석을 데려다 놓은 게 아주 쓸모가 있을 줄이야."

나이가 지긋한 남자의 입꼬리가 스윽 올라갔다.

"요즘은 더치커피가 아주 맛있어."

이른 새벽 공기를 마시며 테라스에 앉아 있던 노인은 부드러운 커피를 한 모금 음미했다.

그가 흑심을 숨긴 까마귀처럼 두 눈을 빛내며 물었다.

"로열 백화점은 문제없이 오픈되겠지?"

그러자 노인의 옆에 서 있던 남자가 조용히 할 말을 전했다.

"선우 원 사장의 계획대로 백화점 건설 건은 잘 진행되고 있는 것 같습니다. 다만……."

"다만?"

노인의 이마에 주름이 팍, 섰다.

"생각보다 백화점 부지 매입이 더뎌지고 있습니다."

"뭐, 시내 한복판에 백화점을 세우려는데, 애초에 부지 매입 자체부터가 쉬운 일이 아니질 않나."

노인은 커피 잔을 내려놓으며 깍지를 꼈다.

"그렇긴 합니다만…… 다른 백화점 부지 건물주들은 하나둘씩 매매 계약 체결을 완료했다고 하는데, 유독 한 곳만이 늦어진다는 이야기가 있습니다."

"알 박기인가?"

"그럴 가능성도 배제하지는 않고 있습니다. 하지만 알 박기라면, 우리 쪽에서 어떻게든 백화점 건설을 위해 조금 무리해서라도 손을 쓰려고 했을 겁니다."

"으음……."

선우 회장은 의자 등받이에 등을 기대곤 남자를 응시했다. 남자는 진지한 얼굴로 말을 이었다.

"그래도 아직은 로열 백화점 건설 프로젝트에 큰 차질은 없으니, 크게 신경 쓰실 일은 아닙니다. 하지만 곧 건설 업체에서 시공에 들어갈 예정이라, 부지 매입이 지체되면 문제가 생길 것 같아서 말씀드렸습니다."

남자의 말에, 회장은 알겠다는 듯 고개를 끄덕였다.

"그래. 뭐든 확실한 게 좋지. 김 실장, 자네가 어떻게 된 건지 자세히 알아봐."

"예. 알겠습니다."

"아, 그리고 오늘 성운 병원 윤 원장과의 저녁 약속은 차질 없는 거겠지?"

"예. 오늘 저녁 예약입니다."

"잘됐군. 오늘은 학교에서 바로 린을 데리고 준비시켜서, 약속 장소로 올 수 있도록 해."

눈앞의 먼 곳을 응시하는 회장의 얼굴에 사악한 미소가 번졌다.

"이번 프로젝트가 하루빨리 성공해서 주주들의 마음을 확실히 사로잡아야, 우리 린에게 아주 안정적인 로열 호텔, 아니 로열 그룹의 회장 자리를 넘겨줄 텐데. 그래야 윤 원장도 만족스러운 며느리를 얻게 될 테고."

"사장님이 과연 가만히 계실까요."

"뭐, 만약을 대비해서 내가 일러둔 게 있긴 해."

그 마음 약한 녀석에게 직접, 린을 보호하게 해야 나중에 린이 회장 자리에 올랐을 때도 지금처럼…… 충직한 로열의 개처럼, 주인의 곁을 지키겠지.

회장은 다시금 커피 잔을 들었다.

"암. 누가 데려다 길렀는데."

* * *

탁 탁 탁 탁 탁—

밤을 새서 그런가. 누군 새벽 감성으로 글을 쓴다는 데, 밤을 새고 새벽까지 글을 쓴 덕분에 피곤한 신경은 더 예민해져 있었다.

"네에, 네에. 지금 막 마감치고 있었어요."

휴대폰의 스피커를 켜놓은 채, 키보드를 두드리고 있던 여자가 신경질 적으로 대답했다.

["혜리 씨 바쁜 건 알겠는데, 독자님들 성화가 장난 아니라서 말이야."]

남들은 모두 잠들었을 새벽임에도 불구하고, 혜리의 원고를 애타게 기다리고 있는 편집장이었다.

이렇게 통화하는 시간에 한 자라도 더 쓰겠다.

혜리는 전화 통화 할 시간조차도 없었기 때문에 통화를 빨리 끊고 싶었다. 하지만 꾹 참고 머리와 눈은 컴퓨터 화면에, 입과 귀는 휴대폰에 향한 채 건성건성 대답했다.

"어젠가, 그저께인가. 효양여고에서 강연이 있었어요."

["강연?"]

"〈뜨고 있는 장르 문학. 그리고 스타 로맨스 소설 작가로서의 삶〉이라는 주제였죠. 요즘 작가가 꿈인 애들이 많다네요. 거기다 여고라서 그런가. 로맨스에 특히 관심이 많았어요. 어쨌든 19금 전문 '리혜'가 아니라, 로맨스 소설 작가 공혜리로 간 거예요."

["아~ 그래, 공혜리는 베일에 싸인 최고 19금 작가인데 어떻게 강연을 했나 했지. 이야. 리혜나, 공혜리나 둘 다 스타작가라서 좋겠어, 혜리 씨."]

탁탁탁. 혜리는 계속해서 키보드를 두들기며 건조하게 답했다.

"칭찬 감사해요. 아무튼 강연 준비 때문에 원고가 늦어진 거예요. 오늘 오전 안으로 마감 쳐서 보내드릴게요."

["네에, 그래주시면 감사하죠, 작가님. 이번에도 기대해도 되겠죠?"]

편집장님의 콧소리가 여기까지 들리는 듯, 기대감 가득한 목소리가 스피커를 통해 흘러나왔다.

"음."

그러다 문득, 혜리는 타자를 치던 손을 멈추었다. 그녀는 흰 바탕의 문서작성 중인 화면을 바라보며 중얼거렸다.

"그가 그녀의 가슴을 움켜…… 아니, 가슴을 머금…… 아냐. 둘 다 식상한데."

["혜리 씨?"]

"아, 잠깐만요."

탁탁탁탁. 혜리는 문장이 마음에 들지 않는 듯 쭈욱 지워버리고는 다른 문장을 써 나갔다. 그리고 편집장의 물음에 대한 답을 했다. 늘 그렇듯, 자신만만, 도도하게.

"물론, 이번에도 독자님들이 좋아할 만한 장면들과 기술들을 아주, 아름답게 썼으니 실망하시진 않을 거예요."

["역시 작가님이셔요. 호호. 그럼 기다리고 있을게요~."]

혜리의 대답이 만족스러운 듯, 편집장은 호호 웃으며 통화를 마쳤다.

"역시 작가님이셔요~."

혜리는 편집장의 말투를 따라하며 비아냥거리듯 혼잣말을 했다.

블랙 와이드 모니터. 푹신한 의자. 넓고도 화려한 집 안에 자리한 서재에서 혜리는 글을 쓰고 있었다.

"로맨스 소설 좋지. 19금은 더더욱. 인간의 기본적인 욕구 중에 성욕이 있다는 건…… 내게 아주 감사한 일이고."

편집장과의 통화를 끝낸 혜리는 가볍게 입매를 비틀었다.

그 누구보다 '욕망'에 관해 잘 아는 혜리는 키보드를 두들기면서, 그녀가 평생 살아오면서 경험했던 모든 것들을 녹여내 왔다. 물론 아무리 10권, 20권, 30권을 써도 소재와 스토리는 절대로 고

갈될 일이 없었다.

그녀의 '평생'에는 기한이란 것이 없기 때문에.

"유후. 간만에 마음에 드는 표현이 나왔어."

혜리가 속으로 '예스!'를 외쳤다.

영생의 삶을 사는 데 유일한 취미가 바로 소설 쓰기였다. 소설이라도 쓰지 않으면 지루해서 견딜 수가 없는 삶이니까.

"그놈의 강연 때문에 시간을 빡빡하게 잡았더니, 몸이 고생하네. 아…… 스트레스 받으면 하고 싶어지는데."

스토리야 쭉쭉 뽑아낼 수 있었지만, 매일 일정 분량을 쓰면 금방 쌓이는 원고를, 며칠 만에 몰아 쓰려니 벌써부터 피곤해지는 것 같았다.

"아."

강연을 떠올리니, 문득 혜리는 효양여고에서 보았던 남자가 생각났다.

"같은 존재끼리의 합은 어떤 느낌일까."

그리고 그녀는 붉은 입술을 달싹이며 야릇한 상상을 했다.

한눈에 알아봤다. 한 번이라도 보면 빠져들 것만 같은 얼굴. 머리에서부터 발끝까지 넘쳐흐르는 색기. 묘하게 느껴지는 붉은 기의 흐름.

"언젠가는 만나겠지 했는데."

그녀는 10년 전 보았던 뉴스 속 미스터리 사건을 기억하고 있었다. 그리고 막연히 그의 존재를 알고 있었던 그녀였다.

"근데 이 남자…… 소재로 쓰면 재밌겠는데."

혜리는 문득 쓰고 있던 소설을 잠시 멈췄다. 그리고 새 창을 켜서, 잠시 고민하는 듯싶더니 간략한 줄거리를 빠르게 써 넣었다.

"색기 넘치는 얼굴로 여자들을 유혹하며 살아가야 하는 운명이지만, 정작 사랑은 불가능한 남자. 그러던 어느 날, 그 남자 앞에, 기적같이 같은 존재가 나타난 거야."

마치 자신과 같이 말이다.

저장 버튼을 누른 혜리는 의미심장한 미소를 지으며 파일의 제목도 지어 넣었다.

"그럼 얼른 쓰던 거 마감치고, 천천히 써봐야겠는걸."

홍미로움으로 가득해진 그녀의 두 눈이 요사스럽게 빛났다.

* * *

서재에 앉아서 밤을 지새운 원에게도 새벽의 빛이 닿았다.

여전히 그의 눈가엔 짙은 그림자가 드리워져 있었다.

벌떡―

그가 자리에서 일어섰다. 그리고 급히 차키를 챙겨들어 밖으로 나섰다.

쾅―! 쾅―!

"하."

은혜가 눈을 번쩍 떴다. 시간을 보니, 아직 새벽이었다.

새벽부터 누가 와서 문을 두드리는 거야. 이불을 걷어내고, 침대에서 내려온 은혜는 1층 점집으로 내려갔다. 혹시 몰라서, 가면을 챙기는 것도 잊지 않았다. 여차하면 써야 할지도 모르니까.

문 앞에 선 그녀는 잠겨 있던 문을 열었다.

가면은 쓸 필요가 없었다.

"……주은혜."

부정하려 해도 이젠 익숙해져 버린 얼굴.

아이보리색 니트 차림의 원이, 흐린 눈빛을 한 채 서 있었다.

원을 본 은혜의 표정이 딱딱하게 굳었다.

"착각 않겠다는 대답 들으러 왔어요? 착각 안 하니까 걱정 마세요. 그쪽이나 앞으로 찾아오지 마시구요."

은혜는 그 자리에서 문을 닫으려 문에 힘을 주었다.

그러나.

탁—

원이 문을 잡았다.

"……!"

은혜가 원을 노려보듯 바라보았다. 그는 그런 그녀의 눈빛에 아랑곳하지 않았다.

그의 낮은 목소리가 다시 한 번 그녀의 이름을 읊조렸다.

"주은혜."

은혜의 눈을 바라보는 그의 눈동자가 조금씩 떨리고 있었다.

"너는 대체…… 뭐지?"

은혜에게 말하는 그의 입술이 여리게 떨리고 있었다.

"너는 대체 뭔데…… 자꾸, 나를 당황하게 만들어."

"……!"

은혜는 그를 물끄러미 바라보았다. 놀라야 하는 건지, 화를 내야 하는 건지 알 수 없었다.

"무슨 뜻……."

스륵—

그리고 그가 그녀의 어깨에 쓰러졌다.

"……? 이봐요!"

"……."

한 번의 키스. 원래대로라면, 그 키스의 유효 기간은 대략 하루쯤. 그러나 은혜와의 키스 후, 3일을 갈증 없이 보냈다. 색기를 거의 최대한으로 마셨을 때, 버틸 수 있는 시간이었다. 그리고 그 마지막 날인 지금, 기력이 다해버린 탓이다.

은혜의 품에 안기듯 쓰러진 그의 얼굴이 창백했다. 처음 키스를 했던 그날처럼.

"이봐요!"

아무리 불러 봐도, 아무리 흔들어 깨워 봐도, 그는 아무런 대답이 없었다.

"어떡하지?"

은혜는 불안한 얼굴로 자신의 품에 쓰러진 원을 바라보았다. 건장한 남자가 이렇게 한순간에, 힘없이 쓰러져버리다니. 귀신이 곡할 노릇이었다. 그가 온 순간 어디로 도망가 버렸는지, 곡할 귀신도 없다는 게 문제일 뿐.

"어떡하지. 어떡하지. 우선 침착해야……."

―지금 당장 내게 키스하지 않으면…… 난 죽어.

그때, 그녀의 머릿속에 그의 목소리가 스쳐 지나갔다.

"미쳤나 봐."

이 상황에서 그 때 그 키…… 키스가 왜 생각는 건지는 모르겠지만, 그의 말이 정말 맞는다면. 세상에는 말로 설명할 수 없는 일들이 일어날 수도 있다는 그의 말이 사실이라면.

왠지 키스를 해야만 할 것 같은, 이상한 기분이 강하게 들고 있었다.

"하지만……."

이 상황에서 어떻게 키스를 해.

그러나 지금 이 순간. 당장 키스하지 않으면, 죽는다고 했던 그의 떨리는 목소리가 계속 메아리치듯 울리고 있었다. 그를 죽게 두고 싶지 않았다.

"……이건."

이내 그녀는 더 이상 고민 없이,

"……오해를 풀고 싶어서예요."

그의 입술에, 분홍빛 입술을 포개었다.

"……!"

그녀의 입술이 닿은 그의 입술이 본능적으로 움직이기 시작했다. 그리고 은혜의 입술을 탐하듯 그는 그녀의 기를 빨아들였다. 붉은 기가 입술 사이로 서서히 빠져나갔다. 저 아래서부터 온몸을 달아오르게 만드는 무언가가 은혜의 몸 안을 훑고 지나서, 목구멍을 타고 올라왔다.

은혜의 숨이 턱 막혀오고 있었다.

"하아……."

정신을 잃기 직전의 그녀가 짧은 신음을 내뱉었다.

"……!"

원의 두 눈이 번쩍 떠졌다. 붉은 빛이 사락— 눈동자에 나타났다 사라졌다.

'주은혜……?'

눈앞의 은혜를 마주한 그는 지금의 상황을 자각했다.

'멈춰야 해.'

그러나 쓰러질 정도로 기력을 잃은 상태에서 색기를 취한 원은 멈출 수가 없었다. 붉은 기는 계속해서 은혜의 입술 사이를 비집고 새어나왔다.

"하아……."

은혜의 어깨가 가늘게 떨리기 시작했다. 그를 붙잡고 있는 손의 힘이 빠져나가고, 얼굴이 새하얗게 변했다.

'안 돼.'

원의 동공이 거세게 흔들렸다. 어떻게든 절제를 해야 하는데. 어째서인지 처음 키스를 했을 때처럼 그녀를 밀쳐낼 수가 없었다. 마지막 피 한 방울이라도 빨아들이고 싶은 뱀파이어처럼, 너무도 달콤한 기의 유혹을 뿌리칠 수가 없었다.

한번 맛보면 끊을 수 없는 유혹. 그 유혹이 지금 자신과 입술을 맞대고 있었다. 붉은 기가 되어서 은혜를 죽어가게 하고 있었다.

'안 돼.'

절대 또다시 죽어가게 할 수는 없었다.

"안 돼!!"

원이 은혜를 밀쳐냈다.

동시에 은혜가 힘없이 뒤로 넘어가려는 순간, 그는 은혜의 팔을 탁— 잡아 그녀를 자신의 품 안에 끌어안았다.

"하아……. 하아……."

원의 숨소리가 가쁘게 들렸다. 원은 자신도 모르게 그녀의 머리를 한 손으로 받친 채, 은혜를 꽉— 품에 넣었다. 오롯이 그녀를 안고 있는 그의 심장이, 어느새 빠르게 뛰고 있었다.

쿵쾅. 쿵쾅. 쿵쾅.

심장이 놀라서인지, 숨이 가빠서인지 알 수 없었다.

이미 은혜는 정신을 잃은 뒤였다. 두 눈을 감은 채 그의 품에 안겨 불규칙적인 숨을 내쉬고 있을 뿐이었다.

"자꾸 이렇게 찾아오게 만드니까……."

원의 그녀를 안고 있는 원의 어깨가 떨렸다.

"자꾸 이렇게 신경 쓰이게 만드니까……."

머뭇거리는 입술이 차가웠던 새벽 공기 위에 뜨거운 숨결을 적셨다. 빠르게 뛰는 심장이 숨을 고를 수가 없게 만들었다.

그가 두 눈을 감았다.

착각은, 그쪽이 아니라.

"……내가."

이윽고 그의 입가에서 쓰디쓴 고백이 배어 나왔다.

"내가 착각하잖아."

원은 은혜를 안아 들고, 2층으로 천천히 올라갔다. 은혜의 침대 앞에 멈춰선 그는 침대 위에 그녀를 조심스럽게 내려놓았다.

10년 전 그 여자처럼…… 의식불명의 상태가 되는 경우도 있기에 원은 불안감을 떨칠 수가 없었다. 하지만 다행히 의식이 없지는 않으니 우선은 지켜봐야 했다. 병원에 입원시켰을 때도 종일 자고 일어나니 괜찮아졌으니까, 이번에도 별 탈이 없기를 바라며.

"……미안해."

원은 은혜의 옆에 앉아서 깍지를 낀 채 이마를 대었다.

고개를 숙인 그의 머리카락이 뺨을 스치며 닿았다.

그늘진 그의 두 눈 아래로 쓰라린 고통이 지나갔다.

그렇게 얼마나 시간이 지났을까.

"오늘은 열었네?"

"그러게? 용하다고 해서 계속 찾아왔는데 줄곧 닫혀 있더니만!"

"혹시 몰라서 아침장 보고 오는 길에 들러봤는데 잘됐다."

갑자기 1층에서 왁자지껄한 소리가 들려왔다. 1층의 목소리가 2층에서 들릴까 싶지만, 누군가 아래층에 와 있다는 건 확실히 알 수 있을 정도였다.

"이런."

원이 살짝 미간을 좁혔다. 되돌아보니, 문을 잠그지 않고 올라왔다는 것을 깜박했던 것이었다.

벌써 시계는 오전 11시를 가리키고 있었다.

그는 은혜를 잠시 바라보곤 자리에서 일어났다.

오늘도, 장사는 무리겠지.

원은 저벅저벅 1층으로 내려갔다. 그리고 주머니에 손을 찔러 넣은 채 1층으로 내려오며 말했다.

"오늘은, 쉽니다."

아줌마 세 명이 옹기종기 점집 안에 서 있었다.

"네? 요 며칠간 장사를 하는 건지, 안 하는 건지 계속 닫혀 있던 것 같던데. 오늘은 문 열린 줄 알고 좋아했더니 왜 쉰다고…… 옴마나. 누, 누구세요?"

낯선 목소리에, 조잘조잘 이야기하던 아줌마 한 명이 깜짝 놀란 눈으로 원을 바라보았다. 그러다 옆에 있던 아줌마가 손뼉을 딱! 치며 두 눈을 반짝거렸다.

"여기 주인 바뀌었어요? 어머나, 혹시 새로 온 박수무당?"

"예……?"

"진짜 잘생겼다. 진짜 잘생겼네. 우리 딸이 요즘에 환장하는 그…… 그…… 연예인, 누구지? 암튼 엄청 잘생긴 연예인이 있는데 똑같이 생겼어!"

아이보리색 니트에 세련된 검정색 슬랙스. 큰 키와 매혹적인 얼굴. 그는 누가 봐도 모델과 같은 분위기를 풍기고 있었다.

원은 도저히 이해할 수 없었다. 그는 지금 평범한 차림이었다. 어떻게 자신을 무당으로 볼 수 있단 말인가. 그는 계속해서 약간 인상 쓴 얼굴로 부정했다.

"아니, 저는 여기 주인이 아파서 대신……."

"대신 온 무당이야? 그런가 보네~. 얼마나 봐주는 거야?"

그러나 성질 급한 아줌마들과의 대화는 무리였다.

아줌마들은 하나같이 두 눈을 반짝거리며 원에게 가까이 다가갔다. 그리고 저마다 한마디씩 하며 원을 이리저리 둘러보았다.

"우리야 누가 봐주든 용하기만 하면 상관없지~."

"어려 보이는데, 신은 언제 받았어? 받은 지 얼마 안 됐으면 신빨 죽인다고 하던데."

"아뇨. 저는 무당이 아니……."

띠리리리리―

그가 말을 끝맺기도 전에, 이번엔 누구 것인지 모를 휴대폰이 울렸다.

"어? 전화 왔네? 잠깐만."

아줌마 중 한 명이 가방에서 휴대폰을 꺼내 큰 목소리로 받았다.

"어! 지원 엄마! 난데! 여기 가면보살 있잖아! 아 왜~ 그 용하다는 점집! 여기 원래 무당이 아파서 새로운 박수무당이 잠시 봐주고 있다네? 얼굴까지 대박이야~ 얼른 와봐!"

"하……."

원은 순간 멍해졌다.

그리고 한 시간 뒤.

지금…… 이게 무슨 상황이지?

그가 한 손으로 이마를 짚으며 두 눈을 감았다 떴다.

처음에 왔던 아줌마들을 억지로 돌려보내고, 문은 닫아두었다. 그런데 지금 유리창 틈새로 보이는 건…….

바글바글 모여, 점집 앞을 서성거리는 사람들이었다.

*　　*　　*

"성빈이 너, 오늘 오프 냈다면서?"

불쑥 다가온 목소리에, 2층에서 계단을 내려오던 성빈이 멈칫했다.

목소리의 주인에게로 시선을 돌린 성빈은 해맑던 웃음기를 지우고 차갑게 대답했다.

"네."

살얼음판 같은 대저택의 오전 시간은 조용했다.

너무도 조용하고 조용해서, 사람이 살고 있는지조차 의심스러울 정도였다. 그리고 그 공간 한가운데에는 언제나 붉은 여우가 앉아 있었다. 적어도 성빈은 그렇게 생각했다. 그나마 붉은 여우 덕분에, 서늘한 집 공기가 뜨겁다 못해 활활 타오르는 것이라고.

성빈의 대답에 가볍게 미소를 지은 젊은 여자는 찻잔을 내려놓으며 성빈을 돌아보았다.

"어쩜, 우리 아들은 오늘 저녁 식사 약속 있는 건 어떻게 알고 딱, 시간을 비워놨을까?"

누가 당신 아들이야. 라고 내뱉기 직전, 저녁 약속이라는 말에 성빈은 소파에 앉아 있던 여자를 응시하며 물었다.

"무슨 뜻이죠."

"난 자세히 모르겠다. 네 아버지께서 아침에 그리 말씀하시곤 출근하셨거든."

여자는 한 치의 흐트러짐도 없는 모습으로 우아하게 차를 즐기며 답했다.

"병원에 따로 연락해 둔 건 아니겠죠."

"그렇잖아도 미리 연락해 두려고 전화했더니, 너 오늘 오프 냈다고 하더라."

"누가 함부로 전화하라고 했습니까? 할 말 있으면 저한테 직접 하세요. 저에 대해 병원 사람들이 알면, 가만 안 둔다고 분명 경고했을 텐데."

성빈의 눈동자에 시린 차가움이 스쳤다. 그러자 여자는 그제야 본색을 드러내며 싸늘하게 받아쳤다.

"내가 너한테 직접 얘기하면! 네가 내 전화를 받니? 내 말, 들으려고는 하고?"

"……."

다소 격앙된 여자의 목소리에 성빈은 입술을 꾹 물었다. 그리고 외투를 든 채, 현관으로 나가버리는 그였다.

"잘생긴 아들이 그렇게 삐뚤게 나오면, 엄마 마음이 아프잖아."

쾅 닫힌 현관문 소리에 여자는 다시금 차를 홀짝이며 다리를 꼬았다.

"예뻐서 잘해주려고 해도, 까칠하게 굴면…… 매력 없어 아들."

그리고 담담하게 중얼거렸다.

"빨리 장가보내고 이 집에서 안 마주쳤으면 좋겠네."

* * *

오전 11시 반.

집을 나설 때 기분이 조금 안 좋기는 했지만, 이젠 괜찮아졌다.

"좀 빨리 나왔나."

성빈은 가볍게 웃었다. 간만에 누군가를 만나러 간다는 게, 신기하기도 하고 설레기도 했다.

"왠지 안 기다려줄 것 같아서 빨리 나오기는 했는데."

왠지 모르게 조금 더 이야기를 나누어보고 싶어서.

그리고 왠지 모르게…… 조금 더 보고 싶어서. 자신도 모르게 점심 약속을 해버린 것이었다.

이렇게라도 약속을 잡아야, 만날 수 있을 것 같았으니까.

"꽃 사세요~. 향기가 아주 좋아요~."

싱그러운 오후 햇살 아래서 꽃을 팔고 있던 여자아이가 귀엽게 외치는 목소리였다. 성빈은 고개를 돌려 아이를 바라보곤, 잠시 멈추어 섰다. 아담한 꽃집 앞이었다.

날씨가 좋아서, 꽃집 주인 여자와 아이가 함께 좌판에 작게 포장된 화분들을 내놓고 팔고 있는 중이었다.

"음."

성빈은 아이에게로 다가갔다. 그리고 눈높이를 맞춰 아이를 바라보며 물었다. 아이의 엄마인 꽃집 주인은 그새 잠시 꽃집으로 들어간 모양이었다.

"나한테 필요한 꽃, 추천해 줄 수 있어?"

그러자 아이는 해맑게 웃으며 대답했다.

"잘생긴 오빠다."

"어? 응, 고마워."

괜히 물어봤나. 성빈은 작은 한숨과 함께, 물끄러미 화분들을 바라보았다.

"여자 친구 만나러 가는 거지?"

불쑥, 아이는 씨익 웃으며 성빈에게 작은 화분 하나를 내밀었다.

"여자 친구?"

"안개꽃. 사랑의 성공이란 꽃말이래. 우리 엄마가 그랬어."

"사랑의…… 성공?"

아이의 천진난만한 얼굴에 이내 성빈은 피식 웃어버렸다.

뜬금없이 사랑의 성공이라니. 여자 친구를 만나러 가는 것도, 그녀를 사랑하는 것도 아니었지만, 성빈은 아이를 실망시키기 싫어 눈웃음을 지으며 대답했다. 꽃 자체가 예쁘기도 했다.

"고맙다."

그러자 아이는 귀엽게 웃으며 덧붙였다.

"결혼하면 부케도 여기서 해야 돼? 알겠지?"

"뭐? 하하……. 그래, 꼭 여기로 올게."

가격은 5천 원이었지만, 그는 아이에게 만 원짜리 한 장을 쥐어주며 아이의 머리를 쓰다듬었다.

"남은 건 맛있는 거 사먹어."

*　　*　　*

"떡볶이는 애피타이저고. 점심으로 뭘 먹자고 하지?"

작게 포장된 미니 화분을 든 성빈은, 가벼운 발걸음으로 전에 은혜와 만났던 떡볶이 포장마차로 향했다.

그리고 12시 정오.

비가 왔던 날, 은혜와 함께 있었던 포장마차 앞에 도착한 성빈은 주위를 둘러보았다. 은혜는 아직 도착하지 않은 듯했다.

"조금 늦나 보네."

그는 시계를 확인하고는 여유롭게 기다렸다.

지나가는 사람들을 구경하며, 다시 시간을 확인하니 12시 30분이었다. 그녀는 아직 오지 않았다.

버스를 타고 오나……? 그럼 길이 막히는 건가. 아니면 무슨 일이라도 있는 걸까.

한 시. 두 시. 세 시.

사진 뒤편에 적혀 있던 번호로 전화도 해보았지만, 받지 않았다.

설마 정말 내가 마음에 안 들어서, 오고 싶지 않은 걸까?

그래도, 혹시 모르니까. 성빈은 화분을 쥔 채, 계속해서 기다렸다.

그렇게 은혜를 기다리며 서 있던 중이었다.

"아줌마! 여기 떡볶이하고 순대요. 떡볶이 국물 많이 주세요."

누군가 포장마차 의자에 앉으며 말했다. 교복을 입었지만, 시크함과 털털함이 어우러진 분위기가 물씬 나는 여고생이었다.

여고생은 자연스럽게 어묵을 꺼내먹으며, 금세 꼬치 세 개를 해치웠다. 그리고 네 개째를 먹던 중,

"……?"

그녀는 포장마차 옆에 서있던 성빈을 가만히 응시했다.

손에 든 건 꽃. 청승맞은 얼굴.

보나마나, 차였나 보네.

얼굴은 그럭저럭 봐줄 만한데 어쩌다가. 쯧쯧.

집 안에 있는 너무나 잘난 존재를 아주 오랫동안 보다 보니, 저 남자의 얼굴은 그냥저냥 봐줄 만한 정도였다.

여고생은 그가 불쌍하다는 듯 바라보더니, 이내 손에 들고 있던 어묵을 마저 먹었다. 그리고 떡볶이와 순대마저 폭풍 흡입을 하는 그녀였다.

"아, 배고파 죽는 줄 알았네."

성빈은 혼자서 엄청난 양의 분식을 먹어치우는 여고생을 신기하다는 듯 빤히 바라보았다. 그러다 이내 시간을 확인하며 점점 져가는 해를 응시했다.

시간은 어느덧 네 시가 다 되어 가고 있었다.

띠리리리리—

문득 성빈의 휴대폰이 울렸다.

"예, 아버지."

성빈은 발신자를 확인하곤 굳은 얼굴로 전화를 받았다.

휴대폰 너머에서 딱딱한 중저음의 목소리가 흘러나왔다.

["성빈이냐. 오늘 저녁에 저녁 식사 약속 있다는 거 들었지. 가족 식사니까 너도 꼭 와야 돼."]

"듣긴 했지만 누구와 식사를 하는지라도 알고 가는 게 좋을 것 같은데요."

["그건 와서 보면 되는 거고. 미리 준비하라고 조금 일찍 전화 넣은 거니까, 여유롭게 준비하고 6시까지 와라. 식사 장소 주소는 네 휴대폰에 보내 놨다."]

본론만 전한 전화는 뚝 끊겼다. 성빈이 작게 한숨을 내쉬었다.

"……정말 내가 싫었나 보네."

손에 들고 있던 안개꽃은 여전히 새하얗고 생생했다.

"아주머니, 이거 가지세요."

성빈은 애써 웃으며, 화분을 떡볶이 장사를 하시던 아주머니께 내밀었다. 그리고 천천히 발걸음을 떼는 그였다.

* * *

"음……."

은혜가 천천히 두 눈을 떴다. 아무런 꿈도 꾸지 않고 혼이 쏙 빠져나갔던 것처럼 잠만 잔 기분. 그녀는 익숙하게 벽걸이 시계를 확인했다.

"또…… 12시?"

아니, 이놈의 생체리듬은 언제 낮 12시로 맞춰진 거야. 은혜는 현실을 부정하고 싶었다.

"아."

그리고 문득, 오늘 새벽. 그녀는 힘없이 자신의 품에 쓰러졌던 그를 떠올렸다.

"그 남자는?"

은혜는 벌떡 일어나서 주위를 재빨리 돌아보았다.

자신은 언제부터인지 침대 위에 앉아 있었고, 집 안엔 아무도 없었다.

"어떻게 된 거야."

뭔가 이상함을 느끼고 침대에서 내려온 그녀는 잠시 비틀거렸다. 조금의 현기증이 남아 있긴 했지만 그래도 걸을 만은 했다. 곧 그녀는 카디건을 입고 1층으로 내려갔다.

그리고 그 순간. 굳은 얼굴로 팔짱을 낀 채 바깥을 응시하고 있는 원을 마주친 그녀였다.

"어……?"

그는 멀쩡하게 서 있었다.

설마…… 정말 어제 그 방법이 먹혔단 말이야?

"?"

갑작스러운 인기척에, 원이 그녀를 돌아보았다. 그녀를 마주한 원의 얼굴에 화색이 돌기 시작했다. 이내 그는 성큼 성큼 그녀에게 다가갔다. 그리고 그녀의 어깨를 감싸 쥔 채 이리저리 둘러보며 물었다.

"이제 괜찮아?"

"네?"

"아픈 데는? 어지럽거나, 숨 쉬기가 어렵거나 그런 건 없고?"

"네. 이제 괜찮아요. 근데 그쪽은 멀쩡한 거예요? 어제 쓰러졌잖……."

"……다행이다."

은혜의 눈동자가 커졌다.

"……!"

방심할 틈도 없이, 머뭇거릴 틈도 없이.

온전히 느껴지는 그의 품.

왜 이러지……?

어딘가 간질거린다. 누군가 계속 심장을 쥐었다, 놨다 하는 것 같기도 하고. 온몸에 피가 빠르게 도는 것 같은 착각마저 들고 있다.

이건…… 무슨 감정이지?

아무것도 알 수가 없었다. 그에게 아주, 꽉 안겨 있다는 사실밖에는.

"저기요……."

차츰 정신을 차린, 은혜는 그를 불렀다.

"……? 아."

그리고 그제야, 그는 화들짝 놀라며 은혜를 놓아주었다. 머쓱해진 원은 아무 일 없었다는 듯, 팔짱을 낀 채 다른 곳으로 시선을 돌렸다.

"제가 깨어난 게 그렇게 반가웠어요?"

문득 은혜가 쿡, 웃음을 터트리며 말을 걸어왔다.

"아니. 그런 거 아니거든."

"그럼 왜, 갑자기 날 확! 막! 껴, 껴안고…… 그런 건데요?"

"그건……."

달리 할 말이 없었다. 자신도 모르게 순간적으로 한 행동이라. 그가 후, 숨을 내쉬며 두 눈을 굳게 감았다 떴다.

"그런데 정말로 내가 키스…… 아무튼 그거 해서, 이렇게 멀쩡해진 거예요?"

은혜가 한쪽 눈썹을 치켜 올리며 물었다.

지금 이 자리에 이 남자와 함께 서 있는 자신. 뭔가 어정쩡하고 이상한 상황이긴 하지만, 정작 어제, 정말 말도 안 되는 상황이 일어나 버려서 여전히 꿈속 같았다.

그리고 그 꿈을 깨듯,

"……그래."

그가 뜸을 들이다 짧게 대답했다.

"신기하다."

귀신을 보는 것보다, 귀신같은 사람을 보는 게 더 신기했다.

"……?"

원을 빤히 바라보던 은혜의 시선이 그의 얼굴에 머물렀다. 첫 만남 때 빼고는……, 딱히 멋있다고 생각하고 본 적이 없어서 잘 느끼지 못했다.

깊고도 고혹적인 눈. 손가락을 스치면, 베일 것만 같은 턱선. 한 뼘, 한 뼘 세기도 힘들 것 같은 기럭지. 그의 얼굴에서, 그녀의 시선은 천천히 아래로 향했다. 결론적으로 드는 한 가지 생각.

……너무도 우월하다. 이 남자는 왜, 여기서 내 앞에 서 있는 걸까. 은혜는 문득 스스로에게 너무도 쉬운 질문을 했다. 그리고 곧바로 답을 내렸다.

이 건물 때문이겠지. 무슨 쓸데없는 생각을 한 거야. 잠시 딴 생각에 잠겨 있던 은혜는 이내, 니트로 가려진 그의 배를 물끄러미 바라보았다.

"맞다."

잊고 있었던 게 생각난 듯, 그녀가 살짝 입술을 벌렸다.

그러고 보니…… 저번에 칼자국이 났던 상처는 깨끗이 다 나았을까.

"저번에 칼 맞았던 상처 좀 다시 봐 봐요."

불현듯 은혜가 그의 배 쪽으로 손을 뻗었다.

탁―

그러나 너무도 쉽게, 잡히고 말았다.

"……?"

팔을 잡힌 채 그를 올려다본 은혜의 두 눈이 그의 눈과 맞닿았다. 이내 원은 은혜를 향해 싱긋 웃으며 말했다.

"내 몸에 손대지 마."

분명 웃고 있는데도, 어딘가 서늘한 느낌이 등줄기에 쫙 퍼졌다.

치사하게.

"알겠어요, 이거 놔요."

은혜가 입술을 씰룩이며 두 눈을 가늘게 뜨자, 원은 피식 웃으며 그녀의 팔을 놓아주었다.

은혜는 무안해진 손을 쏘옥 팔짱을 끼며 넣어버렸다.

"그래요, 그쪽 몸은 함부로 손댈 수 없는 귀한 몸이셔요. 요즘에는 커피 나오셨습니다, 라면서 커피도 귀한 대접 받는 세상인데 재벌이라고 다를까."

"근데 전부터 자꾸 그쪽, 그쪽이라고 하는데. 혹시 내 이름, 몰라?"

원이 은혜를 바라보며 고개를 비스듬히 기울였다. 그러자 은혜는 잠시 동안 꿀 먹은 벙어리처럼 입을 꾹 다물었다.

"설마."

원이 살짝 미간을 좁혔다.

"설마가 맞을 걸요."

은혜의 목소리가 살짝 작아졌다.

"정말이야?"

원은 믿을 수 없다는 듯, 되물었다. 그의 표정을 본 은혜는 곰곰이 생각을 해보는 듯하더니, 곧 이건 자신의 잘못이 아니라는 듯 다시 팔짱을 낀 채로 답했다.

"첫째, 언제 가르쳐 줬어야죠. 둘째, 누가 그쪽 부르는 소리를 들어봤어야죠. 그리고 결정적으로,"

"……?"

결정적으로?

원의 두 눈이 가늘게 여며졌다.

"관심이 없었으니까, 모르죠."

쿠쿵─!

여태까지 머리에 돌을 얻어맞은 느낌이 뭔지 몰랐는데, 이 여자 때문에 두 번은 그 느낌을 받아본 것 같았다.

한 번은 처음 만났을 때. 다른 때 같았으면 전혀 하려고도, 해보려고도 안 했을 유혹…… 뭐 그런 걸 억지로 했는데도 똥 씹은 표정이었던 것.

그리고 두 번째는 지금! 바로 지금이었다.

이름을 여태 몰랐어?

"……원."

머뭇거리던 입술 끝, 그가 나직이 말했다.

"선우 원."

쾅 쾅 쾅 쾅─!

그가 자신의 이름을 강조할 때쯤, 기가 막힌 타이밍으로 누군가 문을 두드렸다.

"뭐라구요? 아니다. 잠시만요."

그제야 밖에 사람들이 잔뜩 있다는 것을 알아차린 은혜는 깜짝 놀라며 말했다.

"오 마이 갓. 지금 한창 장사할 시간이었지?!"

그녀는 놀란 눈으로 잠겨 있던 문을 열기 위해 손을 뻗었다.

"깜빡했다."

그러다 잠시 멈칫하고는 뒤돌아선 그녀였다. 은혜는 서둘러 2층에 올라가면서, 원에게 말했다.

"우선 문 좀 열어 줄래요? 저 준비하고 올 때까지만 손님들 좀 부탁할게요. 저기 소파 있죠? 거기서 순서대로 기다리시게 하면 돼요. 나머지 분들은 어쩔 수 없이 밖에서 기다리셔야 하고요. 아, 줄 정리. 맞아요. 그것 좀 잠깐만 부탁할게요!"

"뭐?"

은혜가 당부한 말들은 하나같이 원의 귓가에 스치듯 흘러가버렸다.

"나보고 지금, 손님을 받으라고?"

귀로는 알아들었지만 머리로는 이해가 가지 않고 있었다.

로열 호텔 사장…… 선우 원한테, 손님을 직접 받으라고? 그것도 점집에서……?! 사태를 파악한 원은 그녀를 쫓아 2층으로 올라가기 위해 발길을 뗐다.

쾅 쾅 쾅 쾅―!

그러나 성질이 급한 손님은, 또다시 점집 문을 두드리고 있었다. 결국 원은 다시 뒤를 돌았다. 그리고 느린 걸음으로 문 앞에 다가갔다. 심호흡을 하듯, 마른 침을 한 차례 넘긴 그는, 불편한 얼굴로 문을 열었다.

"어? 나왔다! 나왔어! 이봐들! 여기 점집 문 열었어!"

"드라마 〈시니컬 황후〉 봤어? 그거 황제가 아주 그냥……, 어? 그 잘생긴 박수무당 다시 나왔네?"

"역시 내가 안에 사람 있다고 했잖아~ 곧 나올 것 같더라니까."

"지원 엄마! 봤지? 여기 박수무당 진짜 대박이지 않어?"

"어머, 진짜 잘생겼다. 결혼한 아줌마도 홀딱 빠지겠어~!"

"아주머니들은……."

원은 또다시 멍해질 수밖에 없었다. 한 시간 전에 돌려보냈던 아줌마들이 가장 앞에 서서는, 다른 아줌마들을 데리고 왔기 때문이었다.

갑작스러운 그의 등장에, 점집 앞이 소란스러워졌다.

"야, 저기 봐봐."

"와…… 대박이다 저 사람. 우리 사진 찍어서, 잘생긴 일반인을 소개합니다, SNS 페이지에 올리자."

웅성거리는 소리에 점집을 지나가던 여고생들과, 젊은 여자들도 그를 보고 눈을 떼지 못했다.

'주은혜. 지금 나한테 뭘 시킨 거야, 대체.'

원이 다시 한 번 심호흡을 했다.

여자들의 시선은 익숙할 법하지만, 늘 적응되지 않았다. 그런데다 오늘은 며칠 동안 받을 시선을 한꺼번에 받으니, 피곤함이 두 배로 몰려오는 기분이었다.

그때, 한 젊은 여자가 아줌마들을 헤치고 가장 앞으로 나와 말했다.

"내가 문 두드렸어요! 나와 봐요. 나 이 집 무당 지금 당장 만나야 돼!"

급하게 문을 두드렸던 여자였다. 그러자 뒤에 서 있던 아줌마들이 동요하며 서로를 밀치듯 점점 앞으로 다가오고 있었다.

"무슨 소리? 내가 먼저 왔어!"

"나는 아까부터 왔어! 비켜요!"

"우리 아들 대학 물어봐야 돼요!"

"나는 우리 딸이랑 사위 궁합이 급해!"

"저기 잠깐……."

원이 사태를 파악하고는 이 소란스러움을 잠재우려 했지만 사람들은 막무가내였다. 결국 원은 이를 악물었다.

"다들 조용!"

"……?"

건장한 남자의 목소리에, 아줌마들을 비롯한 사람들이 일제히 그를 돌아보았다.

"후."

내가 왜 이걸 해야 하는지 모르겠지만…….

"여러분."

그는 이내 입가에 옅은 미소를 띤 채 말했다.

"서로 누가 먼저 왔는지 아시잖습니까. 순서 지키시면서 줄 서시면, 제가 친절히 안으로 안내해드릴게요. 아셨죠?"

싱긋 웃고 있는 그의 미소에, 사람들은 순간 넋을 놓고 그의 얼굴을 바라보았다. 이윽고 분위기가 누그러진 틈을 타, 원은 강조하듯 덧붙였다.

"참고로 저는 절.대. 무당 아닙니다."

"으응? 아니었어? 그럼 새로 온 알바생인가?"

"알바생도 아.닙.니.다."

그는 애써 입가에 미소를 유지했다. 그의 단호한 대답에, 사람들은 두 눈을 동그랗게 뜨고 그럼 누군데? 라고 묻고 있었다.

그가 누구인지는 그리 중요한 것도 아닌데, 사람들은 마치 그의 대답을 기다리고 있는 것 같았다. 지금 이 상황에서는 그의 정체가 중요하다는 듯이.

주은혜. 빨리 좀 나와라……. 원은 속으로 수십 번 은혜를 부르며 짧고 간결하게 말했다.

"뭐, 여기 무당과 아주 깊은 관계라고 할 수 있겠네요."

그러나 그 '짧고 간결한 대답'은 오히려 독이 되었다.

"깊은 관계? 애인 사이인감?"

"어머 진짜?"

사람들은 호기심 가득한 얼굴로 마치 재미난 이야기를 듣는 것처럼 원에게 집중했다.

"하……."

이젠 정말 지쳤다. 원이 눈썹을 구기며 혼잣말을 했다.

"정말 힘드네."

그의 혼잣말에, 앞에 있던 아줌마가 배시시 웃으며 물었다.

"뭐가 힘들어? 가면보살님이랑 잘 안 돼?"

"아니……."

원은 또다시 해명을 하려다, 이내 그만두었다. 뭐…… 엄연히 따지면, 틀린 말은 아니니까. 그는 이제 지쳤다는 듯, 자신도 모르게 픽 웃어버렸다.

원은 어렴풋이 은혜의 모습을 떠올리며 나직이 말했다.

"네. 제가 매일같이 찾아와 매달리고 있는데 도무지 받아주질 않네요."

그의 한숨 섞인 대답에, 사람들은 그제야 만족스러운 대답을 얻었다는 듯 손뼉을 치며 까르르 웃었다.

"어머, 정말? 그럼 총각이 가면보살님께 잘 보일 수 있게 우리가 좀 도와줘야겠네! 호호. 자자, 서로 온 순서 내가 다 기억하니까 거짓말할 생각 말고, 알아서들 줄 서!"

이윽고 아줌마들 중 한 명이 앞장서서 줄 정리를 하기 시작했다. 그러자 사람들은 환하게 웃으며 원을 바라보고는 고개를 끄덕였다.

"……?"

방금 전까지 싸우고 있었다는 게 거짓말처럼, 사람들은 서서히 줄을 만들어 갔다.

"성공했네."

줄을 선 사람들을 본 원이 피식 웃었다. 왠지 모르게 뿌듯한 느낌이었다.

"어?"

그리고 그제야 은혜가 나타났다. 비녀와 한복, 그리고 가면까지 갖춘 완벽한 모습으로. 평소 후드 집업 차림에 반 묶음, 흡사 백수와 같은 모습으로 다니던 여자는 온데간데없었다.

"와. 그래도 높은 사람이라고, 그쪽도 사람 다루는 데 재주는 있나 봐요."

은혜는 줄을 선 사람들을 보고는 그의 뒤에 서서 쿡, 웃었다.

"물론 내가 한 리더십 하긴 한데."

또 '그쪽?' 원은 홱 돌아보며 미간을 찌푸렸다.

"내 이름 못 들었어? 다시 말해 줘?"

"네, 못 들었는데요."

"이 여자가 진짜……."

"아, 스톱."

"……?"

"여러분, 늦어서 죄송합니다. 제가 요즘 아파서 쉬느라 문을 못 열고 있었어요. 지금부터 한 분씩 다시 받을 테니, 조금만 기다려 주세요."

그가 톡 쏠 틈도 없이, 은혜는 어느덧 사람들에게 고개 숙여 인사하고 있었다. 점을 봐줄 때 빼고는 예의를 차린 모습이었다.

"기껏 도와줬더니."

확 보쌈해 버릴까. 원은 은근한 치기에 은혜를 어떻게 골려 줄지 고민했다.

—나뭇가지에 실처럼 날아든 솜사탕♬

문득 익숙한 솜사탕 벨 소리와 함께 원의 휴대폰이 울렸다.

"예. 네, 알겠습니다."

전화를 받은 그는 체리 빛 입술을 깨물곤, 짧게 통화를 끝냈다. 원은 서둘러 점집에서 나가려 챙길 것을 확인했다. 그러나 겉옷도 없이, 휴대폰만 들고 왔으니 챙길 것도 없었다.

"……."

작게 한숨을 내쉰 그는 시선을 돌려 은혜를 바라보았다. 그녀는 가면 아래 환한 웃음과 함께, 사람들을 향해 이야기를 하고 있었다. 기대도 안 했지만, 자신은 안중에도 없는 것 같았다. 원은 두 눈을 가늘게 뜨곤 무의식적으로 입매를 구겼다.

그래. 이 건물은, 어차피 곧…… 나한테 넘어올 테니까.

다른 생각은 하지 말자는 듯, 고개를 가로저은 그는 점집에서 나서려 발을 뗐다.

"어?"

그가 점집을 나서려는 것을 본 은혜는 그제야 그를 의식하곤 눈길을 돌렸다.

"잠깐만요."

문득 그녀가 그의 옷깃을 붙잡았다.

"……?"

"고마워요. 선우 원 씨."

원에게만 들릴 목소리였다.

"뭐……?"

방금. 뭐라고? 원이 그녀를 돌아보았다. 그러자 은혜는 어색하게 다시 한 번 말했다.

"고맙다구요."

그녀에게서 나는 달콤한 복숭아 향이 은은하게 풍기고 있었다.

"풉."

원이 웃음을 터트렸다. 이 여자가 쭈뼛거리는 모습이 왜 이렇게 귀여워 보이는 걸까.

"왜 웃어요? 남이 인사하는데. 이제 이름도 불러줬잖아요."

은혜는 눈썹을 찡그리며 작게 소리쳤다. 어느덧 사람들의 시선이 집중되어 있었기 때문이었다.

"아."

그것을 알아챈 원이 문득 씨익 웃었다.

"……?"

그의 웃음을 본 은혜는, 갑자기 정체 모를 불안감을 느꼈다.

신기 따위가 없어도 느낄 수 있는 불안감. 기조차 읽을 수 없는 정체불명 남자의 앞이라 더더욱 불안했다.

"……!"

그리고 그 불안감에 화답하듯, 그가 그녀의 두 뺨에 손을 얹었다.

"어머, 어머. 장사하라니까 지금 우리 앞에서 연애하는 거야?"

사람들의 이목이 더욱 집중되었다.

"네? 아니, 연애라니요!"

은혜는 깜짝 놀라 큰 눈을 깜박였다. 그가 작게 웃었다. 그리고 그녀의 입술에 닿을 듯 말듯 제 입술을 가져다 대곤, 속삭였다.

"나도. 어젯밤 고마웠어."

* * *

'아니, 뒷수습은 어떻게 하라고 손님들 앞에서 그렇게 하고는 가버리는 거냐구!'

은혜는 속으로 이를 악물고 있었다.

그랬다. 그는 가벼운 윙크와 함께 점집을 나서 버렸다.

"그 남자, 뭐 하는 사람이야?"

"가면보살님 능력 좋네~ 모델 같던데. 모델."

"언제, 어디서 만났어?"

덕분에 사람들은 은혜가 점을 봐주기 시작한 후부터 음흉한 얼굴로 궁금해죽겠다는 듯, 원에 대해 묻고 있었다.

"그건 알 거 없고! 내가 아줌마가 새 신랑감을 언제, 어디서 만날지 좀 봐야 할 판이야."

은혜는 고개를 저으며 일에 집중하려 했다.

—나도. 어젯밤 고마웠어.

하지만 자꾸만 그의 입술이 생각나 미칠 것만 같았다. 체리즙이 배인 듯, 적절하게 붉은 입술. 속삭이는 듯한 그의 낮은 목소리. 정말 미쳤나 보다.

"대박이다. 나 이혼한 건 어떻게 알았어?"

은혜가 속으로 머리를 쥐어뜯고 있던 사이, 은혜의 말을 들은 아줌마의 표정이 밝아졌다.

"아줌마는 결혼을 두 번 할 팔자야."

은혜는 아줌마를 응시하곤 진지하게 대답했다. 그래, 일에 집중하는 거야.

그가 떠나고 나서, 싹 사라졌던 귀신들은 어느새 점집 안을 돌아다니며, 은혜의 머리와 어깨 위에서 장난을 치고 있었다. 어딘가 가 있다 은혜가 점을 봐주기 시작할 때면 오는 장군님도, 한마디씩 툭툭 던지며 은혜를 도와주고 있었다.

"아무튼, 새 신랑감은……."

은혜는 가면을 쓴 얼굴로 앞의 손님을 바라보며 말을 이었다.

그렇게 계속해서 점을 보고, 다음 사람 차례가 되었다.

"드디어 내 차례네!"

아까 급하게 문을 두드렸던 여자였다. 여자는 급한 성질을 억지로 참고 기다리다, 이제야 자기 순서가 오자, 여전히 급하게 의자에 앉았다.

"어? 오랜만이네."

여자의 얼굴을 확인한 은혜는 가면 너머로 도도하게 인사를 건넸다.

"다시 올 줄 알았어."

그도 그럴 것이, 눈앞에 여자는 전에 한 남자와 커플로 왔던 여자이기 때문이었다. 여자는 갑자기 은혜의 손을 붙잡으며 외쳤다.

"보살님 말이 맞았어요. 그때 저랑 같이 왔던 그 남자! 유부남이었어요!"

어느새 호칭은 사기꾼에서, 보살님으로 바뀌어 있었다. 그러나 은혜는 천천히 고개를 저으며, 손을 빼내곤 대답했다.

"근데 어쩌나. 울고, 불고 매달려도 난 어쩔 도리가 없는데."

"네? 아니, 복채는 많이 드릴게요. 어떻게 하면 그 남자를 풍비박산 낼 수 있는지……."

"아니. 내가 그때 이미 할 말 다 해줬잖아. 그 남자한테 이미 다른 여자가 있고, 아이도 있었다고."

"아이요……?"

"그 남자한테 붙어있던 8살짜리 꼬마. 몇 년 전에 죽은 그 남자 아이야."

"……!"

여자의 얼굴이 새하얗게 질렸다. 은혜는 보이지 않게 혀를 차며, 한숨을 내쉬었다. 그렇게 충고를 해줬어도 못 알아듣더니만.

"말도 안 돼."

여자는 반쯤 울먹이며 혼란에 빠진 얼굴로 중얼거렸다. 그리고 잠시 입술을 달싹이다 곧, 가방을 챙겨 자리에서 일어나며 말했다.

"지금 너무 충격이 커서, 뭘 물어봐야 할지도 감이 안 잡히네요. 여기, 복채 넉넉히 넣었어요. 저번에 사기꾼 취급한 거 미안해요."

여자가 내민 건, 하얀 봉투였다. 보기만 해도 기분이 좋아지는 봉투. 설마 봉투에 몇 만 원 달랑 넣기야 했겠어?

"이제라도 알아주니 고맙네."

은혜는 가면 속으로 기쁨을 숨기곤 자리를 뜨는 여자를 향해 대답했다.

"아, 뭐 기분으로 하나 더 말해 주자면."

그리고 선심 쓰듯 몇 마디 더 얹어주는 그녀였다.

"그 남자보다 좋은 남자 만날 거야."

"네……?"

가방을 들고 은혜를 등지려던 여자가 뒤를 돌아보았다. 은혜는 여자의 머리를 쓰다듬고 있는 할아버지의 영을 보며 한숨 쉬듯 말해주었다.

“그러려고 헤어진 거니까. 아가씨가 조상님 덕을 많이 보네. 조상님이 지켜주고 계시니까 웬만해선 인생 힘들게 살진 않아.”

“정말요? 정말요?!”

“그러니까 그럴 능력도 없는데 대기업 다니고 있는 거야. 그러니까 나한테 이렇게 돈 봉투 내밀 수 있는 거고. 운이 좋은 거라고 생각하지? 아니, 아가씨 운에 원래 재물은 별로 없어.”

“우리 할아버지가 살아계실 때 저를 그렇게 예뻐하셨는데…….”

여자는 다시금 울먹이기 시작했다. 대기 소파에 앉아 은혜와 여자의 이야기를 어렴풋이 듣고 있던 사람들 또한 놀란 얼굴로 ‘어머’를 연발하고 있었다. 다들, 역시 가면보살! 이라는 얼굴이었다.

“얼른 할아버지께 한 번 찾아봬야겠어요. 그리고 솔직히 부러웠어요, 아까 그분. 나는 결혼까지 약속한 남친이랑 완전 파토 났는데.”

여자는 저번의 그 딱딱한 태도는 어디 갔는지, 은근히 얼굴을 붉히며 부러움을 표시했다.

“그분? 그분 누구?”

은혜는 무슨 뜻이냐는 듯 가면 너머로 여자를 응시했다.

“모른 척하시긴~. 가면보살님도 여자는 여잔가 보네요. 부끄러움도 타고.”

“내, 내가 언제요!”

당황해서 불쑥 존댓말이 나와 버렸다. 그러나 다행히 여자는 그것을 눈치채지 못한 듯, 아득한 눈빛으로 말을 이었다.

"나도 언제 그런 남자 만나 보나. 꽤 창피했을 텐데, 가면보살님 위해서 사람들 정리해주고, 속마음도 살짝 보여주던데요?"

"……속마음?"

가면 속 은혜의 눈동자가 바람 앞의 등불처럼 흔들렸다. 속마음이라니.

"웬만하면 좀 받아주세요~ 보는 사람 안타깝게. 그렇게 다가가도 안 받아주신다면서요?"

"……!"

이게 무슨 소리지. 다가가도 안 받아줘……? 누가? 내가?

은혜는 당황한 얼굴로 여자를 바라보았다. 그러나 여자는 빙그레 웃고는 또각거리는 구두 소리와 함께 사라졌다.

음흉한 웃음이 섞인 한마디와 함께.

"설마 오늘 점집에서 두 분이서 알콩달콩 쉬시는데 내가 주책없이 문 쾅쾅 두드린 건 아니겠죠? 난 사람들이 오늘 점집 열었다고 했는데 문이 잠겨 있길래, 급한 마음에 그런 건데……."

이내 여자의 등 뒤를 향한 은혜의 가슴 속 절규가 메아리처럼 울렸다.

아니, 아니, 절대 아니야!! 아니라고!!

아까 그 여자가 갑자기 이상한 소리를 하고 가는 바람에, 애써 집중했던 정신력이 흐트러지고 있었다. 은혜는 또다시 한동안 멍한 얼굴이 되었다. 점을 봐주는 것에도 집중할 수가 없었다. 옆에

서 천휘 장군님이 꿀밤을 때리는데도 무시해 버릴 만큼 깊은 생각에 빠져 있었다.

그 남자는, 무슨 생각으로 그렇게 말한 걸까. 설마 나를 좋아했던 건……? 그럼 내가 키스한 것도 오해하고 있는 건 아니겠지? 첫 번째고, 두 번째고 그건 엄연히 그를 죽게 두고 싶지 않아서……

"하아."

첫 번째는 그렇다 치지만 두 번째는 왜? 라는 생각이 갑자기 종처럼 머릿속을 울리고 있었다. 그가 점집 앞에서 쓰러졌을 때. 그가 죽게 될까 봐 불안했던 이유는……? 그가 갑자기 껴안을 때도 심장이 막 뛰던 건?

난 또 갑자기 왜 이래. 은혜는 머릿속에 둥둥 떠다니는 그와 함께 있던 순간에 화들짝 놀랐다. 갑자기 왜 이런 생각들이 우수수 떠오르는지 알 턱이 없었다.

"아냐, 정신 차려. 그 남자는 이 점집이 필요할 뿐이야."

그가 죽게 될까 봐 불안했던 이유는…… 또다시 누군가 죽는 걸 보고 싶지 않아서다. 그의 품에 안겼을 때 가슴이 떨렸던 이유는…… 딱 꼬집어서 설명할 수는 없지만! 그것도 그냥 놀라서였을 뿐이다. 은혜는 머릿속 뜬구름들을 샤샤샥 헤집어놓았다.

그래. 그 남자가 나를 좋아할 리가.

"보살님?"

은혜의 혼잣말에 자리에 앉아 있던 손님이 눈을 깜박였다. 손님은 그렇잖아도 시시각각 변하는 은혜의 표정을 이상하다는 듯이 지켜보고 있던 차였다. 은혜는 아하하, 어색하게 웃으며 다시 점을 봐주는 것에 집중하려 노력했다.

"뭐가 고민이랬지?"

괜한 생각 하지 말자.

*　　*　　*

"진짜 짜증 나네."

유명 헤어샵에서 메이크업을 하고 머리를 손질 받던 린이 잔뜩 투덜댔다. 간만에 아프다는 핑계로, 학교를 한 시간 반쯤 일찍 빠져나와 떡볶이와 순대로 배를 채우고 놀아볼까 했더니. 어느새 귀신처럼 잡혀서 고생을 하고 있는 중이었다.

"아빠는 갑자기 왜 안 하던 가족 외식을 하자고 그러는 거야."

린은 스마트폰을 꾹꾹 눌러가며 중얼거렸다. 말이 가족 외식이지, 풀 메이크업에 헤어와 의상까지 연예인 시상식 못지않은 변신을 해야 했다. 귀찮고 너무나도 싫었지만 원도 함께하는 식사이니, 어쩔 수 없이 받아들였다.

오빠와의 식사는 오랜만이기도 했고, 담임을 어떻게 구워삶았는지는 모르겠으나, 담임이 요즘 엄청 잘해주기 때문이기도 했다.

"저, 이제 염색 시작하겠습니다."

린이 스마트폰에 집중하던 사이, 헤어 디자이너가 다가와 염색약통을 들고는 미소와 함께 말했다. 그러자 화들짝 놀란 린은 정면 거울을 통해 헤어 디자이너와 눈을 마주치며 물었다.

"네? 염색? 무슨 색으로? 내 자유로운 영혼의 상징인 금발을 누구 마음대로?”

린이 결사반대라는 표정으로 눈살을 찌푸리자, 린을 기다리고 있던 정장을 입은 남자가 다가와 전했다.

“검은색으로 단정하게 염색 안 하고 오시면, 휴대폰과 카드 모두 차단한다고 전하라 하셨습니다.”

“내가 미쳐.”

머리는 포기해도 휴대폰과 카드는 절대로 포기할 수 없었다.

린은 결국 입술을 앙다문 채 더 이상 아무런 말도 하지 않았다. 대체 갑자기 무슨 바람이 불었기에 신경 안 쓰던 머리 색까지 바꾸라고 하는 거지?

린이 천불이 나는 속을 억지로 다스리고 있을 즈음, 염색약을 바르는 헤어 디자이너의 목소리가 들려왔다.

“그럼 염색 시작하겠습니다.”

* * *

“여기입니다.”

청랑이 차 문을 열어주며 말했다. 고급 선상 레스토랑 앞에 멈춰선 원은 옷매무새를 정리하고는 시간을 확인했다.

오후 6시 20분.

6시 약속이었는데, 늦어버렸다. 점집에서 나와 옷을 갈아입고 잠시 호텔에 들러 결재가 빠듯한 서류들을 검토해 보다, 조금 늦게 도착한 것이었다.

"우리 호텔 스카이라운지에서 해도 될 식사를 굳이 여기서……."

원은 귀찮다는 듯, 거대한 배 안으로 발걸음을 옮겼다.

"즐거운 식사 되십시오."

청량이 고개를 숙이며 원을 배웅했다.

뚜벅뚜벅 걷던 원은 문득, 자신의 입술을 매만졌다.

이 시간, 하루가 지나갈 때쯤이면 서서히 갈증이 느껴질 텐데. 오늘도 갈증이 없었다.

역시 어제 그 키스 때문인가.

정말 이상하고도 신기한 일이었다. 그 이유는 알 수 없지만. 그는 불현듯 낮에 은혜와 있었던 일을 떠올리며 웃었다. 당황한 그 얼굴을 잊을 수가 없었다.

그리고…… 입술이 채 1센티도 안 되는 거리에서 머물렀을 때, 자신도 모르게 뛰었던 심장. 그녀가 깨어났을 때의 심장이 내려앉는 안도감.

"……?"

원은 순간 두 눈을 번쩍 떴다.

뛰긴 뭐가 뛰었다고. 그건 그 순간이 너무도 조용해서 심장 소리가 잘 들렸을 뿐이었다. 그 여자가 깨어났을 때는, 또다시 누군가를 다치게 했을지도 모른다는 불안감에 대한 안도감이었을 뿐이었다.

"정신 차려. 선우 원. 네가 해야 할 일은 하루빨리 계약을 끝내는 것뿐이야. 그 무당하고는 그뿐이라고. 그것 말고는…… 없어."

그가 낮게 되뇌었다.

그 무당과 키스를 하고 나서 한동안 갈증이 느껴지지 않았다 한들, 그건 우연일 뿐이고 그 무당에게 아무리 이상한 감정을 느낀다 한들. 그건 기분 탓일 것이다. 괜한 감정에 휘둘려서 그 무당에게 자신답지 않은 행동들을 보이고 말았지만……, 정신 차려야 했다. 생각하지 말자. 그는 차분하게 머릿속을 정리했다. 그리고 계속해서 발걸음을 옮겼다.

우뚝.

그러나 오래가지 못한 채, 그 자리에서 멈춰 섰다. 원은 두 눈을 감았다. 방금 전까지 계속, 부정하며 애써 생각하지 않으려 했지만.

그녀와 키스할 때 처음으로 가슴이 뛰었다. 처음으로 멈추고 싶지 않았고, 그 순간이 자꾸…… 생각나고 있다.

그리고 어느샌가 또다시 그 여자 생각을 하고 있었다. 그 여자를 신경 쓰고, 웃고, 혼란스러워 하고, 이제는 오롯이 생각하고 있었다. 그저 비즈니스적인 차원일 뿐이라고 그렇게 말하고 또 말했는데.

"……정말 거짓말 못 하게 만드네."

원의 입가에 쓴웃음이 배어 나왔다. 안주머니에 손을 가져간 그는 휴대폰을 꺼내 들었다. 그리고 잠시 망설이더니, 저장된 번호 하나를 눌렀다. 생각난 김에 전화번호나, 확인시켜 줘야겠다.

반짝. 반짝.

"전화 안 받아도 돼요?"

"……?"

점을 보고 있던 은혜는 손님의 말에, 테이블 옆에 놓여 있던 휴대폰으로 시선을 돌렸다. 전화가 온 휴대폰은 소리나 미동 없이 화면만을 반짝이고 있을 뿐이었다.

전화?

언제 무음 설정을 해놓았는지, 여태껏 전화가 온 것도 모르고 있었다. 모르는 번호였다. 이내 은혜는 폴더식 휴대폰을 열어젖혔다.

"여보세요?"

은혜의 목소리가 들리자, 원은 잠시 입술을 달싹였다. 전화를 하자마자 무슨 말부터 꺼내야 할지 아직 생각하지 못했는데, 이렇게 빨리 받을 줄은 몰랐다.

"……내 전화. 받았네."

["누구세요?"]

낯익은 목소리긴 했지만 은혜는 고개를 갸웃하며 물었다.

"주은혜."

원이 낮은 목소리로 은혜를 불렀다. 그리고 원래 전화했던 의도와는 다른 한마디로 입술을 뗐다.

"자꾸 네가 생각나."

["네?"]

"틈만 나면 네가 생각나는데…… 왜지?"

["무슨……."]

주은혜. 정말 이상하게도…….

"자꾸 네가 생각나 미칠 것 같아."

"……!"

은혜는 휴대폰을 잡은 채 입술을 살짝 벌렸다.

그리고 물었다.

"무슨 뜻이에요?"

그러나 원은 곧, 작은 한숨과 함께 짧은 한마디를 남기곤 전화를 끊었다.

["이거 내 번호야. 저장해 둬."]

"네?"

은혜는 휴대폰 화면을 바라보았다. 이미 전화는 끊어졌다.

"보살님? 제가 시간이 없어서요. 이제 남편 밥 차려주러 가야 해요."

은혜가 전화 통화를 끝낸 것을 보자, 손님은 멍하니 화면을 바라보고 있던 은혜를 재촉했다.

"아."

은혜는 휴대폰을 내려놓고, 손님을 바라보았다.

머릿속의 혼란스러움은, 이제 두 배. 세 배. 아니 열 배가 되었다. 보고 싶어 미칠 것만 같다니……?

"……."

원은 끊긴 화면을 보며, 한동안 말이 없었다. 불쑥 한마디를 해

놓은 자신에게, 그 또한 당황했다. 그러나 말해버렸다. 어쩌면 그게 진짜 마음이었을지도 모를, 한마디를.

술을 마신 것도 아닌데. 우선은 복잡한 감정을 제대로 이해해보고 천천히 꺼내보려고 했는데. 그저 전화번호를 저장하라고 한 전화에서, 어째서 그런 말을 해버렸을까.

어젯밤. 그녀의 집에서 눈에 띈 구식 휴대폰을 발견하곤, 그녀의 번호를 저장해 둔 것이었다. 연락이 안 돼서 답답하던 차였기에 별 뜻 없이 저장해둔 번호였다. 그런데…….

'무슨 쓸데없는 말을 해버린 거야.'

원은 손바닥으로 제 이마를 꾸욱 눌렀다.

"어쨌든, 이젠 답답해서 미칠 일은…… 없겠네."

애써 다른 말로 자신을 위로한 그의 입가에 어렴풋한 미소가 떠올랐다. 다시 그는 빠른 걸음으로 선상 안의 실내 레스토랑으로 향했다.

"하하하. 네, 요즘 로열 백화점 건설에 다들 엄청 관심 가지고 있어요."

"일전에 태양그룹 회장과도 식사 자리를 가졌었는데, 태양그룹도 투자를 좀 해볼까 하는 것 같던데요?"

"호오, 그래요?"

화기애애한 분위기 속, 원은 저벅저벅 그들에게로 다가갔다. 부부인 것처럼 보이는 젊은 여자와 늙은 남자, 자신의 아버지 선우헌. 그리고 린이 먼저 식사를 하고 있었다. 린은 잔뜩 굳은 얼굴로 스테이크를 썰며, 선우 회장을 보이지 않게 노려보고 있었다. 마치 이런 자리인지 몰랐다는 듯이.

"오, 왔구나."

헌이 원을 발견한 듯 칼질을 잠시 멈추었다. 원의 등장에, 굳었던 린의 얼굴이 조금은 펴졌다.

"……예."

원 또한 가족 식사 자리인 줄 알고 있었다. 그는 잠시 당황했지만, 곧 비즈니스 자리임을 눈치채고는 자연스럽게 인사했다.

"처음 뵙겠습니다. 로열 호텔 대표이사, 선우 원이라고 합니다."

"반가워요. 로열 호텔 사장님의 외모야 재계에서 유명한데, 이렇게 직접 보니 남편 있는 저도 혹할 정도네요."

젊은 여자가 호호, 웃으며 입을 가렸다. 그러자 늙은 남자는 못마땅하다는 듯 말을 이어갔다.

"이 사람이 그 무슨 초면에 실례인가. 나는 성운 병원장, 윤성민이라고 하네. 여기 이 사람은 같은 병원 이사장이고."

"차혜원이라고 해요."

성민의 옆에 앉아 있던 혜원이 싱긋 웃었다.

성운 병원. 불현듯 원의 눈썹에 힘이 들어갔다. 하윤아가 입원해 있는 병원이었다.

"뭐 해, 어서 앉지 않고."

헌이 그를 불렀다.

"아, 예. 어쨌든 잘 부탁드리겠습니다."

원은 서둘러 성민과 혜원의 인사에 답하곤 린의 옆에 앉았다.

"우리 아들 녀석도 와야 하는데. 오늘 진료가 좀 늦어지나 봅니다."

원을 바라보던 성민이 억지로 미소를 지으며 옆에 있던 혜원에게 눈치를 주었다.

혜원 역시 애써 웃음을 지으며 이를 악물고 있었다. 그렇게 일렀건만, 성빈은 기어이 오지 않고 있었다.

"흐음. 30분 뒤에 이 배가 강을 한 바퀴 돈다고 하던데. 이러다 윤 군이 배에 타지 못하게 될까 봐 걱정되는군요."

시간을 확인한 헌이 걱정스러운 얼굴로 대답했다.

"저, 잠시 실례하겠습니다."

문득, 묵묵히 자리에 앉아 있던 린이 일어나며 말했다.

헌이 보이지 않게 인상을 구기며 린을 바라보았다. 린은 입 모양으로 '화장실'이란 단어를 읊었다. 그러자 헌은 눈짓으로 테이블 위에 무언가를 놓고 가라는 신호를 보냈다. 뭘? 린이 표정을 구기며 대꾸했다. 옆에서 헌의 의도를 눈치챈 원이 린의 손에 쥐어져 있던 휴대폰을 가져가 자신의 주머니에 넣었다. 오빠! 린은 원을 노려보며 소리를 지르고 싶은 것을 억지로 참았다.

"그럼."

이윽고 린은 불편한 기색으로 자리를 떴다.

"후아. 답답해 죽겠네."

실내에서 밖으로 나온 린이 바람을 쐬며 숨을 내쉬었다. 소매부터 허벅지까지 딱 붙는 화이트 미니 드레스가 아주 불편했다. 마음 같아서는 뽕이고 뭐고 다 빼고, 구두까지 벗어버리고 싶었지만 인질처럼 잡혀 있는 휴대폰을 위해서는 그럴 수가 없었다.

저녁 바람은 선선했다. 아니, 선선하기보다는 은근히 쌀쌀했다. 일시적으로 웨이브를 넣은 린의 긴 머릿결이 바람에 날렸다.

넓은 배 갑판 위에서는 화려한 선상 파티가 이어지고 있었다.

한편, 뒤늦게 성빈이 한 걸음, 한 걸음 배 위로 걸어오고 있었다. 성빈은 세련된 슈트 차림으로 옷소매와 목깃 등, 옷매무새를 확인하며 걸었다.

"……?"

레스토랑이 있는 실내로 들어가려던 성빈의 시선이 누군가에게 고정되었다. 입구 근처 난간을 잡고 어딘가를 바라보며 서 있는 여자였다. 어딘가 낯이 익은 것 같은 느낌에 잠시 멈춰 서긴 했는데, 다시 생각해보니 저렇게 화려하게 차려입고 이런 곳에 서 있는 여자가 자신이 본 적 있는 여자일 리가 없었다.

겉옷도 없이 꽤 추워 보이긴 했지만, 그는 멈춰 있던 발을 움직여 안으로 향했다. 이윽고 여자도 뒤를 돌아 실내로 들어가려 발걸음을 뗐다. 그러나 그 순간, 여자의 드레스 끝자락 실오라기가 배 난간 어딘가에 걸린 것인지 서서히 풀어지기 시작했다.

"……?"

여자가 자신 쪽으로 다가오자 무심결에 힐끗 그녀를 본 성빈이 그것을 알아챘다.

"말해 줘야 하나."

성빈은 잠시 미간을 좁혔다. 어느새 사람들은 여자의 드레스를 힐끔힐끔 보며 소리 없이 웃고 있었다. 그는 잠시 고민하더니, 하는 수 없다는 듯 여자에게로 다가가 손목을 붙들었다.

"저기요."

최대한 빨리 말해주는 게 그녀가 나중에 덜 창피할 것 같다는 판단에서였다.

"뭐예요?"

여자는 놀라 성빈을 바라보았다. 목소리의 주인공은 바람을 쐬고 들어가려던 린이었다.

문득 마주한 낯익은 그의 얼굴에, 린은 낯선 남자가 자신의 손목을 잡고 있다는 사실도 잊은 채 눈을 깜박였다.

"어……?"

어디서 봤더라. 린이 고개를 기울이곤 그를 기억해내려 했지만, 성빈이 먼저 입을 열었다.

"뒤에."

"네?"

린은 무슨 말이냐는 듯 그를 응시했다. 그러자 성빈은 다시 한 번 말해주었다.

"드레스가 풀어지고 있는 것 같은데."

"네에? 헐!"

뒤를 돌아본 린은 순간, 자신도 모르게 단아함과는 거리가 먼 단어를 내뱉었다.

"이게 언제부터 걸린 거야?"

그리고 빠르게 난간 쪽으로 다가가 실오라기를 떼서 확인했다.

조기에 발견해서 많이 풀어지지는 않았지만, 덕분에 반전 드레스 처럼 엉덩이 아랫부분만 미니스커트가 되어버릴 뻔했다.

"아놔, 미치겠네!"

린은 이마에 손을 얹으며 어느 집 귀한 아가씨답지 않은 말들을 쏟아냈다.

이 배는 손꼽히는 상류층만이 향유할 수 있는 고급 유람선이었다. 그러니 여기 서 있는 모든 사람들의 신분은 불 보듯 뻔했다. 그것을 대충 짐작하고 있는 성빈이 린을 의아하게 바라보았다. 하지만 곧, 그는 또다시 집중되는 사람들의 은근한 시선을 눈치챘다.

"어떡하지? 어떡하지?"

린은 한 손엔 드레스 실 끝을 잡고, 한 손으로는 엉덩이를 가리며 입술을 앙다물고 있었다. 원을 부르려 해도, 휴대폰이 없었다.

"후."

그런 린을 지켜보던 성빈은 천천히 린의 뒤로 다가갔다. 그리고 자신의 재킷을 벗어 그녀의 허리에 묶어주었다.

"……?"

린이 놀란 눈으로 성빈과 두 눈을 마주쳤다. 성빈은 와이셔츠 차림으로 바지 주머니에 손을 넣고 있었다.

"이거라도 두르고 있는 게 좋을 것 같아서요."

"린이라고 했죠? 정말 예쁘네요. 단아하고."

혜원이 와인을 한 모금 음미하며 린에 관해 운을 뗐다.

“아직 학생이라 부족한 점이 많은 아이지만, 자라기는 아주 제대로 자란 아이입니다. 참, 이렇게 말하면 제가 소위 딸 바보라고 흉보실지도 모르겠습니다.”

헌은 껄껄 웃으며 대답했다.

“그럴 리가요. 제가 보기에도 아주 어여쁘고 예의 바른 숙녀인데요.”

혜원의 말을 들은 원은 애써 미소 지었다. 어여쁘고 예의 바른 숙녀라니. 하하…… 그럴 리가 없는데. 그래도 린 녀석이 나름 본인 행동에 신경을 쓴 모양이었다.

혜원은 최대한 품위 있는 모습으로 격식 있게 대화를 이어나갔다.

“회장님께서는 따님을 자유롭게 공부시키셨다면서요? 중학교 때까지는 홈스쿨링을 하고, 지금은 일반 인문계 고등학교를 다니고 있다고 들었어요.”

“하하. 예, 재벌이라고 모두 남들 다 하는 엘리트 코스 밟아가며 교육시켜야 하는 건 아니죠. 자유롭게 시켰더니, 알아서 다 잘하더군요.”

“어머. 그런 점에선 우리 성빈이랑 비슷…….”

헌의 대답에, 혜원이 반갑다는 듯 말을 이으려 했지만 성민이 그녀를 조용히 툭 치며 화제를 돌렸다.

“자유분방하게 자란 것치고는 따님이 아주 성숙하고 조신한 것 같습니다. 하하.”

“이이는.”

혜원이 작게 중얼거렸다.

헌은 성민의 칭찬에 화답하듯 성빈을 언급하며 추켜세웠다.

"윤 원장님 아드님도 17살 때 의대에 합격했다면서요. 아주 자랑스러운 아들을 두셨습니다."

"그 녀석이 어려서부터 의사가 되고 싶다고 하더니, 글쎄 덜컥 그 나이에 의대에 붙어버렸지 뭡니까. 전 제가 병원을 하다 보니, 의사보다는 사업 쪽에 관심을 붙이려고 했는데 글쎄, 어디 자식이 부모 마음대로 되나요."

성민의 웃음소리와 함께 분위기는 더욱 화기애애해졌다. 그러나 그 이면엔, 돈이 아무리 많아도 감출 수 없는 구멍이 하나씩 있는 자식들을 포장하느라 바빴다.

린이 겉으로 보기엔 고등학생이긴 한데…… 실제로는 고등학생이 아니라는 것을 알게 되면 어떤 표정을 지을까. 원은 말없이 와인을 입가에 가져갔다.

"린이 이런 자리는 처음이라, 오늘 좀 말이 없었던 것 같습니다. 평소에는 말도 잘하고 화기애애한데 말이죠."

"저희 아들 녀석도 원래는 시간 약속에 늦는 법이 없는데, 한창 바쁜 레지던트다 보니 응급상황이라도 생겼나 봅니다."

어느덧 배가 출발하기 10분 전. 정작 이야기의 주인공들이 없는 식사 자리는 어딘가 더욱 불편했다.

시간이 지나자, 이 자리의 의미를 알아챈 원은 기분이 썩 좋지가 않았다. 이렇게 서서히 인연을 만들어 가고, 시간을 쌓다 보면 자연스럽게 약혼이라는 기업 간의 아름다운 거래가 성사될 터. 아버지가 벌써부터 그 준비를 하는 것은, 진정 린을 위한 것일까. 원은 포크와 나이프를 쥔 채 음식이 담긴 접시를 말없이 바라보았다.

"린이 늦네요. 제가 잠시 다녀와 보겠습니다."

이윽고 그도 자리에서 일어났다. 린을 데려올 겸, 답답한 식사 자리에서 잠시 피하고 싶은 마음이었다.

헌은 알아서 오겠지, 대수롭지 않게 생각했지만 혜원이 고개를 끄덕이며 입술을 뗐다.

"동생이 안 보이니까 불안한가 보네요. 역시 오빠네. 어서 다녀와요."

"이해해 주셔서 감사합니다."

원은 인사와 함께 밖으로 나섰다.

* * *

초반에 비해 손님이 많이 빠져서 이제 겨우 한숨 돌릴 수 있었다. 이제는 두 사람만이 남아 차례를 기다리고 있었다. 그다음엔 얼마나 또 올지는 모르겠지만.

은혜는 다음 손님을 받기 전, 뜨거운 차를 한 모금 마셨다. 그런데 무의식적으로 시선이 옆에 있던 휴대폰으로 슬쩍 갔다. 보는 사람도 없건만, 주위를 살핀 은혜는 휴대폰을 가만히 열어보았다.

—자꾸 네가 생각나서 미칠 것만 같아.

그리고 또다시 생각나 버렸다.

그에게서 온 전화.

갑자기 그런 말을 한 이유는 무엇일까. 그냥, 날 놀리려고 장난을 친 것은 아닐까?

왜 자꾸 헷갈리게 만드는 거야……. 은혜는 아랫입술을 잘근 물었다. 애써 마음을 다잡고 부정하고 있는데, 자꾸만 이상한 행동을, 자꾸만 이상한 말을 해버리면.

착각하지 말라고 했는데…… 착각하고 싶어지잖아.

은혜의 속눈썹 아래로 그림자가 졌다.

"진심…… 아니었겠지. 술이라도 마시고 전화한 걸 거야."

은혜는 조용히 중얼거렸다.

"어……?"

물끄러미 휴대폰 화면을 보고 있던 그녀는 불현듯 휴대폰 화면에 떠 있던 표시에 시선을 고정했다. 부재중 전화가 세 통이 찍혀 있었다. 아까 그의 전화를 받고는 휴대폰을 바로 내려놓아서 제대로 보질 못한 건지, 부재중 전화를 이제야 확인하게 된 것이었다. 그러고 보니, 여태까지 분명 벨 소리로 해놓았는데, 무음으로 되어 있었다. 어쨌든 부재중이 뜬 번호는 모르는 번호였다.

"누구지?"

부재중 통화가 찍혀 있던 시간은 오후 1시, 2시, 3시. 한 시간에 한 번씩 세 번이었다. 은혜는 현재의 시간을 확인했다. 시간은 어느덧 6시 55분이 넘어가고 있었다.

"저기, 가면보살님. 내가 정말 급해서 그런데, 갑자기 배가 너무

아파서. 화장실 좀 다녀오면 안 될까?"

은혜가 휴대폰을 보고 있던 중, 자신의 순서인 듯한 아줌마가 다가와 배를 붙잡으며 물었다. 은혜는 잠시 쉴 겸, 고개를 끄덕였다. 그다음 순서인 마지막 아줌마는 통화 중이었다.

"흐음."

잠시 짬이 생긴 은혜는 세 통이나 찍힌 전화번호를 뚫어져라 응시했다. 한 통뿐이라면 스팸 전화나 휴대폰을 바꾸라는 전화이겠거니 하겠지만, 세 통이나 한 시간 간격으로 찍혀 있는 것을 보면 중요한 전화일지도 모른다.

"그러고 보니 오늘 12시에……."

무심코 전화가 온 시간을 확인하던 은혜의 눈이 커졌다.

헉!

—생각 있으면 내일 12시. 우리가 만났던 떡볶이집 앞에서 봐요!

"어떡해. 잊고 있었다."

윤성빈. 그와 만나기로 한 약속을 까맣게 잊고 있었던 것이었다. 물론 꼭꼭 약속해, 하면서 약속한 건 아니었지만……

"기다렸나……?"

하아.

"기다렸겠지? 그러니까 이렇게 전화를 했겠지?"

내 번호는 어떻게 알았을까. 은혜는 엄지손가락을 물었다. 보나 마나 정보의 출처는 할머니일 것이었다.

"아아. 어떡하지. 한 시간마다 전화했으면 적어도 세 시간은 기다렸다는 건데."

에이, 설마. 한 시간 정도 기다리다 가고 나서 혹시 내가 나왔을까 봐 전화해 본 거겠지, 라고 합리화하고 싶었지만, 왠지 그 순수해 보이는 꽃의사는 그럴 것 같지가 않았다.

"어떡하지? 아냐, 아냐. 이럴 게 아니지."

은혜는 우선 부재중이 찍힌 전화번호로 통화 버튼을 눌렀다. 통화 연결음이 들려오고, 신호가 가기 시작했다.

* * *

"지금 저 도와준 거예요?"

린은 주춤, 성빈을 바라보며 물었다.

"그럼 다른 뜻이 있을까 봐요?"

성빈은 팔짱을 낀 채 담담하게 대답했다. 평소 같았으면 서글서글하게 웃었겠지만, 오늘은 기분이 그렇지를 못했다. 덕분에 다른 사람이 보기엔 그가 꽤 무뚝뚝해 보일 수 있는 분위기였다.

"아니 뭐. 꼭 그런 뜻은 아니었어요. 하지만 배 위에서 그렇게 와이셔츠 차림으로 서 있으면 꽤 추울 텐데, 이거, 제가 가지고 있어도 되는 건지 모르겠네요."

린은 성빈이 매어준 재킷을 물끄러미 응시했다. 선우 린답지 않은 배려 가득한 말투가 묻어나왔다. 이런 거, 원 말고는 처음인 것 같았다.

"남자도 추워요."

성빈이 입술을 뗐다.

하늘이 짙어질수록 바람이 꽤 차졌다. 그의 갈색 머리카락이 선상 조명에 비춰 오묘한 색으로 빛났다.

이윽고 성빈은 와이셔츠 차림으로 그녀의 앞에 선 채, 낮게 말했다.

"하지만, 여자가 곤란한 상황을 보고 지나치기보다는 좀 추워도 되는 게 남자죠."

린의 눈동자가 살짝 흔들렸다. 그러나 곧 린은 스스로 화들짝 놀라 시선을 돌린 채 말했다.

"우선은, 상황 수습하는 대로 돌려드릴게요."

띠리리리리—

조금은 어색한 기류를 깨듯, 두 사람 사이로 휴대폰 벨이 울렸다.

"아. 여기서 나는 것 같은데요."

린은 자신이 두르고 있던 옷에서 소리가 나는 것을 알아채곤, 서둘러 휴대폰을 꺼내 그에게 건네주었다.

"……?"

휴대폰을 건네받은 성빈이 멈칫했다. 그는 약간 긴장된 손끝으로 스마트폰 화면을 옆으로 밀었다. 누군가의 불안한 목소리가 그의 귀에 닿았다.

["저 혹시……."]

"은혜…… 씨?"

["맞구나. 성빈 씨예요?"]

예상치 못하게 들려온 그녀의 목소리가 너무도 반가웠다. 지옥과도 같은 식사 자리에 가고 싶지 않았는데. 어쩌면 지금이라도 그녀를 만날 수 있을까?

성빈은 두 눈에 힘을 주었다. 그리고 물었다.

"지금 어디예요?"

["네? 지금 여기 가면보살…… 아, 점집인데요."]

"우리가 만나기로 했던 떡볶이집이랑 가까워요?"

["가깝긴 하죠. 그 근처니까요. 근데 그건 왜요?"]

가면보살. 그는 가면보살이라는 이름을 작게 되뇌었다. 그리고 굳게 다물었던 입술을 뗐다.

"그럼 기다려줄래요? 그 자리에서 한 발자국도 움직이지 말고."

["네?"]

영문을 모르겠다는 듯 반문한 은혜의 목소리를 뒤로, 성빈은 휴대폰을 꽉 쥐었다. 그 순간 배가 5분 뒤에 출발한다는 안내 방송이 흘러나왔다.

띠리리리리리—

그에 맞춰 또다시 성빈의 휴대폰이 울렸다. 보나 마나, 아버지였다. 그는 받지 않은 채 여전히 휴대폰을 꽉 쥐었다.

성빈은 앞에 서 있던 린을 바라보며 몇 마디 당부했다.

"제 옷은 성운 병원에 맡기면 돼요. 여기 근처에 있는 병원 알죠? 맡기면서 정신과 윤성빈 옷이라고 말하세요. 그럼."

린이 대답할 새도 없이, 그는 배에서 내려 밖으로 빠르게 사라져버렸다.

"성운 병원?"

성운 병원이라면 자신이 방금 같이 식사를 하던 병원장과 이사장 부부의 병원이었다.

"아니, 저기요!"

"린?"

멍하니 성빈의 뒷모습을 바라보고 있던 린을 발견한 원이 성큼성큼 다가왔다.

"어? 어. 오빠."

원의 목소리에, 린은 성빈에게서 시선을 떼고 그를 바라보았다. 물끄러미 린을 바라보다 낯선 옷이 눈에 띄자, 원은 옷에 대해 물었다.

"이 옷은 뭐야?"

"아, 오늘 완전 재수 없게 치마 올이 다 나갔어."

"뭐? 어디 봐……가 아니고. 그럼 이 옷은 누구 건데?"

"어떤 남자가 나한테 올 풀렸다고 알려주고, 이 옷 빌려줬어."

"그래? 너한테 관심이라도 있었나."

원이 작게 웃었다.

"전혀 아니거든. 매너가 좋은 사람인가 보지. 나한테 그랬어. 여자가 곤란한 상황에 그냥 지나치기보다는 좀 추워도 되는 게……남자래."

린이 잠시 말끝에 여운을 남겼다. 원은 슬며시 입가에 미소를 띠었다.

"반했지? 그 녀석한테."

"뭐어? 이 오라버니가 미쳤나. 내가 오빠를 하도 많이 봐서 웬만한 얼굴에는 끄떡도 않는……."

절대 아니라고 펄쩍 뛰던 린이 잠시 멈칫했다.

"아. 생각났다."

어디서 봤나 했더니.

"떡볶이집."

찾았다. 그 남자가 낯설지 않았던 이유.

"떡볶이집?"

"그래, 맞아. 거기서 청승맞게 어떤 여잘 기다리고 있던 남자였어. 꽃까지 들고 있었는데."

린은 그제야 생각났다는 듯, 검지 손가락으로 입술을 톡톡 치며 중얼거렸다.

"……그 남자였네."

숙맥인 줄 알았더니, 의외로 괜찮은 구석이 있는 것 같기도.

내가 무슨 생각을 하는 거야? 린은 두 눈을 빠르게 깜빡였다. 그리고 홱 돌아 안으로 들어가며 툴툴 댔다.

"어쨌든 옷 핑계 대고 빨리 집에나 들어가고 싶다. 아빤 대체 무슨 생각이래? 엉?"

"떡볶이집에서 여자를 기다리고 있었다고……?"

린이 돌아가자, 원도 그녀를 따라 레스토랑 안으로 발걸음을 돌렸다. 저 멀리 멀어져가는 성빈의 뒷모습을 응시하며.

저녁 7시. 성빈을 보낸 채, 배는 그렇게 출발했다.

*　*　*

"뭐지?"

끊긴 전화를 쥐고 있던 은혜는 두 눈을 동그랗게 떴다.

"기다리라고?"

은혜가 고개를 갸웃하던 중, 누군가의 목소리가 들려왔다.

"가면보살님! 나 다음에 올게. 아무래도 보통 배탈이 아닌가 봐."

금방 전 배가 아프다고 화장실에 갔던 아줌마의 목소리였다.

"이러다간 하루 종일 점집 화장실에 박혀 있겠어! 미안해!"

아줌마는 화장실에서 나오며 한 손을 엉덩이에 얹고는 재빨리 점집을 나갔다.

"에?"

"아이 정말! 정말 오래 기다렸는데, 하필이면 남편이 지금 오라고 난리야. 남편 몰래 왔거든. 나도 다음에 올게!"

그다음 손님이었던 아줌마도 대기 소파에서 일어나며 짧은 인사와 함께 점집을 나섰다. 그렇게 거짓말처럼 갑자기, 남아 있던 두 명의 손님이 떠나버리자, 순식간에 점집이 휑해졌다.

뭐 오늘은 누구 덕분인지는 몰라도, 평소보다 손님이 워낙 많았기에 한두 명이 엄청 아쉽지는 않았다. 물론 그 한두 명이라도 더 있는 게 훨씬 좋겠지만, 오늘만큼은 그랬다.

평소와는 다르게 거의 쉴 틈 없이 손님을 본 것도 있고, 점을 봐주는 것에 온 신경을 써도 모자랄 판에 머릿속을 헤집어놓은 한 사람도 있었고. 여러모로 몇 배로 피곤한 하루였다.

"흐아."

가면을 고쳐 쓴 은혜는 그대로 테이블 위에 엎어졌다. 긴장이 확 풀려서인지, 그제야 피곤이 훅 몰려든 것 같았다.

그리고 그때.

지직—

점집의 전등이 꺼졌다 켜졌다.

"……?"

뭔가 이상함을 느낀 은혜가 허리를 펴고 주위를 둘러보았다.

지지직—

그리고 다시 전등이 꺼졌다 켜졌다.

"누구세요?"

팟—!

은혜의 입술이 떨어지자마자, 전등이 꺼졌다. 여느 때와 같았더라면 긴장부터 했겠지만 이제는 익숙한 일이었다. 그녀가 갑자기 누구세요, 라고 묻는 것부터 그러했다.

"누구시냐구요."

귀신들은 조용히 나타나면 자기 말을 안 들어줄까 봐, 으레 이렇게 요란하게 등장하곤 했다. 자기들을 두려워한다면, 어서 내가 시키는 대로 하라는 식의. 그것을 너무나도 잘 아는 은혜는 가면을 꾸욱 눌러쓰고는 다시금 주위를 둘러보았다.

아직까지는 모습을 드러내지 않은 모양이었다. 그러나 은혜는 귀기가 가장 세게 느껴지는 쪽을 응시했다.

"거기 계셨네."

벽면 구석진 소파에 앉아 있는 건, 사람이 아닌 혼령이었다.

"말해 줘요."

혼령은 소파에 앉아 흐느끼며 계속 같은 말만을 되풀이했다.

"말해 줘요. 그 아이한테."

"당신은……."

혼령을 뚫어지게 바라보던 은혜의 눈썹에 힘이 들어갔다. 전에 봤던 혼령이었다. 성빈의 옆에서 슬픈 얼굴을 하고 서 있던 혼령. 혼령은 불현듯 문 쪽을 응시하고는 또다시 같은 말을 했다.

"꼭…… 말해줘요."

"무엇을 말해달라고 하는 거죠?"

은혜가 진지한 얼굴로 물었다.

그러자 혼령은 은혜를 돌아보더니, 구슬픈 입술을 뗐다.

"나는……."

벌컥—!

스르륵—

갑자기 점집 문이 열림과 동시에, 혼령은 사라져버렸다. 혼령이 사라짐과 동시에 불은 언제 그랬냐는 듯이 켜졌다.

"에구구. 내가 휴대폰을 두고 갔지 뭐야."

마지막 손님이었던 아줌마였다. 실컷 전화 통화를 해놓고는 휴대폰을 두고 간 모양이다. 아줌마는 소파에 두고 간 휴대폰을 챙기고는 찡긋 눈인사와 함께 다시 사라졌다.

"하필 타이밍도. 그나저나 뭘 말해 달라고 하는 거지?"

은혜는 고개를 푹 숙였다가, 다시 테이블 위에 엎드렸다. 그리고 한쪽 뺨을 테이블 면에 댄 채, 중얼거렸다.

"아니, 뭔가 부탁할 게 있으면 누구한테 무엇을 말해달라는 건지 정확히 알려줘야 할 거 아냐."

귀신들은 늘 그런 식이었다. 자기들도 생각이 있고, 입이 있으면 다 말해줄 수 있을 텐데. 꼭 중요한 부분은 뚝뚝 잘라 먹는다. TV에서 그런 거 보면 정말 답답했는데. 어떻게 실제로도 그래!

할머니 말로는 본래 저승에 가야 될 그들이, 억지를 부려 이승에 남아 있기 때문이라고 했다. 이승에 남아서 자신들이 하고 싶은 말을 하는 게 쉽지 않은 것은, 그 대가라고. 그들은 하고 싶었던 말을 전하기 위해서 남아 있는 건데. 염라대왕님도 가혹하시지.

"오늘은 사탕 없어."

하지만 예외도 있다. 은혜는 옆에서 사탕을 달라고 조르는 꼬마 귀신을 떼어내며 혼잣말을 했다. 얘는 또 은근히 말을 잘하는 걸 보면, 할머니 말이 완전히 맞는 건 아닌 것 같기도 하고.

"오늘은 그 아저씨 안 오냐고? 누구?"

뜬금없는 물음에 은혜가 꼬마를 힐끗 보았다. 어떻게 죽었는지는 정확히 모르겠지만…… 세상에 꽃을 피우기도 전에 죽은 아이. 이름은 미미였다. 얼마 전 성운 병원에서 만났다가 가끔 놀러 와서 사탕을 달라고 해서 몇 번 줬더니 계속 온다.

"잘생긴 아저씨?"

잘생긴 아저씨라면. 흐음.

"선우 원? 그 남자를 말하는 건가?"

은혜가 선우 원? 이라는 이름을 말하자마자, 꼬마는 고개를 끄덕이며 겁먹은 듯한 표정을 지었다.

"무서워?"

은혜의 물음에 꼬마는 울상을 지으며 세차게 고개를 끄덕였다.

"왜?"

그 이유가 뭘까. 그러고 보니, 그가 올 때면 귀신들이 거의 도망가다시피 사라졌었지.

그러나 꼬마 귀신은 은혜의 물음에 대답하지 않은 채, 어느새 울리고 있던 은혜의 휴대폰을 가리켰다. 역시나 무음이어서 몰랐다. 빨리 진동이나 벨 소리로 바꾸든가 해야지.

"여보세요?"

["은혜 씨. 여기 떡볶이집 앞인데…… 여기서 어떻게 가면 돼요?"]

번호의 주인공은 성빈이었다.

"정말 오려구요? 아니, 왔어요?"

은혜가 자리에서 벌떡 일어나며 물었다.

["네. 가면 안 돼요? 오늘 나, 네 시간이나 기다렸는데……. 지금이라도 약속 지킬 기회 주는 건데……."]

"아니 그게……."

지금은 가면을 쓰고, 무대의상까지 갖춘 상태란 말이다.

어떻게 말해야 하지. 은혜는 입술을 달싹였다. 이내 재빨리 머리를 굴린 그녀가 가면을 벗었다.

"그, 그럼 제가 갈게요!"

그리고 한 손으로 저고리도 벗어내며 급히 2층으로 올라갔다.

["은혜 씨가요?"]

"네. 떡볶이집 앞이랬죠? 딱 기다려요."

은혜는 휴대폰을 닫아 쥔 채, 후다닥 옷을 갈아입었다.

*　　　*　　　*

"성빈이가 급한 환자가 생겨서 아무래도 오늘 식사 자리에 참석하지 못한다는군요."

비서에 의해 무언가를 전해 들은 성민이 안타까운 얼굴로 말했다. 그는 애써 굳은 얼굴을 펴고 있었다.

상황을 대충 짐작한 혜원은 테이블 아래서 옷자락을 쥐었다 폈다 하고 있었다. 또 어떤 사달이 일어날지. 벌써부터 불안해지고 있다는 증거였다. 그녀는 계속해서 와인을 마셨다.

"이런. 정말 만나고 싶었는데, 일이 먼저지요."

성민의 말에, 헌 또한 안타깝다는 듯 냅킨으로 입가를 닦으며 말했다.

식사 시간은 어느덧 끝나가고 있었다. 배 또한 강 한 바퀴를 돌고 다시 선착장으로 향하고 있었다.

"린아, 오늘 만나서 반가웠다."

성민이 린을 바라보며 빙긋 웃었다. 린은 억지로 본성을 꽉꽉 누르고는 웃음으로 대답했다.

"네, 저도 무척 반가웠어요. 나중에 성운 병원…… 갈 일이 있으면 따로 인사드려도 되죠?"

린은 성빈을 떠올리며 말했다. 이건 분명 찾아갈 일이 있기 때문에 말한 것이었는데, 그 뜻을 잘 모르는 헌은 린이 웬일로 이렇게 고분고분한가 싶어 남몰래 두 눈을 동그랗게 뜨고 있었다. 원도 마찬가지였다.

성민은 허허 웃으며 고개를 끄덕였다.

"물론이지. 아무 때나 와도 돼. 내가 맛있는 점심 한 끼 대접하마."

"하하. 나중에 저도 끼워주시지요. 윤 원장님."

"그럼요. 언제든 오세요, 회장님. 오늘 정말 좋은 자리였던 것 같네요. 잘 먹었습니다."

혜원도 입가를 닦으며 웃었다.

"저도 즐거운 시간이었습니다."

원도 공손한 인사와 함께 나이프를 내려놓았다. 그러자 혜원은 은근한 시선과 함께 원을 바라보며 말했다.

"선우 원 사장님, 정말 능력 있는 분이라고 들었어요. 모든 면에서 완벽하다고. 제가 딸이 있었으면 정말 욕심나는 사윗감이에요."

"과찬이십니다."

원은 적당한 어조로 대답했다. 그러나 혜원은, 갑자기 계속해서 원을 뚫어져라 바라보며 한없이 웃고 있었다. 마치 그에게 푹 빠져든 사람의 표정이었다.

"사모님들이 그렇게 열광하는 이유를 알겠어요. 초면에 이런 말 하긴 그렇지만, 식사하는 내내 화보집을 넘겨보는 줄 알았네요. 물론 칭찬이니까 너무 부담스러워하진 않았으면 좋겠어요."

"여보. 그게 무슨……."

보다 못한 성민이 혜원에게 눈치를 주었다. 보니까 와인이 좀 과한 것 같기도 했다. 나름 기품을 유지한다고 애쓴 것 같은데, 아까보다는 확실히 분위기가 가벼워지고 눈이 아주 살짝 풀어져 있었다.

"뭐 어때서요? 요즘 젊은 사람들한테 젊게 얘기해야 좋아하죠. 그렇죠? 내가 나이 들어서 주책인가?"

혜원은 노골적으로 원을 바라보며 계속해서 말을 이어나갔다.

"이 사람이. 분위기가 좋아서 와인을 꽤 마셨나 봅니다. 원래 술을 잘 못하는 사람인데."

성민이 대화를 끊으며 하하, 웃었다. 그러자 원도 그제야 한시름 놓았다. 여자는 늙으나 젊으나…… 다 똑같은 걸까. 그는 혜원을 바라보며 와인 잔을 들었다.

어느덧 시계는 8시를 가리키고, 배는 다시 선착장에 도착했다.

"그럼 즐거웠습니다."

배에서 내려 서로 인사를 마치고 헤어지는 그들이었다. 성민이 혜원을 조급하게 차에 태우고 사라지자,

"원래 우리 가족끼리 오붓하게 식사를 하려고 하는데, 마침 윤 원장님도 여기서 저녁 식사를 하기로 했다기에 미리 연락해서 합석했다."

헌은 자연스럽게 오늘의 식사 자리가 만들어지게 된 배경을 꺼냈다. 호탕하게 웃어 보이기는 했지만 성빈이 불참한 것에 대해 썩 기분은 좋지 않은 상태였다.

얼마나 힘들게 만든 자리였는데. 그러나 옆에 원이 있었기에 그는 더 이상 내색하지 않았다. 린에게도 몇 번 자리를 만들고 차차 설명하는 게 나을 것 같기도 했고.

"예. 저는 괜찮았습니다."

원은 별다른 대꾸 없이 짤막하게 대답했다.

"그럼 나와 린도 이만 가보마."

헌은 고개를 끄덕이곤 기사가 열어둔 차 문 앞으로 다가갔다.

"조심히 들어가십시오."

원이 고개를 숙이며 그를 배웅했다. 혼자 따로 나와 사는 그는 이런 헤어짐에 익숙했다. 가족이지만, 따로 살 수밖에 없는 가족. 그리고 그 틀은 자신이 만들었지만 깰 수 없었다.

"오빠 너도 잘 들어가. 그리고 아빤 나 좀 봐! 내 머리가 이게 뭐야? 그리고 그 부부는 대체 뭐고……."

린은 무심한 듯 인사를 건네며 헌과 함께 차에 올랐다.

"흠."

보일 듯 말 듯하게 한숨을 내쉰 원은 시간을 확인했다. 그리고 자신도 돌아가기 위해 청량이 대기시켜 놓은 차에 타려던 중,

"아직 장사하고 있으려나."

떠오른 누군가 때문에 잠시 멈칫한 그였다. 갑자기 전화해서 그런 뜬금없는 말을 해버렸으니…… 조금은, 신경 쓰고 있을까?

문득 그는 은혜의 감정을 의식했다.

"사장님. 어디로 모실까요?"

차문을 연 채 서 있던 청량이 물었다.

"아마도…… 집이겠지."

그는 두 눈을 내리깔곤 차에 올랐다. 그러나 청량은 원을 바라보며 싱긋 웃었다.

"정말이십니까?"

"무슨 뜻으로 묻는 거야."

원이 청량을 물끄러미 올려다보았다.

"아닙니다."

청량은 곧 고개를 저으며 문을 닫으려 했다.

탁—

그러나 청량이 문을 채 닫기 전에, 그가 결정을 바꿨다.

"가 보자. 점집."

지금 막 생각났다. 점집에 두고 온 것이 있다는 것을. 두 번째로 점집에 찾아왔던 날, 그녀에게 덮어주었던 옷을 아직 돌려받지 못했다. 원은 애써 시선을 앞에 고정했다.

"두고 온 게 있어."

정말로 어이없는 핑계였을지도 모른다.

사실, 내일 가도 되는데.

"중요한 거라 오늘 꼭 가야 돼."

4.
남은 방이 하나밖에 없는데

"떡볶이집…… 떡볶이집……."

점집 문을 잠시 잠가 두고, 거리에 나선 은혜는 주위를 두리번거렸다. 아직 밤이 깊지 않아서 그런지 사람들이 꽤 많았다. 은혜는 떡볶이 포장마차가 있는 곳으로 계속해서 향했다. 떡볶이 포장마차, 편히 말해서 떡볶이집은 점집에서 쭉 아래로 걸어 내려가다 보면, 중간에 옆길로 빠지는 입구에 있었다.

"여기쯤인데. 어디 있다는…… 어, 어?"

그녀가 떡볶이 포장마차를 발견하곤 다시금 두리번거릴 즈음, 누군가 그녀의 손목을 잡아 이끌었다.

그리고 어느새 포장마차 앞에 멈춰 서 있었다.

"비녀 예쁘네요."

정신없던 은혜의 눈에 들어온 건, 싱긋 웃고 있는 성빈이었다.

"비녀요?"

헉! 그녀는 서둘러 머리의 비녀를 뺐다. 그녀가 비녀를 뺌과 동시에 머리가 아래로 길게 풀렸다. 길게 늘어뜨린 머리카락은, 비녀로 말고 있어 웨이브가 졌지만 그 결이 무척 고왔다. 항상 묶고 있던 모습만을 보았던 성빈은 자신도 모르게 그녀를 빤히 바라보았다. 그리고 빙그레 웃으며 말했다.

"예쁘네요. 머리 푼 거."

"아. 고마워요."

그가 갑자기 눈웃음을 지으니, 기분이 묘했다. 은혜는 이내 비녀를 손에 쥔 채 등 뒤에 가져가곤 말을 꺼냈다.

"저기. 그보다, 정말 미안해요. 오늘 약속 있다는 거, 정말 정말 깜박했어요."

그러자 성빈은 피식 웃으며 은혜에게 어묵 꼬치를 하나 건넸다.

"이번에도 기다리게 했으면, 정말 미워하려고 했는데. 와줬잖아요. 사실 안 올지도 모른다고 아주 조금은 예상하긴 했어요. 내 마음대로 정한 약속이니까. 그래도 나한테 미안해하는 걸 보면, 올 생각은 있었다는 거죠?"

"뭐……."

어묵 꼬치를 받아든 은혜는 어색하게 웃었다.

"하지만, 사진은 돌려줄 수 없는 걸로."

성빈은 어묵 꼬치를 앙, 물며 말을 이었다. 그의 입가에는 미소가 담겨 있었다.

"애초에 사진을 건 약속이었으니까."

그의 말에, 은혜가 꼬치를 한 입 베어 물며 대답했다.

"아니, 그 사진은 애초에 불공정 거래였잖아요. 그건 우리 할머니가 성빈 씨한테……."

"우리. 누나, 동생 할까요?"

성빈이 불쑥 물었다. 그는 언제 주문해 놓았는지 모를 떡볶이를 이쑤시개로 찍어 은혜의 앞에 가져간 채였다.

마치, 누나 아— 라는 느낌으로.

"주……은혜?"

그리고 그 모습을 본 건, 차창 너머의 원이었다.

원은 그녀를 빤히 바라보았다.

머리를 풀고 있었지만, 분명…… 은혜였다.

하도 자주 보다 보니, 이젠 뒷모습조차 알아볼 수 있을 것 같았다. 그런데. 이 시간에, 그것도 다른 남자와 함께 길거리 포장마차에 앉아 있다. 그리고 그 남자가, 떡볶이를 먹여주려 하고 있다.

원의 눈썹이 하나, 둘 구겨졌다.

"차 세워."

그의 낮은 목소리가 차 안에 머물렀던 침묵을 헤집었다.

"예? 점집에 거의 도착했……."

"세워."

원의 짧고 강한 어조에, 강구가 고개를 갸웃하다 말고 급히 차를 세웠다. 이윽고 차가 멈춰 섰다. 원이 창문 너머로 은혜를 응시했다.

"사장님?"

원이 갑자기 차를 멈춰 세우자, 청량이 그의 안색을 살피며 물었다.

"무슨 일이십니까?"

원은 아무런 대답이 없었다. 그저 창밖을 계속해서 응시하고 있을 뿐이었다. 청량은 불현듯 느껴지는 싸한 분위기에 조심스럽게 원을 돌아보았다. 그리고 물었다.

"사장님 혹시 화……나셨습니까?"

"……?"

원이 고개를 돌렸다.

내가 화났냐고? 예상치 못한 물음이었다.

원은 담담하게 대답했다.

"아니, 전혀."

그럴 리가. 내가 왜? 누구 때문에?

그는 속으로 단호하게 고개를 저었다.

'으음.'

청량은 아주 약간 고개를 비스듬히 기울였다. 그리고 시선을 돌리다, 청량도 은혜와 성빈의 모습을 발견했다.

'아…….'

청량의 입술 사이가 살짝 벌어졌다. 저 여자는 그때 사장님을 구해준 여자. 그리고 병원에서 차에 치일 뻔했던……. 그러고 보니, 전에 하윤아 씨의 일로 성운 병원에 갔을 때도 사장님과 서로 이야기를 하고 있던 모습을 본 적이 있었다. 그때도 원은 기분이 무척 안 좋아 보였었다.

가면보살과 원을 구해주었던 여자가 서로 동일인물이라는 것을 아직 모르는 청량은 의아한 얼굴로 물었다.

"사장님, 아직 저 여자분을 신경 쓰고 계시는 겁니까……?"

그러나 원은 한쪽 눈썹을 치켜 올리며 뭐가? 라는 표정으로 청량을 바라보았다. 그는 미간을 좁힌 채 대꾸했다.

"청량 너, 요즘 부쩍 쓸데없는 질문이 많아진 것 같은데."

"죄송합니다. 주제넘었습니다."

이윽고 청량은 고개를 숙이며 대답했다.

"……."

원은 이제 완전히 모른 척하겠다는 의지로, 차 시트에 기댄 채 두 눈을 감았다.

"……?"

그러나 얼마 못 가 그의 한쪽 눈이 슬며시 떠졌다.

그는 살짝 고개를 돌려 또다시 창밖을 바라보았다. 그의 시선이 은혜의 옆에 있는 남자에게로 고정되었다. 그는 또다시 무심결에 미간을 좁혔다. 헌데 다시 보니, 어쩐지 낯이 익었다. 원은 곧, 은혜의 옆에 앉아 있는 남자가, 유람선에서 린과 함께 있었던 남자라는 것을 깨달았다.

한참을 성빈을 응시하던 원은 성빈이 들고 있던 떡볶이를 보며 무언가를 떠올렸다.

설마.

원은 은근하게 120도쯤 돌렸던 고개를 180도로 확 돌려, 창밖 남자의 얼굴을 확인했다.

자세히 보니, 저 남자는 전에 은혜와 이야기를 나누다 헤어진 그 남자이기도 한 것 같았다. 게다가 그때 우산도 같이…….

뭐야, 저 녀석.

원의 이마에 하나둘 주름이 지기 시작했다.

"사장님, 어떻게 할까요? 여기 계속 서 있으면 안 될 것 같은데, 근처에 차를 세워둘까요?"

그때, 강구가 룸미러를 통해 물었다. 그러자 원은 흠칫 놀라 다시 고개를 돌렸다. 그는 짙게 두 눈을 감았다.

가 봐, 말아. 분명 화가 난 건 아닌데, 그냥…… 기분이 나쁘다. 그의 머릿속 회로가 복잡한 선들처럼 얽혀버렸다. 하지만 그는 곧 무심하게 입술을 떼며 말했다.

"집으로 가."

"예? 점집은요?"

강구는 핸들을 쥔 채 두 눈을 번쩍 떴다.

"점집에 두고 온 것이 있다고……."

청량도 되물었다. 그러나 원은 팔짱을 낀 채 다시금 차 시트에 머리를 기대었다. 그리고 대답하는 그였다.

"가면보살님께 따로 볼일이 있다는 걸 몰랐어."

왠지 모를 다크한 분위기를 팍팍 풍기며.

*　　*　　*

"무슨 뜻이에요?"

은혜가 놀라서 묻자, 성빈은 싱긋 웃으며 은혜에게 가져갔던 떡볶이를 입에 쏙 넣고 대답했다.

"은혜 씨 실은 나보다 두 살 많잖아요."

"무, 물론 그렇지만."

은혜는 다 먹은 어묵 꼬치를 들고서 눈동자를 굴렸다.

"그럼 친구 할까요?"

성빈이 피식 웃으며 옆 의자에 두었던 소주 한 병을 턱 올려놓았다.

분식 포장마차에서 술……? 있을 리가 없는 술병에 은혜의 눈이 휘둥그레졌다. 다른 포장마차는 분식과 함께 술을 팔기도 했지만, 이 집은 순수하게 길거리에서 분식을 사 먹는 사람들을 위한 포장마차였기 때문이었다. 아마도 성빈이 미리 사온 듯했다.

은혜는 주인아주머니와 성빈을 번갈아보며 대답했다.

"친구요?"

그러나 주인아주머니는 괜찮다는 듯 고개를 끄덕이며, 보글보글 끓고 있는 떡볶이를 휘젓고 있었다.

"아. 은혜 씨 모르죠? 나, 여기 떡볶이집 주인아주머니하고 엄청 친해졌거든요. 누구 덕분에."

성빈이 종이컵에 소주를 따라 건네곤, 배시시 웃으며 아주머니와 눈을 마주쳤다.

"그랬구나."

은혜는 앞에 놓인 종이컵 속 투명한 술을 바라보며, 못 말린다는 듯 작게 웃었다.

"어쨌든, 우리 친구 하는 거죠?"

성빈은 어느새 채운 자신의 종이컵을 내밀며 함박미소를 지었다.

"……."

은혜는 한동안 대답이 없었다.

친구.

나도…….

가끔 만나서 술잔 기울이며 고민 털어놓을 친구.

기쁜 일 있으면 신나서 전화할 수 있는 친구.

너무 슬픈 날에는 아무 생각 없이 울음을 쏟아낼 수 있는 그런 친구가 있었으면 했었지. 하지만, 내 주제에 친구는 무슨.

은혜는 자신도 모르게 슬프게 웃었다. 그리고 애써 담담한 얼굴로 말했다.

"……전 그런 거 안 만들어요."

웃고 있었지만, 웃고 있는 것 같지 않은 얼굴이었다.

"왜요?"

성빈은 그런 은혜의 표정을 읽었으면서도, 능청스럽게 다시금 물었다.

"내 곁에 있으면, 다 불행해지니까."

이내 은혜는 물끄러미 바라만 보고 있던 종이컵을 들어 쓰디쓴 소주를 한 번에 삼켰다.

"어—."

그걸 본 성빈의 눈이 커졌다. 짠— 잔도 안 부딪치고 마셔버리다니. 성빈은 혼자가 되어버린 자신의 술잔에 미안한 표정을 지어 보였다. 그러나 그 표정 뒤에는, 조금은 슬픈 기색이 담겨 있었다.

……이 여자, 어딘가 자신과 비슷하다.

"술 마시면 안 되는데. 마셔버렸네요."

은혜는 떡볶이를 안주 삼아 우물거리며 픽 웃었다.

이번엔 성빈이 그런 은혜의 앞에 자신의 술잔을 내밀어 보이고는, 쭈욱 원샷했다. 크으. 그가 귀엽게 눈살을 찌푸렸다. 그리고 해맑게 웃으며 말했다.

"어쨌든 나는 은혜 씨 하고 친구 하고 싶어졌어요."

은혜가 성빈을 바라보았다.

"가끔 만나서 이렇게 술잔 기울이며 고민도 털어놓고, 기쁜 일 있으면 전화해 주고, 슬픈 일 있으면 위로해주고."

그런 친구는…….

자신의 마음을 읽기라도 했던 걸까.

은혜는 빈 종이컵을 가만히 모아 쥐었다.

그 순간— 종이컵을 쥐고는 있는데, 갑자기 어딘가 알딸딸해지는 느낌이 그녀를 사로잡았다. 주책없이 눈물이라도 날까, 홧김에 마셔버리긴 했다만 왠지 불안하다.

그것을 모르는 성빈은 빈 은혜의 종이컵을 빼 들어, 자리에서 일어나 뜨끈한 어묵 국물을 담아 주며 말을 이었다.

"오늘 굉장히 기분이 안 좋은 일이 있었거든요. 근데 은혜 씨가 한 전화를 받으니까, 막 은혜 씨하고 이렇게 이야기하고 싶은 거 있죠?"

"……?"

은혜가 그를 올려다보았다. 귀로는 그의 목소리가 들리지만, 머리가 어질어질하고 갑자기 졸음이 쏟아지는 게…… 큰일 났다.

"나랑 이야기가 하고 싶었다구요?"

은혜는 어질한 머리를 애써 진정시키려 살짝 고개를 젓고는 대답했다. 그래, 대답을 하긴 했는데. 그런데…….

"은혜 씨랑 함께 있으면, 왠지 모르게 웃음이 나요."

성빈이 뜨거운 국물이 담긴 종이컵을 은혜에게 건네며 그녀를 돌아보았다.

"그래서……."

어느새 은혜는 고개를 푹 숙이고 있었다. 약간은 상체를 비틀거리며.

"이런."

가볍게 한잔하려고 건넨 건데, 그 한 잔이 문제였다니.

"술친구는 힘들겠네요."

성빈은 자신도 모르게 피식 웃어버렸다.

* * *

"은혜 씨. 집이 어디예요?"

은혜를 업은 성빈은 천천히 걸어가며 물었다. 은혜는 비몽사몽 그에게 업힌 것도 모른 채 대답해 주었다.

"으음…… 가면보살."

"가면보살이요?"

"점집……. 거기가 우리 집이에요."

"점집이라."

그러고 보니, 아까 배 위에서 전화로 물었을 때도 가면보살이란 곳에 있다고 했다. 어머니께서 점집을 운영하시나? 성빈은 주위를 두리번거리며 제법 깊어진 밤을 한 걸음, 한 걸음 걸어 나갔다.

"떡볶이집 근처라고 했으니, 여기 어디 있을 텐데."

"으휴, 추워. 벌써 겨울이 오려나."

그리고 그때, 아줌마 한 명이 옷을 잔뜩 여미며 그를 지나쳐 걸어갔다. 여태 인적이 드물었던 탓에, 누군가 나타나자 성빈은 고민 없이 다가가 물었다.

"저기, 아주머니. 여기 가면보살이란 점집이 어디 있나요?"

아줌마는 은혜와 성빈을 물끄러미 바라보더니 이내 대답해 주었다. 성빈의 곱상한 얼굴이 꽤 마음에 든 눈치였다.

"가면보살? 아, 거기! 나도 가끔 가서 알지. 요기서 쭈욱 올라가면 돼. 가다 보면 있어."

"아, 감사합니다."

다행히 은혜가 걸어 나오던 방향을 기억해 두고 있었기 때문에, 반대 방향으로 여태껏 걷지는 않은 것 같았다. 성빈은 고개를 숙여 인사하고는 가던 길을 계속해서 걸었다.

위이이잉—

적막 속 휴대폰 진동이 울렸다.

사실 아까부터 그에게 계속해서 전화가 오고 있었다. 꺼두었던 전화를 다시 켜두었더니, 영락없이 30분마다 한 번씩 울리고 있는 것이었다. 보나 마나 뻔한 전화.

'중요한 자리인 것 같던데, 아마 속 좀…… 많이 끓으셨겠지.'

반항기 가득한 사춘기 나이는 지났는데 어쩐지 속이 시원했다.

성빈은 주머니 속에서 느껴지는 전화를 무시한 채 걸어갔다. 얼마 지나지 않아, 주위를 둘러보던 그의 눈에 낯익은 제목의 간판이 띄었다.

성빈이 '가면보살'이란 간판이 달린 건물 앞에 멈춰 섰다.

"여긴가."

그리고 건물을 물끄러미 올려다보았다.

꽤 낡아 보이는 건물. 1층엔 가면보살이라는 점집이고. 그럼 2층에……?

성빈은 불이 꺼져 있는 창문을 응시하다, 이내 잊고 있었다는 듯 은혜를 불렀다.

"은혜 씨."

"……."

"은혜 씨?"

"아, 네에. 네."

은혜가 화들짝 놀라 고개를 들었다. 소년 같아 보이는 얼굴과는 달리 넓은 등. 그 등에 기대어 깜박 잠이 들어버렸다.

"이러다 누가 업어 가면 어쩌려고, 설마 잠든 거 아니죠? 소주 한 잔에 뻗어버리다니. 생각보다는 술 약하네요. 누님."

성빈이 재미있다는 듯 웃었다.

"어, 우리 집이네요."

그의 말을 들은 건지, 듣지 못한 건지, 은혜는 반쯤 풀린 눈으로 앞을 보더니 점집을 가리켰다.

"여기 맞아요?"

성빈이 빙그레 웃으며 물었다.

"그럼요. 맞지……. 내가 여기 주인인데. 내가 얼마나 유명한 무당인지 알아요? 지인~짜 유명해서, 저기 지방에서도 찾아와. 후우. 아참. 다 왔지. 얼른 내려줘요."

그녀는 웅얼거리듯 중얼거리고는 성빈의 어깨를 탁탁 쳤다.

그런데…… 무당……?

불현듯 들려온 조금은 낯선 단어에, 성빈이 멈칫했다.

"무당이었구나."

그제야 아까 은혜가 점집에 있었다고 말했던 걸 이해했다. 조금 놀라기는 했지만, 그는 곧 따뜻한 시선으로 자신의 등에 업혀 있는 은혜를 바라보았다.

그러다 처음 만났던 날, 그녀가 자신에게 해 주었던 말을 스치듯 떠올린 그였다.

—그쪽 어머니가 슬퍼하세요.

설마 정말로 어머니가 보인 건…….

"뭐 해요. 얼른 내려 주지 않고. 얼른, 얼른!"

그 순간, 은혜가 성빈의 어깨를 잡고 흔들었다.

"풉."

웃으면 안 되는데. 웃음이 나온다. 생각보다 귀여운 은혜의 주정 어린 말투에, 성빈은 애써 웃음을 참고 그녀를 내려 주었다.

"네, 유명한 주은혜 씨."

이윽고 은혜는 잠시 비틀거리더니, 앞으로 걸어갔다. 그리고 훠이훠이 앞을 저으며 말했다.

"이놈들아! 썩 물럿거라! 위대하신 가면보살님이 지나가잖느냐."

그녀가 취한 것을 신기하게 바라보는 잡귀들 때문이었다.

"헉……."

은혜는 순간 자신이 내뱉은 말을 상기하고는 급히 뒤를 돌아보았다.

들었나? 설마. 아냐. 못 들었을 거야.

술에 취한 와중에도 그녀는 두 귀에 손을 얹고는 고갤 도리질했다. 역시 술은 입에도 대지 말아야 했다. 눈앞에 마블링이 펼쳐진 듯 정신이 몽롱했지만 은혜는 마른침을 꿀꺽 삼켰다.

"안까지 안 데려다줘도 돼요?"

그런 은혜를 아슬아슬하게 바라보고 있던 성빈이 웃으며 물었다. 입고 있던 재킷을 유람선에 있던 여자에게 빌려주었기 때문에, 와이셔츠 차림이라 꽤 추울 법했지만 그의 등은 은혜를 업은 탓인지 약간의 땀으로 젖어 있었다. 땀이 식어 가니 갑자기 으슬으슬 오한이 드는 것 같기도 했다.

"아. 걱정하지 마세요. 저 잘 들어갈 수 있어요."

은혜는 손가락으로 노우, 노우, 표시를 해 보이곤 문 쪽으로 걸어갔다.

"근데 있잖아요."

가까스로 정신을 차리며 열쇠를 넣고 문을 연 그녀가 성빈을 돌아보았다.

"친구 그거…… 함부로 하자고 하는 거 아니에요."

"……."

"그래도, 고마웠어요. 나한테 친구 하자고 해줘서."

은혜가 빙그레 웃어 보였다.

"나 사실 되게 외로웠거든."

성빈이 문득 은혜와 두 눈을 마주했다.

지금 이거, 속마음……일까? 술잔을 기울이고 난 뒤에 천천히 꺼내는 어려운 마음.

"근데요."

은혜는 하늘을 잠시 올려다보더니 이내 피식 웃고는 성빈을 빤히 바라보며 말을 이었다.

"오늘, 멋있게 입고 나왔던데…… 그래, 멋져 보였어. 정말로. 성빈 씨, 멋있다는 말 들으니까…… 기분 좋아지죠? 내 손님들도 그래. 내 점이 사실이든 아니든, 칭찬을 한가득 해주면 다들 기분이 좋아져서 돌아가더라구."

그리고 이건, 슬픈 친구에게 건네는 위로.

성빈의 가슴에 왠지 모를 묘한 감정이 스며들었다.

"그러니까 오늘 기분 안 좋았던 거 싹 풀고…… 조심해서 들어가요. 아, 그리고 여기까지 데려다줘서 고마워요."

이내 은혜는 짧은 인사와 함께 문 안으로 들어가며 말했다.

그러다 곧 다시 문 밖으로 빼꼼히 나와 덧붙이는 그녀였다.

"아 그리고 또! 내가 이 점집 무당이라는 건 비밀이에요. 알았죠? 아, 이거 성빈 씨한테도 비밀인데."

"……?"

아마 나한테도 숨기고 싶었던 것 같은데.

너무도 자신 있게 밝혀준 건,

"쿡쿡."

은혜 씨잖아요. 성빈은 풀려 있던 와이셔츠 소매 단추를 잠그며 나직이 말했다.

은혜는 다시금 손을 흔들고는 비틀거리며 안으로 들어갔다. 점집 문이 닫히고, 혼자 덩그러니 남겨진 성빈은 낮게 중얼거렸다.

"내가 멋져 보였다고."

비록 완벽한 옷차림은 아니었지만, 아주 쓸데없는 노력은 아니었던 거네.

그녀의 말이 마법처럼 와 닿았던 걸까. 억지로 정장을 입기는 했으나 어쩐지…… 뿌듯해지는 느낌이다. 그리고 어느새 기분이 좋지 않았던 것을 잊고 있었을 만큼, 조금은 상쾌해진 느낌.

성빈은 닫힌 문을 바라보며 나직이 읊조렸다.

"가면보살이라."

*　*　*

할까……. 말까.

샤워를 마친 원은 소파에 기대어 앉은 채 계속해서 휴대폰을 노려보고 있었다. 주은혜가 누구와 무엇을 하든, 씻고 잠이나 자자는 생각은 오산이었다. 잠은커녕 애꿎은 휴대폰만 자꾸 신경이 쓰였다.

"그러게 보고 싶다느니 그런 바보 같은 소리는 왜 해서는."

원은 젖은 머리를 움켜잡으며 문득 내뱉어버린 고백 아닌 고백을 자책했다. 마치 자신만 바보가 된 느낌이었다. 자신의 그런 한마디를 들어놓고는, 신경조차 쓰지 않고 있는 것인지 그새 다른 남자와 웃고 있는 꼴이라니. 갑자기 얼굴이 확 달아오르는 게, 와인이라도 한 잔 해야지 안 될 것 같았다.

"후."

원은 자리에서 일어났다. 휴대폰을 침대 위에 던진 채 와인 저장고가 있는 곳으로 향하려 했지만, 결국 얼마 못 가 멈춰 섰다.

그는 다시 침대에 다가가 휴대폰을 집어 들었다. 그리고 전화를 집어 든 타당한 이유를 머릿속에 상기시켰다.

그래, 이건. 내 트레이닝 잠바의 행방을 묻는 거야.

이윽고 그는 통화 목록에 저장되어 있던 누군가의 번호를 꾸욱 눌렀다.

* * *

"흐아……."

은혜는 가까스로 2층에 올라 침대에 뻗었다.

뭔가 주절주절 이야기한 것 같은데. 금세 까먹어버렸다.

"내가 언제 집에 왔지."

내 머리가 내 머리가 아닌 것 같았고, 내 몸이 내 몸이 아닌 것 같았다. 지금 무슨 생각을 하고 있는지, 무슨 말을 하고 있는지도 분간이 잘 안 될 만큼 소주 한 잔의 위력은 대단했다. 아니지, 종이컵에 마셨으니까 한 잔은 아닌 것 같은데.

"아, 몰라아."

은혜는 침대에 얼굴을 비비며 중얼거렸다.

그리고 그때. 겉옷 주머니에 넣어둔 휴대폰이 울리기 시작했다. 무시하고 자버리려 했지만, 아까 점집에서 나오면서 무음에서 벨소리로 바꿔 놓은 탓에 무시할 수도 없었다. 이제는 또 벨소리가 시끄러워서 난리였다.

"아…… 진짜."

은혜는 누운 상태로 주머니를 뒤적거려 휴대폰을 꺼내 받았다.

"네에. 여보세요."

["주은혜."]

원의 목소리가 들려왔다.

"누구세요."

은혜는 눈을 감은 채 비몽사몽한 말투로 대답했다.

["뭐? 내 번호, 저장하긴 한 거야?"]

그가 어이가 없다는 듯, 묻고 있었다.

"전화 잘못 거신 거면 끊겠습니……."

원에게서 더 이상 다른 말이 없자, 은혜는 대충 대답을 하곤 귀에서 휴대폰을 떼려 했다. 그러던 찰나,

["선우 원."]

원이 답답하다는 듯 낮은 목소리로 대답했다.

"누구라구요?"

["선,우,원. 이라고 했다."]

"……?"

은혜는 아주 잠시 그의 이름을 머릿속으로 되뇌어 보았다. 그러나 이내 휴대폰 폴더를 닫아버렸다.

"난 우원이란 사람 몰라요."

뚝—

"뭐야, 끊었어?"

원이 끊긴 전화 화면을 바라보며 허탈하게 웃었다.

그렇게 고민하고 또 고민해서 어렵게 건 전화였건만, 끊어?

원은 휴대폰 통화 목록에 있는 은혜의 번호를 노려보았다.

피하는 건가. 아니면 무시하는 건가.

그는 입술을 굳게 다물더니, 계속해서 통화 버튼을 눌렀다.

받을 때까지 한다.

*　　*　　*

"다녀왔습니다."

짜악—!

넓고 메마른 집 안을 울린 날카로운 소리. 거실 중앙에 들어오자마자 뺨을 강타한 거친 손길에, 성빈의 뺨이 매섭게 부풀어 올랐다.

"네가 제정신이야? 어딜 갔다가 이제 오는 거야!!"

노기 가득한 성민의 눈동자가 성빈을 노려보고 있었다. 혜원이 자리에서 벌떡 일어나 성민의 곁으로 다가왔다.

"여보! 진정하세요."

"반항도 정도껏 해."

"……."

성빈은 미동조차 없이 성민을 바라보았다. 여린 뺨은 붉게 물들어 매우 쓰라릴 법했지만, 그는 아무렇지도 않다는 얼굴이었다. 이 정도 아픔은 아무것도 아니었으니까.

"선약이 있었습니다."

성빈이 감정 없는 눈빛으로 입을 열었다.

"낮에 전화했을 땐 아무 말 없었잖아!"

"취소된 줄 알았는데, 아니었거든요."

"이놈이……."

성민이 다시 팔을 들어 올려 성빈에게로 가져가려던 순간,

탁.

성빈이 그의 팔을 잡았다.

"……!"

"두 번은 맞아드리지 않습니다."

한껏 힘이 들어간 팔이 여리게 떨리고 있었다. 두 남자를 지켜보고 있던 혜원의 표정에 긴장감이 서렸다.

"이, 이놈이! 그 자리가 어떤 자리였는지 알아?"

성민은 붉으락푸르락해진 얼굴로 목소리를 높였다.

"그 자리가 어떤 자리였든 아버지한테만 중요한 거겠죠."

성빈은 잡았던 팔을 놓으며 싸늘하게 말했다.

"네가 자꾸 이런 식으로 나온다면, 다신 한국 땅 못 밟도록 보내버릴 줄 알아! 어린 나이에 상처가 크다고 오냐오냐해줬더니 언제까지 철없는 애처럼 반항할 생각이야!"

"아버지!"

성빈의 목소리가 차가운 공간 안에 울려 퍼졌다. 성민은 가까스로 화를 다스리며 말을 이었다.

"네가 오지 않아서, 어른들 사이에서 혼자 있을 수밖에 없던 린이란 아이가 무척 무안해했을 거다. 시간 나는 대로 그 아이에게 찾아가 사과하고 어떻게든 다시 식사 자리를 마련해. 나와 그쪽 집안 회장이 동석하는 게 싫으면, 너희 둘만이라도 식사해."

"제가 왜 그래야 합니까."

"방금 내가 한 말 못 들었어? 그게 바로 네가 성운 병원을 위해서 할 일이야!"

성민의 말에, 성빈의 입가에 보일 듯 말 듯한 실소가 스쳐 지나갔다.

"저까지 성운 병원을 위해 희생시키려고 하지 마세요."

"그 자리가 나한테만 중요하다고? 착각하지 마라. 병원이란 게 세워 놓기만 하면 알아서 굴러가는 줄 알아? 병원도 회사다. 하나의 사업이란 말이야."

"……."

"오늘 저녁 식사 자리는 우리 성운 병원의 든든한 후원 줄을 붙잡을 수 있는 자리였다. 네가 그걸 망쳤으니, 그 뜻은 곧 네 엄마가 남긴 성운 병원이 휘청거려도 넌 모른 척하겠다는 뜻이냐?"

"……."

성빈의 얼굴이 굳어질 대로 굳어졌다. 이내 그는 주먹을 꽉 쥔 채 성민을 지나쳐 2층으로 올라갔다.

"저놈의 자식이……."

성민이 거실 중앙 소파에 앉으며 여전히 흥분이 가시지 않는 듯 거친 숨을 몰아쉬었다. 그런 성민의 곁에 혜원이 조용히 앉았다. 그리고 언제 그랬냐는 듯 차분한 목소리로 말하는 그녀였다.

"똑똑한 아이잖아요. 말은 저렇게 해도, 그 정도 하셨으면 알아들었을 거예요."

방 안 침대에 쓰러지듯 누운 성빈이 한쪽 팔로 눈을 가렸다.

모두 예상했던 시나리오이긴 했지만, 언제나 그랬듯 예상했던 것보다 화가 난다. 방금 전까지만 해도 한없이 좋았던 기분이, 이렇게까지 바닥을 칠 수도 있다니.

"하."

그는 가만히 누워 비릿한 웃음을 흘렸다.

"점이라도 봐야 하나. 내 인생이 앞으로 얼마나 더 지독해질지."

누군가와 함께 있는 것만으로도 즐겁다는 게, 어떤 기분인지 몰랐었다. 어쩌면 잊고 있었던 것일지도 몰랐다.

그래서 특별해진 걸까. 날 웃게 만들어 줘서.

"참. 무당이라는 거, 비밀이라고 했었지."

그는 무심결에 미소 짓고 말았다.

*　　*　　*

"……?"

또다시 휴대폰이 울리자 은혜는 두 눈을 반쯤 뜬 채 잔뜩 인상을 찌푸렸다. 지칠 줄 모르고 계속해서 울리고 있다. 몇 번 적당히 무시하면 알아서 그만할 줄 알았더니 아주 끈질기다.

은혜는 신경질적으로 휴대폰을 열었다. 발갛게 물든 얼굴을 찌푸리며 전화를 받았다.

"아 진짜! 누군데 왜 자꾸 밤에 전화질이에요?"

["선우 원이라고 했잖아."]

"아 그러니까 그 선우 원이 대체……."

["주은혜와 키스한 사람. 그것도 두 번이나."]

순간 은혜는 감았던 두 눈을 번쩍 떴다.

"누, 누구요?"

그리고 자신도 모르게 말을 더듬어 버렸다.

["이제 알겠어? 내가 누군지?"]

정신이 몽롱한 와중에서도 은혜는 휴대폰 너머의 목소리가 누구인지를 떠올릴 수 있었다.

하지만 다시 눈이 반쯤 풀린 은혜는 휴대폰을 꽉 쥔 채, 나직이 중얼거렸다.

"아, 선우 원? 아아. 내 입술 도둑? 나쁜 놈……."

["뭐야. 주은혜. 술 마셨어……?"]

혀가 꼬부라진 것 같은 목소리에, 원이 한쪽 눈썹을 치켜 올렸다.

"내가 언젠가는 꼭! 맞출 거야. 그쪽 정체."

전화기 너머로 원의 어이없다는 듯한 웃음소리가 흘러나왔다.

["그거 술주정이야?"]

"술주정은 무슨! 아니거든요. 절대로. 근데 선우 원 씨."

["뭐."]

"설마 나 좋아해요?"

["……!"]

불현듯 그에게선 아무런 대답이 없었다. 은혜는 그것을 알아채지 못한 채 취기 오른 얼굴로 말을 이어나갔다.

"왜 내가 보고 싶어요?"

["……."]

"근데 있잖아요."

침대에 얼굴을 묻은 채 두 눈을 감고 있던 은혜는, 고개를 돌려 반대쪽 뺨을 묻으며 말했다.

"참 이상한데…… 나도 가끔은…… 그쪽이 생각나."

자신이 무슨 말을 하고 있는지도 모른 채.

"웃기게도. 다시 만나고 싶지도, 신경 쓰고 싶지도 않은데, 어느 순간부터는 자연스럽게 생각나. 내가 왜 이 이야기를 하냐면요. 내 머릿속에는 아주 오래전부터 나, 할머니, 그리고 점집밖에는 없었거든. 이 세 가지 외에는 다른 생각이 비집고 들어올 틈이 없었어요. 근데 선우 원 그쪽이! 어느 순간부터 생각나고 있었다니까……."

["……."]

더 이상 원의 목소리가 들려오지 않자, 은혜는 희미하게 뜬 눈으로 휴대폰 화면을 확인했다.

"끊었나."

게슴츠레한 눈으로 화면을 바라보던 은혜는 이내 미련 없이 휴대폰을 닫아버리고는, 그대로 잠이 들었다.

두근— 두근—

멍해진 표정의 원이 휴대폰을 쥔 채 조용히 소파에 앉았다.

"……뭐야. 주은혜."

지난 번 두고 간 내 옷의 행방을 물으려고 전화한 건데.

아니, 사실. 괜히 신경 쓰이고, 괜히 화가 나서 미쳐버릴 것만 같아서 전화한 건데.

그는 자신도 모르게 픽 웃어버렸다. 그리고 옅은 미소를 띠며 나직이 말했다.

"그렇게 술주정하면, 헷갈리잖아."

*　　*　　*

"으아……."

설마 소주 한 잔 먹고 이렇게 뻗어버린 거야?

새벽 6시. 습관이 무서운지, 술을 마시긴 했어도 갑자기 눈이 번쩍 떠졌다. 은혜는 화장실 거울에 비치는 자신의 얼굴을 이리저리 돌려보았다. 그리고 곧 치약을 쭈욱 짜서 급하게 양치질을 하며 중얼거렸다.

"성빈 씨를 만난 것까진 기억이 나는데……."

그녀는 눈동자를 굴리며 증발해버린 기억들을 되돌려보려 노력했다. 그러나 해롱해롱하기 시작했던 그 순간부터는 머엉— 한 게…….

"기억이 안 난다……."

이가 갈릴 정도로 빡빡 입 안을 칫솔질하던 은혜는 거울을 통해 퀭해진 눈을 뚫어져라 바라보았다.

"집에는 어떻게 들어왔지?"

눈을 떠보니 침대에 누워 있기는 했는데…… 혼자 제 발로 점집까지 걸어왔나. 그건 또 아닌 것 같았다. 점집 문 앞에서 성빈을 본 기억이 있으니 그가 데려다준 것 같기도 하고.

"주은혜…… 네가 드디어 미쳤어. 요즘 왜 이렇게 안 하던 짓들을 자주 하는 거야."

소주 특유의 알코올 냄새가 싫어서 소주는 마시지 않았지만, 가끔씩 맥주 한, 두 캔을 마셨을 때는 문제없었기에 소주도 한 잔쯤이야 괜찮을 줄 알았는데.

결국 이 몰골이라니.

"그거 진이슬이었는데…… 후레쉬가 아니라 오리지널이었던 거 아냐?"

은혜가 볼에 바람을 불어넣었다. 그리고 수건으로 얼굴을 닦으며 화장실을 나섰다.

"흐음. 그러고 보니 술 마셨으면 밤새 귀신들이 엄청 괴롭혔을 텐데, 괜찮았네."

그녀가 아무렇게나 틀어 올린 머리를 풀며 고개를 갸웃했다.

이내 로션을 바르려 화장대 앞에 앉은 은혜는, 무심결에 화장대 위에 있던 탁상용 달력을 확인했다. 검은색 날짜 위에 빨간 동그라미가 쳐져 있는 것을 발견하자, 그녀의 두 눈이 커졌다.

"맞다. 오늘 기도드리러 가는 날이었잖아?!"

그녀와 할머니는 한 달에 한 번씩, 연도라는 섬에 기도를 드리러 갔다. 용왕님도 뵙고, 산과 바다의 기운을 한꺼번에 받으며 몸과 마음을 정화하는 중요한 기도였다. 약식 제사와 함께 뒤로는 산, 앞으로는 바다에 서서 몇 시간 동안 기도를 하며 기운을 받아야 했다. 그 시간은 신기가 가장 강해지는 시간이기도 했다.

할머니가 병원에 입원한 지 한 달 정도 되었으니, 이번에는 혼자 가야 했다.

"하아. 속 안 좋은데 배 타게 생겼네."

은혜는 깊은 한숨과 함께 밖으로 나갈 준비를 했다. 왕복 10시간은 걸리는 곳이기 때문에 부지런히 준비해서 출발해야 했다.

* * *

"사장님. 오늘은 기분이 좋아 보이십니다?"

호텔을 향해 운전을 하던 강구가 실실 웃으며 물었다. 말없이 조수석에 타고 있던 청량도 은근한 눈빛으로 원의 표정을 확인했다. 뜻 모를 미소를 지은 채, 혼자만의 생각에 빠져 있던 원은 강구의 물음에 아무 일도 없었다는 듯 자세를 고쳐 앉았다.

"딱히."

"에이~ 간밤에 무슨 기분 좋은 일 있으셨습니까? 어제 댁에 모셔다 드릴 때는 저기압이시더니."

"저기압 아니었어."

"사장님. 여기 저 말고도 증인이 한 분 더 있습니다. 그렇죠, 이 비서님?"

"뭐 저도 어제의 분위기에 대한 눈치 정도는……."

청량이 눈웃음과 함께 원의 눈치를 살피며 입을 열었다.

청량까지 가세하자, 원은 입술을 굳게 다물다 은근슬쩍 지나가

듯 말했다.

"누군가가 내가 자꾸 생각난다고 말하는 거. 그거, 어떻게 생각해."

"그 누군가가 혹 여자입니까?"

강구가 룸미러를 통해 두 눈을 반짝이며 물었다. 그러자 원은 서둘러 누군가를 떠올렸다.

주은혜가 여자이긴 한가. 여자로서의 매력은 이미 미확인 행성에 박아두고 태어난 것 같은데. 그래도 뭐…….

그는 잠시간 입매를 비틀더니, 이내 작게 대답했다.

"여자긴 하지."

"그러면 꽤 진지하게 생각해 볼 수도 있는 말 아닙니까. 물론 그런 여자 분들이 한둘이 아니었다는 게 문제시겠지만."

강구가 운전대를 꽉 쥐곤 흥미롭다는 듯이 말했다.

"그런 여자들하고는 달라."

강구의 말에 원은 약간 불편한 기색을 내비쳤다. 흠칫 놀란 강구가 조심스럽게 원의 눈치를 살피며 물었다.

"네? 누군데요?"

원은 곧 창밖을 바라보며 자신도 모르게 입꼬리를 올렸다.

"……있어. 날 열 받게 하는 여자."

그리고 피식 웃으며 덧붙였다.

"나도 자꾸만 생각하게 되는 여자."

"드디어 사장님께도 핑크빛 열애설이……."

"다 온 것 같다, 강구야."

원은 강구의 말을 딱 자르곤 창문을 톡톡 두드렸다.

"히잉."

그러자 강구는 입술을 쭉 내밀고는 차를 멈춰 세웠다.

이윽고 원의 차가 호텔에 도착하고, 원은 청량과 함께 호텔로 들어갔다.

"오셨습니까."

호텔을 오가던 직원들이 로열 호텔 회전문 안으로 들어서는 원의 앞에 허리를 굽혔다.

"참, 사장님."

청량이 원과 함께 걸으며 말했다.

"성운 병원 측에 하윤아씨의 병실을 옮겨달라고 말해 두었는데, 당사자가 거부했다고 합니다."

'하윤아'라는 이름이 나오자마자 원의 얼굴이 사뭇 어두워졌다.

"이유는."

"혼자 있고 싶지 않다고 했답니다."

"……그럼 좋을 대로 둬. 병원비 같은 건 일체 지원한다고 했지?"

"예. 그 부분에 대해선 하윤아 씨가 무척 감사해하고 있다고 합니다."

10년이나 계속된 키다리 아저씨 노릇. 이젠 시간이 정말 남지 않은 것 같은데, 아직도 실루엣만 드러낸 그림자 속에서 걸어 나올 수가 없었다. 원은 조만간 꼭 그녀의 앞에 나타나리라, 다짐하고 또 다짐했다.

"그리고 오늘 중국 천궁 호텔과의 MOU를 위한 미팅 자리가 있습니다. 곧 있으면 그쪽 사람들이 호텔에 도착할 예정입니다."

청량은 계속해서 원에게 오늘 일정 및 여러 가지 알림 사항들을 브리핑했다.

"또 오늘 소설가 리혜 씨가 우리 호텔에 체크인 한다고 합니다. 원래는 제주도에 거주하지만, 개인적인 일로 당분간 서울에 머무를 거라는 정보입니다."

"리혜?"

원이 되물었다.

"예. 성인 소설을 쓰는 소설가입니다만 내놓기만 하면 10만 부는 보장하는 엄청난 베스트 셀러 작가입니다."

"그게 우리 호텔과 무슨 상관이지."

"각 기업들이 마케팅을 시도하는 방법 중 하나가, PPL을 통해 브랜드를 노출시키는 것입니다. 일종의 파워 블로거처럼 그들의 노출 영향력을 이용하는 것이죠. 드라마나 영화뿐만 아니라 책에도 같은 효과를 적용시킬 수 있습니다. 만약 작가 리혜의 소설 속에 로열 호텔이 등장한다면 그것만으로도 엄청난 광고 효과가 되지 않을까요. '소설 속 그곳'이라는 로열 호텔의 수식어 또한 늘어나고요."

"흐음."

청량의 말뜻을 알아들은 원이 두 눈을 가늘게 여몄다. 사장실로 올라가기 위한 엘리베이터 앞에 선 그는 무언가를 생각하는 듯, 한동안 입을 열지 않고 있었다.

이윽고 청량은 약간의 문제를 덧붙여 말했다.

"하지만 절대 정체를 밝히지 않는 미스터리한 작가라서 찾기가 쉽지 않을 겁니다. 체크인 할 때 본명을 쓰겠지만 본명조차 알려진 바가 없으니까요."

띠링—

어느새 엘리베이터가 1층에 멈춰 섰고, 원과 청량은 엘리베이터 안으로 걸어 들어갔다. 이내 청량이 꼭대기 층을 버튼을 누르곤 문이 닫히려던 찰나,

"잠시만요."

한 여자가 열림 버튼을 누르며 닫히려던 문을 열었다. 여자는 또각거리는 구두 소리와 함께 유유히 엘리베이터 안으로 걸어 들어왔다. 색기 가득한 눈매와 입술. 머리부터 발끝까지, 빈틈없는 패셔너블함을 자랑하는 여자는 보는 이의 시선을 압도했다. 얼핏 보아선 다른 이들이 볼 때의 원과 비슷한 느낌을 물씬 풍겼다.

그녀는 스위트룸이 있는 층의 버튼을 눌렀다.

원은 그녀를 딱히 신경 쓰지 않는 얼굴로 조용히 입술을 뗐다.

"우선은 네 말대로 나쁘지만은 않은 마케팅 전략일 수도 있겠어. 최대한 그 여자에 대해 알아보고, 어떻게든 식사 자리라도 마련할 수 있도록 해 봐."

"예, 알겠습니다."

청량 또한 고개를 끄덕이며 조용히 대답했다.

띠링—

엘리베이터 문이 열리고, 여자가 다시금 또각거리는 구두 소리

와 함께 열린 문 사이로 걸어 나갔다. 그러다 잠시 멈추어 서곤, 원을 돌아보며 말하는 그녀였다.

"초면에 실례지만."

"……?"

원이 그녀를 바라보았다. 그러나 동시에 문이 서서히 닫히기 시작했다.

"정말 잘생기셨네요."

닫히는 문 사이로 여자가 의미심장한 미소를 띠며 말을 이었다.

"사람이 맞나 의심할 정도로."

"……!"

원의 동공이 그녀에게 고정된 순간, 문은 점점 더 좁아지더니 이내 닫혀버렸다. 누구에게나 늘 들어왔던 말이기에 흘려들을 수도 있지만, 저 여자는 무언가 달랐다.

마치 모든 것을 알고 있다는 말투. 원은 본능처럼 스며든 이상한 기분에, 닫힌 문을 뚫어져라 응시했다.

"크게 신경 쓰지는 마십시오. 늘 들어오셨던 말이 아닙니까."

청량이 넌지시 말했다. 원의 반응에 대해 그도 이해했지만, 과민 반응을 하는 건 좋지 않을 것 같다는 판단에서였다.

"신경 쓸 리가."

원은 두 눈을 감았다 뜨고는 어느덧 도착한 꼭대기 층에서 내렸다.

사장실 문이 열리고, 그는 의자에 앉아 해야 할 업무를 체크했다. 청량은 밖의 비서실을 지키고 있었다.

오늘도 할 일은 태산이구나. 작은 한숨을 내쉬던 그는 책상 한쪽에 보관해 두었던 은혜의 쪽지를 발견했다.

"지금쯤 뭐하려나."

쪽지를 만지작거리던 원은 씩 웃으며 휴대폰을 꺼내 어디론가 전화를 걸었다.

["여보세요."]

은혜의 목소리가 들려오자 원은 가볍게 입꼬리를 올리며 말했다.

"어제 나한테 해 준 말. 잘 들었어."

["어제요?"]

그러나 금시초문일 따름인 은혜는 무슨 말이냐는 듯 되물었다.

"설마 어제 그쪽이 했던 말, 기억 안 난다고는 안 하겠지."

["제가 어제 그쪽이랑 통화……했어요?"]

"하."

원이 애써 자신을 진정시키려 어금니를 꽉 깨물었다.

"정말 기억이 안 나는 거야, 안 나는 척하는 거야."

["기억이 안 나니까 묻는 거잖아요. 아무튼 나 지금 바빠요. 용건이 뭐예요?"]

거기 두고 온 내 트레이닝 잠바를 친히 가지러 가주려고 했더니.

그는 금세 차가운 말투로 짤막하게 말했다.

"오늘은 내가 바빠서 점집에 못 갈 것 같으니까, 직접 호텔로 와."

["호텔이요? 거긴 왜요? 어쨌든 저도 오늘은 바빠서 안 돼요. 기도가 있어요."]

"기도?"

["한 달에 한 번 하는 중요한 기도예요. 오늘, 내일은 연도에 가 있을 거라 점집에 없을 거예요. 그럼 바빠서 이만."]

"주은……."

뚝.

통화는 언제나 그랬듯이 이미 끊겨 있는 상태였다.

"연도?"

아랫입술을 살짝 다문 그는, 곧 청량을 불렀다.

"청량."

"네 사장님."

청량이 즉시 안으로 들어왔다.

"연도가 어디지?"

"예?"

청량이 두 눈을 깜박였다. 그가 업무 지시사항이 아닌, 뜬금없이 연도에 대해 묻고 있기 때문이었다. 어쨌든 청량은 즉시 스마트폰으로 검색을 하고는 대답해 주었다.

"여수에 있는 섬이네요."

"섬?"

"예. 여수 여객선 터미널에서 배를 타고 1시간 50분은 들어가야 하는 곳……입니다만."

"그런 데까지 기도를 하러 간다고?"

원이 두 눈을 깜박이며 눈썹에 힘을 주었다.

"엎어지면 코 닿을 거리에서도 만나기 정말 힘든 여자야. 이건 뭐, 내가 매번 만나달라고 매달리는 것 같잖아."

겉으론 안 그런 척하면서도, 원은 실망한 얼굴로 애꿎은 서류철을 거칠게 뒤적거렸다.

"그런데 사장님."

"……?"

불현듯 청량이 주위를 살피고는 조용히 입술을 뗐다.

"얼마 전부터 여자를 부르지 않으시는 이유에 대해서 여쭤 봐도 되겠습니까."

"……아."

그의 물음에 보일 듯 말 듯하게 원의 입술이 벌어졌다.

"여태까지 한 번도 거른 적이 없으시질 않았습니까."

원은 조금 머뭇거렸다. 잠시 입술을 닫았다 뗀 그는 결재서류들에 시선을 고정하며 조용히 말했다.

"조금, 특별한 사람이 생겼어."

"그게 무슨 뜻이신지……."

"내가 방금 통화한 사람."

"……!"

"칼에 찔렸던 날 밤. 주은혜, 그 여자와 키스를 한 뒤 부터 3일 동안은 갈증이 없었어."

원은 곧 서류에서 시선을 떼 다른 곳을 바라보며 말을 이었다.

"예?"

청량의 두 눈이 한없이 커졌다. 좀처럼 놀라지 않는 그였지만, 이번만큼은 놀랄 수밖에 없었다.

"그걸 모르고 있다가 네 말을 듣고 보니, 어느새 3일이 지나 있었고, 3일째 그제 밤. 어쩌다 보니…… 또 그 여자 앞에 쓰러져버렸어."

"주은혜 씨라면 가면보살이 아닙니까."

청량이 여전히 놀란 기색을 감추지 못했다.

이상하리만치 두 여자와 원이 자주 마주치는 것 같다고 생각하긴 했지만, 칼에 찔렸던 날 그를 구해주었던 여자가…… 가면보살이었다니.

"그래. 같은 사람이었어."

원이 조용히 대답했다. 이내 그는 애써 고개를 돌리곤 다시 서류에 시선을 고정했다. 그리고 씁쓸하게 웃으며 혼잣말을 했다.

"나는 그 여자한테서, 가져와야 할 게 있는데. 정말 운 나쁘게도……, 특별해져 버렸어. 정말 이기적이게도, 바라는 게 하나 더 생겨버렸고."

*　*　*

"사장님."

이후, 차분하게 업무를 보고 있던 원의 앞에 청량이 다가왔다.

원이 하던 일을 멈추고 청량을 바라보았다.

"중국 천궁그룹에게서 하루만 미팅 일정을 미뤄달라는 요청이 왔습니다. 어찌할까요?"

"비즈니스의 기본이 부족하군. 그래도 어쩌겠어. 놓칠 수 없는 계약인데. 알겠다고 해."

원이 하는 수 없다는 듯 고개를 끄덕였다.

"예, 알겠습니다."

이윽고 청량은 다시 목례와 함께 사장실을 나섰다.

혼자 남겨진 원은 검토하던 서류를 마저 검토했다. 생각보다 검토할 결재서류들이 별로 없어서 금방 끝나버렸다.

MOU 미팅이 가장 중요한 일정이었는데 그마저도 취소됐으니. 갑자기 시간이 남자, 그는 불현듯 책상 위에 놓여 있던 휴대폰을 슬쩍 바라보았다.

아까 전에 통화했는데도, 궁금했다. 번호를 저장해 놓은 뒤부터, 습관적으로 휴대폰을 들여다보게 되었다. 그러나 그는 곧 고개를 저었다.

'아냐. 이유 없이 자꾸 전화하면 진짜로 매달리는 것처럼 보이잖아.'

하지만 이유라는 건 만들면 되는 것이기도 했다. 그의 눈이 반짝 빛났다.

"오늘, 내일 만나지 못하면……, 약속했던 기간이 이틀 늘어나는 거네."

덕분에 전화를 하지 않겠다는 원의 결심은 어느새 눈 녹듯 사르르 사라져버리고 없었다.

원은 슬며시 은혜의 번호를 눌렀다.

"혹시 발뺌할지 모르니까, 말해주어야 할지도."

*　　*　　*

"네? 표가 다 매진됐다구요?"

매표창구에서 지갑을 쥐고 서 있던 은혜의 얼굴이 사색이 되었다. 오전 8시 차를 타고 떠나야 한 시간쯤 넉넉히 여유를 두고 여수에 도착해 오후 2시 배를 탈 수 있었다. 일부러 서두른다고 30분 일찍 터미널에 도착했는데, 이미 매진이라니.

"안 되는데."

미리 예약을 해두었어야 하는데, 어제는 정신이 없어서 깜박하고 만 것이었다.

"아 어떡하지. 오늘 꼭 가야 하는 기도인데. 큰일 났다……."

멍한 얼굴로 터미널 구석 의자에 앉아 있어도 답은 나오지 않았다. 은혜는 휴대폰으로 이마를 콕콕 두드리며 아랫입술을 물었다.

"할머니한테 죽을 텐데. 5시간 거리를 택시를 타고 갈 수도 없고."

멍하니 휴대폰만을 뚫어져라 바라보고 있던 은혜는, 무의식적으로 원이 했던 말을 곰곰이 생각해 보았다.

"어제 내가 했던 말……."

어제 대체 무슨 말을 했길래, 그 남자가 마치 약점이라도 잡은 것처럼 악마같이 웃었지?

"그놈의 술이 문제야. 술 먹고 귀신이 아니라 악마가 씐 것 아니야? 내 인생을 마구 방해하는 악마."

그러나 이 상황에서 누굴 탓하리. 지금 중요한 건 한 달에 한 번 있는 중요한 기도를 못 가게 생겼다는 것인데.

"그냥 돌아가야 하나? 아니야. 할머니가 알면 병원에서 뛰쳐나오실 텐데……. 으아아아아."

은혜는 쉽사리 터미널을 떠나지 못한 채 앉은 자리에서 발을 구를 뿐이었다.

그리고 그때.

띠리리리리—

그녀가 쥐고 있던 휴대폰이 울렸다.

"……?"

번호를 저장해놓지 않아도 이제는 하도 눈에 익어서 누구인지 알 것만 같았다. 은혜는 무심하게 통화 버튼을 눌러 전화를 받았다.

"왜요."

역시나. 그의 낮은 목소리가 흘러나왔다.

["기도하러 잘 가고 있나?"]

"아뇨. 두 시 배인데 표가 매진돼서 천벌 받을 각오 하고 있어요."

["표가 매진되었다고?"]

“네. 심각한 상황이니까 나중에 통화해요. 그쪽 아니더라도 지금 충분히 머리 아프거든요.”

그는 잠시 말이 없었다.

“아무튼 끊을게요.”

은혜는 다시금 한숨을 내뱉으며 휴대폰을 귀에서 떼려고 했다.

[“지금 끊으면 후회할 텐데……?”]

그의 표정이 보이진 않았지만, 문득 그가 전화 반대편에서 묘하게 웃고 있는 기분이 들었다.

“무슨 뜻이에요?”

[“내가 마침 시간이 남았거든.”]

“……?”

은혜가 고개를 비스듬히 기울였다.

이윽고 원이 확인하듯 물었다.

[“지금 터미널인가?”]

“네. 근데 이제 집에 가려구요.”

[“터미널 입구에서 15분만 기다려.”]

“네?”

뚝—

이번엔 원이 먼저 전화를 끊었다.

“설마…… 지금 여기에 온다고?”

은혜는 휴대폰을 닫으며 두 눈을 빠르게 깜박였다.

그리고 그 설마는, 예지몽보다 정확했다.

* * *

15분 뒤. 다시 은혜의 휴대폰이 울렸다. 은혜는 화들짝 놀라 전화를 받았다.

“여보세…….”

[“어디야? 나와 있으라고 했잖아.”]

“설마 진짜 왔어요?”

은혜가 자리에서 일어나며 물었다.

[“나와 보면 알겠지.”]

그의 말에, 은혜는 불안한 얼굴로 터미널 입구로 걸어 나갔다.

그리고 그는 정말로,

“주은혜.”

검은색 고급 세단과 함께 여유롭게 서 있었다.

“헉…….”

은혜는 원을 뚫어져라 바라보았다. 마치 자동차 모델처럼 서 있는 그의 모습은 지나가던 사람들의 시선을 한몸에 받았다.

이제 몇 번 보았다고, 그에게로 쏟아지는 시선이 그리 놀랍지도 않지만 그래도 이렇게 대놓고 서 있으면…….

은혜가 멍하니 그 자리에 얼어붙은 채 서 있자, 원은 작게 미간을 찌푸리더니 그녀에게로 다가왔다. 그가 발걸음을 떼자 주위를 지나던 여자들의 시선이 자연스럽게 따라 옮겨졌다.

은혜의 앞에 멈춰선 원은 시간을 확인하며 낮은 목소리로 물었다.

"두 시 배라며. 지금부터 달려야 아슬아슬하게 도착할 텐데. 내가 별로 안 반가운가 보지?"

"그렇긴 한데……."

어떻게 이 남자한테 데려다 달라고 할 수 있단 말인가.

그렇게도 밀어내고 있던 이 남자에게.

그녀가 머뭇거리자 원이 미련 없이 뒤로 돌아서며 말했다.

"딱히 급한 일은 아니었나 보네."

"아, 아니. 급해요."

그러자 은혜가 그의 팔을 붙잡았다.

"……?"

원이 그녀가 잡은 자신의 팔을 물끄러미 응시했다. 그리고 은혜와 두 눈을 마주했다. 그의 두 눈을 응시하며 은혜가 작게 말했다.

"……고마워요. 여기까지 와줘서."

* * *

"성운 병원이라."

린은 자신의 방 안 테이블 위에 놓인 성빈의 재킷을 물끄러미 바라보고 있었다. 월요일부터 토요일까지 쭉 학교에 가는 린에게 만큼은 황금 같은 일요일이라, 평소라면 늦잠을 잤을 텐데 오늘은 일찍 눈이 떠졌다.

사실 밤새 마음이 뒤숭숭해서 잠이 오지 않았다는 게 더 솔직

했다. 어젯밤 이 옷의 주인과의 짧은 만남이, 꽤 강렬한 느낌으로 남아버렸기 때문이었다.

"흐음. 직접 찾아가야 하나."

무지하게 귀찮기는 했지만 성격상, 자꾸 신경이 쓰이는 것은 빨리 돌려줘버리는 것이 나을 것 같다. 게다가 그 사람은 자신을 도와줬고, 옷은 당연히 돌려줘야 하는 거니까.

사람을 시켜 따로 보낼 수도 있지만, 뭐…… 제대로 고맙다는 인사도 할 겸. 린은 이내 자리에서 일어나 옷장에서 옷을 뒤적거리기 시작했다.

"뭘 입지?"

옷 입는 것에 대해선 딱히 고민을 해 본 적이 없었는데, 이상하게도 이 옷 저 옷을 한가득 꺼내게 되었다. 그런데 아무리 골라 봐도 그다지 마음에 드는 게 없었다.

갑자기 찾아온 내적 갈등에, 린이 흠칫 놀라며 고개를 도리질했다. 그리고 아무 원피스나 골라잡아 들고는 다짐하듯 혼잣말을 했다.

"간단하게, 대충 입고 가면 되는 거야. 그냥 옷만 전해주러 가면 되는 건데 뭐?"

그러나.

어느새 린은 평소 잘 가지도 않는 근처 백화점 앞에 서 있었다. 그녀는 선글라스를 낀 채, 백화점에 들어서서 이것저것 둘러보았다. 이곳 백화점의 VVIP였기 때문에 요란한 대접을 받을 수도 있었지만, 역시나 거추장스럽고 귀찮을 뿐이라 조용한 쇼핑을 택했다.

곧 린은 평소 애용하는 브랜드의 매장 안으로 발걸음을 옮겼다. 그리고 여유롭게 성빈을 만나러 가기 위한 옷들을 고르곤, 재빨리 사라졌다.

* * *

"이 정도면 뭐."

린은 자신의 방 전신거울 앞에서 어색하게 제 모습을 바라보았다. 처음에는 촌발 날리는 검은색 머리가 그렇게도 싫어서 하루빨리 금발로 다시 염색하려고 했었는데, 지금은 그런 생각이 조금은 수그러들었다.

이렇게 보니 꽤 단정해 보이는 것이, 나름 괜찮았다. 그저 옷 하나 전해 주러 가는 건데, 자신이 왜 이렇게까지 신경을 쓰고 있는지는 모르겠지만……. 어쨌든 이 정도면 나쁘지 않은 것 같았다.

"그럼 가 볼까."

이윽고 린은 쇼핑백에 성빈의 재킷을 잘 개어 넣고 아래층으로 내려갔다.

"린아. 어딜 가는 게냐?"

응접실에서 티타임을 즐기고 있던 선우 헌 회장이 부산스러운 인기척에 물어왔다. 그는 부산스러움의 주인공이 누구인지, 보지 않아도 안다는 듯 여유롭게 차를 마시고 있었다.

"……!"

그러자 린은 빠르게 내려가던 계단을 한 칸씩 한 칸씩 내려오며 무심하게 대답했다.

"어제 집에 오면서 말했잖아. 나 드레스 올 나갔었다고. 이거 그때 내가 허리에 묶고 있던 재킷인데, 빌려준 사람한테 도로 돌려주려 가는 거야."

린의 말에 헌이 찻잔을 내려놓으며 혀를 끌끌 찼다.

"칠칠치 못하게 그게 뭐냐고 한마디 할 것을, 알아서 해결했으니 그냥 넘어가긴 했다만…… 그 옷은 누가 빌려 준 거냐? 원이 녀석은 아닐 테고."

"있어."

"선우 린. 하나뿐인 애비한테 그러기냐? 좀 서운해지려고 하는데."

"아빠가 나한테 서운해했던 게 한두 번이야? 그럼 나갈게."

"기사 부를 테니까 타고 가."

"내가 언제 자가용 타고 다니는 거 봤어?"

"너는 언제쯤 이 애비 말을 들을 거냐."

헌이 한숨을 내쉬며 린을 돌아보았다. 그러다 잠시, 그가 그녀를 위아래로 훑어보았다.

"그러고 보니, 너 오늘 옷이 너답지 않게 꽤 단정하구나. 평소에는 고삐 풀린 망아지 티를 팍팍 내고 다니더니."

헌의 말에 린이 순간 움찔했다. 그러나 이내 담담한 척 멀쩡한 치맛단을 정리하는 그녀였다.

"어? 내, 내가 뭐! 내가 언제 고삐 풀린 망아지처럼 하고 다녔어! 다 패션의 일종이거든?"

평소답지 않게 린이 부끄러워하는 모습을 보이자, 딸 가진 아비는 자신도 모르게 허허 웃음을 지었다.

"아무튼 보기 좋구나. 린아."

"보, 보기 좋기는. 병원 가는 거라 좀 단정하게 하고 가는 게 나을 것 같아서 이렇게 입은 것뿐이야."

"병원? 네가 가는 곳이 병원이냐?"

"어. 성운 병원."

"성운 병원? 그것참 잘됐구나. 가서 윤 원장 아들도 만나보고 같이 식사도 하고……."

"식사는 무슨! 됐거든. 어제 그 지옥 같은 자리에서 코빼기도 안 보이던 싸가지를 내가 왜 만나? 어? 그러고 보니…… 아놔. 이제 알았어. 아빠 나 그 자식이랑 이어주려고 그러는 거지? 만에 하나 진짜 그런 거면 아빠 진짜 안 봐. 아무튼 나 바쁘니까 나갑니다."

"린아!"

"……."

걱정 가득한 헌의 부름에도 린은 이미 현관문을 빠져나간 뒤였다.

"성운 병원이라."

헌은 내려놓았던 찻잔을 들어 입가에 가져가며 깊은 생각에 잠졌다. 윤 원장의 아들이 성운 병원 의사라고 했는데. 린이 성운 병원에 간다니. 그것참 괜찮은 우연이었다.

"아니지. 이럴 게 아니지."

이윽고 선우 헌 회장은 휴대폰을 들었다. 그리고 서둘러 전화를 넣는 그였다.

*　　*　　*

극적 만남 끝, 은혜에게는 구원과도 같은 원의 차가 여수를 향해 시원하게 달리고 있었다. 트렁크에는 기도를 드리러 가는 그녀의 짐을 실은 채였다.

청량과 강구도 없이 그가 직접 차를 가지고 왔기 때문에 넓은 자동차 안에는 은혜와 그, 둘뿐이었다. 어색한 침묵이 돌긴 했지만 원은 그다지 신경 쓰지 않는 것 같았다.

"……오늘 바쁘다고 하지 않았어요?"

은혜가 빠르게 지나가는 풍경들을 바라보며 지나가듯 물었다.

원은 운전을 하며 여유롭게 대꾸했다.

"늘 바빴고, 앞으로도 바빠."

"도장 받으러 다니느라구요?"

"그건! 그쪽이 쉽게 건물을 안 넘겨주니까 직접 찾아온 거고."

은혜의 비아냥거리는 말투에 그가 눈썹을 구기며 대답했다. 그러자 은혜는 콧방귀를 뀌며 팔짱을 꼈다.

"앞으로도 영원히 넘겨줄 생각 없네요."

"아직 설득 기간 남았어."

"설마 이것도 그 설득의 일환이에요?"

은혜가 불쑥 미간을 좁혔다.

"……."

예상치 못한 그녀의 물음에, 원이 멈칫했다. 그러나 그는 곧 애써 담담한 얼굴로 말했다.

"마음대로 생각해."

"나참. 이럴 줄 알았어."

세상에 공짜 없다더니, 있는 사람이 더 하네. 그의 대답을 들은 은혜는 팔짱을 낀 채 구시렁거렸다.

"호텔 일은 내게 전부야."

불현듯 원이 나직이 덧붙였다.

"호텔 사장이었어요?"

그녀가 그를 빤히 바라보았다.

아, 그래서 아까 호텔로 오라고 했구나. 그가 어느 회사의 사장이라는 것쯤은 짐작하고 있었는데, 정확히 무슨 회사인지는 모르고 있었다. 그러고 보니 그에 대해서 정확히 아는 게 거의 없다.

"둔한 건지, 둔한 척하는 건지."

원은 그것도 몰랐냐는 듯 그녀를 돌아보곤 눈썹을 꿈틀, 움직였다.

"점집 근처에 있는 제일 큰 호텔, 못 봤어?"

"당연히…… 설마, 로열 호텔?"

원이 가볍게 고개를 끄덕였다.

지나가다가 문득 멈춰 서서 올려다보았던 엄청난 크기의 호텔. 꼭대기까지 올려다보려면 목이 부러질 것 같았는데. 그 호텔이, 선우 원. 이 남자의 것이었다니. 세상 참 우울하다.

"호텔 사장님께서 우리 점집엔 왜 눈독 들이시는 건데요?"

은혜가 뾰로통한 얼굴로 또다시 물었다.

"말했잖아. 그 점집이 꼭 필요하다고."

"그러니까, 우리 점집이 왜 필요하냐구요."

"그건……, 사업상 기밀이야."

원이 무언가를 말하려다 그만두었다.

"타당한 이유도 말해 주지 않고 지금 남의 건물을 호시탐탐 노리고 있는 거예요?"

그 이유를 들으면 나에 대해 더 실망할까 봐.

원은 목구멍까지 차오른 한마디를 꾸욱 눌러 내리며 침묵했다. 그리고 이내 다른 말로 화제를 돌렸다.

"그쪽이나 어젯밤 일에 대해 설명해 보시지."

"어젯밤 일이요?"

그러자 은혜는 동그란 두 눈으로 그를 바라보았다.

그 아무것도 모른다는 눈빛. 10초면 바뀔 텐데.

원이 웃음을 참으며 낮게 말을 이었다.

"어젯밤, 나한테 그랬잖아."

"제가 뭘요?"

"내가 자꾸 생각난다고."

옅은 미소가 걸린 그의 입가가 부드럽게 휘어졌다.

"내, 내가요?!"

그의 예상대로, 은혜는 잠시 동안 그대로 굳었다.

정말 이상하게도, 당신이 자꾸 생각난다는 것.

무슨 의도로 그걸 입 밖에 꺼내버렸단 말인가.

"아하하. 제가 어제 술을 마셔서 그런가, 어젯밤 무슨 일이 있었는지 전혀 모르겠네……."

이내 은혜는 아무것도 기억이 안 난다는 듯 서서히 다시 고개를 돌려 자는 척 유리창에 기댔다.

원이 잠시 시선을 돌려 은혜를 바라보았다.

설마 지금 자는 척하는 건가?

이윽고 그는 피식 웃으며 또박또박 힘주어 말했다.

"내가 가.면.보.살.님의 술주정을 아직도 기억하고 있는데. 그 가면보살이 누구라고는 말 못하겠지만."

"윽……."

은혜는 두 눈을 꾹 감은 채 아랫입술을 물었다.

내가 왜 그걸 말했을까.

그리고 속으로 수십 번 머리를 쥐어박았다.

"근데. 내가 왜 어젯밤 그쪽이랑 통화를 했어요?"

문득 은혜가 이상하다는 듯 그를 돌아보았다.

"뭐……?"

원이 흠칫했다.

"내가 술 먹고 그쪽한테 전화라도 한 거예요? 그런 거예요?"

"……."

"뭐야. 왜 말이 없어요?"

그녀는 수상하다는 눈빛으로 원을 응시하고 있었다. 갑작스럽게 미심쩍다는 시선이 집중되자, 원은 애써 아무렇지 않은 척 대답했다.

"전에…… 그러니까, 아. 그래. 전에 두고 간 옷이 있어서 가져가려고 점집에 들르려 했는데. 이미 선약이 있는 것 같아서 그냥 갔어. 그래서 다음날 호텔로 가지고 오라고 전화한 거야."

"그러니까. 나한테 전화한 건 그쪽이라는 말이네요?"

"그게 뭐가 중요해. 난 전화를 했고, 취중고백한 건 주은혜라는 사실은 변하지 않는데."

"고, 고백이요? 누가? 누구한테요?"

"주은혜가 나한테."

"잘못 들은 걸 거예요."

"정말 잘못 들었다고 생각해야 해?"

"……?"

"나는, 기분이 좋았는데."

그의 목소리가 잔잔하게 울렸다.

은혜가 천천히 고개를 돌려 그를 바라보았다.

그가 그녀를 뚫어져라 응시하고 있었다.

비록 운전 중이라 오래가진 못했지만, 그 눈을 마주한 순간.

그녀는 더 이상 아무런 말도 할 수가 없었다.

정말 별거 아닌 그의 한마디, 한마디에…….

두근. 두근. 두근.

심장이 계속 뛰고 있었으니까.

멈추라고 외칠 틈도 없이,

이성은 너무도 느릿했지만…… 가슴은 너무도 빠르게 반응하고 있었다. 어느덧 그라는 존재가, 가슴 속 너무도 깊숙하게 자리 잡아 버렸다는 것을 받아들였다는 듯이.

고작 한 잔 마셨지만, 아직 술이 덜 깬 게 분명했다.

"아. 너무 피곤하네. 술도 아직 덜 깬 것 같고."

이내 그녀는 다시 고개를 돌려 유리창에 기댔다. 그리고 이번엔 진짜로 자는 척, 두 눈을 감고 절대 뜨지 않겠다고 다짐했다. 조금만 더 그를 바라보고 있다가는, 얼굴이 빨개질 것만 같아서였다.

문득 원이 무언가를 잊고 있었다는 듯 입술을 뗐다.

"참."

또 무슨 말을 하려고 그러는 거야. 은혜는 여전히 두 눈을 꾹 감은 채 입술 안쪽만을 깨물고 있었다.

"그 녀석, 누구야."

"몰라요."

"누군지 제대로 말해 주지도 않았는데."

"아무튼 몰라요. 나 좀 잘게요. 알았죠? 그럼 안녀엉~."

"주은혜!"

"……."

"그렇게 나온다 이거지."

원이 입술을 얇게 말아 올렸다.

"이런, 배 시간까지 얼마 안 남았네."

그는 시간을 확인하더니 서서히 액셀을 더 세게 밟기 시작했다. 두 눈을 감고 있었지만, 은혜는 어딘가 불안한 어둠의 기운이 스멀스멀 올라오는 것을 느꼈다.

"어디 제대로 잘 수 있나 보자고."

그의 자동차가 점점 빠른 속도로 고속도로를 질주하기 시작했다. 처음 속도도 충분히 빠르다고 생각했는데, 점점 더 빨라지는 속도를 체감하게 되자, 은혜는 자신도 모르게 움찔했다. 그리고 매고 있던 안전벨트를 꽉 쥐며 부들부들 떨었다. 자는 척 감은 두 눈이 안쓰러워 보일 정도였다.

그런 그녀의 모습을 본 원이 쿡쿡 웃었다. 보면 볼수록, 정말 웃기는 여자다.

이내 얼마 못 가, 은혜가 파르르 떨리는 입술을 떼며 기어들어가는 목소리로 말했다.

"저기, 속도 좀 줄이면 안 될까요?"

"잔다며. 게다가 이 정도로 밟지 않으면 늦을 것 같은데."

"1시간 빨리 가려다 100년 빨리 가는 거 몰라요?"

"그럼 말해 봐, 잘나가는 보살님. 그쪽과 나, 이러다 100년 빨리 갈 것 같아?"

"그게 무슨 뚱딴지같은 소리예요! 그쪽 차 좋은 거 알겠으니까 속도 좀 줄여요!"

"어제 그 녀석 누군지 말해 주면."

"어휴 진짜!"

원이 여유롭게 빙긋 웃었다.

"여기서 더 밟을 수도 있는데."

그리고 그가 액셀을 점점 더 세게 밟으려 할 즈음,

"하, 할머니! 그러니까 우리 할머니가 계시는 병원 정신과 의사예요. 우연히 몇 번 마주쳐서 좀 알게 된 사람이에요."

은혜가 두 눈을 꾹 감고 외쳤다. 그러자 원은 발에서 힘을 서서히 빼며 물었다.

"어젠 왜 같이 있었는데?"

은혜는 가까스로 차분해진 기분을 가다듬고 대답하려다, 뭔가 이상함을 느끼곤 그를 바라보았다.

"그건…… 근데, 그걸 어떻게 알았어요!?"

"점집에 가려다 선약 있는 거, 봤다고 했잖아. 둘이서 오붓하게 떡볶이 건네는 거 아주 잘, 구경했어."

원이 냉기가 서린 어조로 말하며 그녀를 힐끗 응시했다.

"네……?"

그의 말에, 은혜는 두 눈을 끔벅거렸다.

뭔가 이상하다. 이 남자, 왜 이렇게 기분 나쁘다는 티를 팍팍 내는 걸까. 오붓하게. 오붓하게라. 설마 질투하는 건 아니겠지. 어디 나를 겁줬겠다. 시험도 좀 해볼 겸, 복수다.

"아."

이내 은혜는 입가로 피어오르는 미소를 애써 감추곤 의자에 편하게 기대앉으며 말했다.

"저 그 남자랑 썸 타는 사이니까, 신경 꺼요."

"뭐?"

원은 순간 고속도로에서 차를 세울 뻔했다. 그가 그녀를 홱 돌아보며 눈썹을 구기며 되물었다.

"뭘 타는 사이?"

"썸! 타는 사이. 썸 몰라요? 제가 아무리 세상사 관심이 없다고 해도 요즘 말들은 다 꿰고 있거든요."

"누가 그걸 몰라서 물어?"

원이 미간을 좁히며 낮게 말했다.

아무래도 전세역전인 듯했다. 점점 이상한 쪽으로(?) 반응하는 그가 너무도 재미있어서, 은혜는 웃음기를 꾸욱 누르며 말을 이었다.

"누구와는 달리 아주 귀엽고 친절해서 제가 요즘 좀 마음에 들어 하는 사람이거든요. 그래서 같이 술도 한잔했고. 그런데 그날, 그 남자가 저한테 친구하자고 하던데요."

은혜가 배시시 웃으며 고개를 기울였다.

"남녀 사이엔 친구란 없어."

적어도 원은 그렇게 믿고 있었다. 아니, 그냥 그렇게 믿고 싶은 건 왜일까? 그런 그의 속을 알 리 없는 은혜는 싱긋 웃으며 그의 오른쪽 팔뚝을 살짝 찔렀다.

"그럼 그린라이트 인정?"

"뭐, 뭐 하는 거야?"

갑자기 닿은 그녀의 손길에 그가 화들짝 놀라며 노려보았다. 그리고 두 눈을 가늘게 뜨며 덧붙였다.

"주은혜. 둔한 게 아니라 둔한 척하는 거였군."

"이제 알았어요? 혼자 막 판단하지 말라구요."

은혜가 팔짱을 끼며 승리의 미소를 머금자, 원은 그녀의 말을 무시하듯 정면에 시선을 고정했다.

갑자기 기분이 아주 나쁘다. 그냥 보고 지나쳤을 땐 그냥 나쁜 정도였다면, 지금은 심장이 성난 듯 마구 뛰고 있었다. 피를 펌프질하는 게 아니라, 열을 펌프질하는 것처럼. 이내 그는 차가운 한 마디를 툭 던졌다.

"잠이나 자."

"아깐 잠도 못 자게 하더니. 설마 질투하는 건 아니죠? 뭐 또 착각하지 말라는 그런 말 할 거면 제가 실수한 거구요."

"다시 속도 올리기 전에 조용히 자는 게 좋을걸."

그가 어두운 얼굴로 그녀를 잠시 바라보았다. 어쩐지 굉장히 심기가 거슬린 듯한 그의 표정에, 은혜는 살며시 고개를 돌려 다시금 창문에 기댔다.

"네에. 저를 이렇게 친히 데려다주시는데 조용히 말 들어야죠."

그리고 두 눈을 감으며 말했다.

"그럼 나, 조금만 눈치 없을게요. 내가 원래 잠을 잘 못 자는데, 이상하게 그쪽과 함께 있을 때면 잘 잘 수 있을 것 같은 기분이 드는 거 알아요? 아주 이상하지만."

"……."

그가 금세 잠든 그녀를 물끄러미 응시했다.

그의 마른 입술이 달싹여졌다.

"나도 이상해. 주은혜, 너와 함께 있으면. 그래서 내가 지금…… 너와 함께 있는지도."

다른 여자였다면 이렇게 달려올 리 없는데.

*　　*　　*

"손님. 다 왔습니다."

차를 세우며, 택시기사가 말했다.

린은 쇼핑백을 든 채, 택시에서 내렸다. 회전문을 비롯한 곳곳에 성운 병원이라는 이름과 마크가 붙어 있었다.

문득 회전문을 통해 안으로 들어가려던 린이 잠시 멈칫했다. 그녀는 주변을 샥샥 둘러보더니, 곧 핸드백을 뒤져 손거울을 찾아냈다. 그리고 재빨리 얼굴을 확인하고는 안으로 들어가는 그녀였다.

린은 조용히 병원을 둘러보았다. 한눈으로 가늠하기 어려운 엄청난 크기. 널찍한 공간과 병원답게 깔끔한 인테리어, 그리고 수선스럽지 않은 분위기가 어우러져 있었다.

그나저나. 그 사람은 어떻게 찾지? 린이 주위를 둘러보다 성빈을 떠올리곤 들고 있던 쇼핑백을 응시했다.

저 멀리 접수처가 있는 곳까지 걷던 그녀는 순간, 병원 한쪽 벽면에 거대하게 붙어있는 광고용 TV를 보고 발걸음을 멈추었다. 흰 의사 가운을 입고 있는 낯익은 누군가가 웃으며 병원 광고를 하고 있었다.

"저 남자는……."

곧 린은 곳곳에 붙어 있는 병원 홍보 포스터들을 뚫어져라 보았다.

"의사였네."

그 배에 타는 사람들은 뻔하니까, 병원으로 찾아오라고 했으면 의사 아니면 병원 이사진 중 하나일 거라고 생각하긴 했다.

병원 광고에 나올 정도면 그래도 인정받은 페이스라는 뜻일 텐데. 떡볶이 포장마차에서 너무 무시했나.

린은 한동안 TV 광고 속 그의 모습을 응시했다. 배 위에서의 어두운 표정과 달리, 그는 상큼하고도 밝은 이미지로 환하게 웃고 있었다.

"화면발이 잘 받나. 꽤…… 멋져 보이는 것 같기도 하고."

그녀는 자신도 모르게 시니컬한 말투로 중얼거렸다.

그러던 중, 린의 근처로 흰 가운을 입은 두 명의 남자들이 지나가고 있었다.

"최 교수님 환자, 김영희 씨 딸 말이야. OCD(강박장애)인 것 같아."

"김영희 씨라면 우리 병원 VIP? 근데 그 환자 딸이 OCD라고? 네가 그걸 어떻게 알아?"

"매번 혼자 오다 오늘 처음 딸이랑 같이 왔는지, 김영희 씨가 옆에 딸을 두고 함께 상담을 듣더라고. 그때 내가 최 교수님께 컨펌 받을 일이 있어서 잠시 갔다가 본 건데, 아이가 책상 위에 펜이랑 연필들이 흐트러져 있는 것을 못 견뎠는지…… 갑자기 막 정리를 하더라. 그것도 열 맞춰 아주 깔끔하게."

"Compulsion(강박행동)이네."

은후와 나란히 걷던 성빈이 나직이 중얼거리며 대답했다.

"이야."

문득 은후가 불현듯 거대한 크기의 TV 화면을 보며 감탄했다. 마침 성빈의 얼굴이 클로즈업돼서 나오는 장면이었다.

"성빈이 네 광고는 언제 봐도 죽인다. 모공까지 잡아낸다는 Full HD LED TV로 들여다보아도 손색없는 저 피부. 화장품 회사에서 러브콜 같은 거 안 왔냐?"

가운 주머니에 손을 찔러 넣은 그는 어딘가 흐뭇한 표정으로, 여러 영상들과 함께 반복되는 성빈의 광고를 재미있다는 듯 보고 있었다. 그러자 성빈은 어두운 표정을 거두곤 한숨을 내쉬며 대답했다.

"저 광고 찍은 지가 언젠데 넌 아직도 나만 있으면 그렇게 과장된 제스쳐를 취해. 너도 검사 좀 해 봐야 하는 거 아니야?"

"……?"

성빈이 은후를 노려보고 있던 중, 같은 위치에 서 있던 린이 그를 돌아보았다.

"……!?"

그러다 린과 성빈의 두 눈이 딱 마주쳤다. 그에게 시선을 고정하던 린은 이내 그를 알아보았다. 자신이 들고 있던 쇼핑백 속, 재킷의 주인. 그를 어렵지 않게 찾았다. 정확히는 '우연히 마주쳤다'가 맞지만.

"그쪽은."

그리고 곧 성빈도 린을 알아보았다.

"참! 그러고 보니 윤성빈. 너 어제 누구랑 뭐 했냐? 궁금해서 죽을 것 같았는데 이제야 묻다니. 나도 정신이 없긴 했나 보다."

은후가 갑자기 성빈을 바라보며 물었을 즈음, 이미 성빈은 린에게 다가가고 있었다.

"어? 야, 윤성빈!"

"전에 배에서…… 맞죠?"

"옷, 돌려주러 왔어요."

린이 성빈에게 쇼핑백을 건네며 말했다.

*　*　*

꽤 오랜 시간을 달려, 원의 차는 한가로운 선착장 앞에 스르륵 멈추어 섰다.

"……후."

마지막 대화가 끝나고, 정말로 그녀는 줄곧 잠들어 있었다. 언제나 잠이 부족해 보이던 얼굴. 급할 때 빼고는 잠든 사람을 억지로 깨우는 못된 심보는 가지고 있지 않아서, 원은 조용히 운전을 하며 이곳까지 왔다.

뭐…….

가끔씩은 옆을 돌아보기도 하고. 또 가끔씩은 춥지 않을까, 히터를 만지다 결국 재킷까지 벗어 덮어주긴 했지만. 이건 그저 누구에게나 할 수 있는 작은 호의일 뿐, 다른 남자와 썸 타고 있는 여자에게 절.대. 관심이 있어서 그런 건 아니었다.

썸은 얼어 죽을. 그가 작게 중얼거리며 차 시트에 기대었다. 시간을 확인하니 1시 반이 조금 넘어가고 있었다. 2시 배라고 했으니, 서둘러 오지 않았으면 표를 끊기도 어려웠을 것이다. 이제 표를 끊으려면 깨워야 하는데.

"……."

그는 그녀를 빤히 쳐다보았다. 그리고 곤히 자고 있는 그녀의 모습을 가만히 지켜보았다.

눈빛, 목소리, 표정만 보아도 한 여자의 모든 것을 읽어낼 수 있을 거라 자부하며 살아왔는데.

주은혜. 이 여자에 대해서만큼은 알 수가 없었다.

뜻대로 안 되고, 뜻대로 보이지 않아서, 헷갈리고…… 어렵다.

그의 시선이 은혜의 입술에 닿았다.

저 작은 입술 사이로 두 번이나 기를 취해버렸다. 처음 의도대로 이 여자를 유혹해서 건물 계약서의 도장을 받아내고, 거기다 원할 때마다 3일의 효력을 가진 색기를 채우겠다는 욕심으로 이 여잘 대하고 있는 거라면…… 정말 나쁜 놈이 되는 거겠지.

그의 눈동자가 미세하게 흔들렸다.

그런데, 어쩐지…… 죄책감 없이 원하는 것을 가져가고, 죄책감 없이 입술을 맞댈 수가 없을 것 같았다.

바보처럼 자꾸만 보고 싶어진다. 자꾸만 가슴이 타들어가고, 자꾸만 가슴이 빠르게 요동친다.

불현듯, 작은 움직임에 그녀의 뺨 위로 머리카락이 흘러내렸다.

이윽고 그는 자신도 모르게 그녀에게 이끌리듯, 천천히 그녀의 뺨으로 가는 손을 뻗었다.

"으음."

"……!"

갑작스러운 그녀의 움직임에 원이 다시 아무렇지 않은 척 고개를 돌렸다. 그리고 팔짱을 낀 채 누가 묻지도 않았는데 입을 열었다.

"다 왔다고 말해 주려던 참이었어."

"으……."

은혜는 그의 재킷을 끌어당기며 몸을 웅크렸다. 그의 목소리에 부스스 눈을 뜬 그녀였다.

"언제 다 왔어요? 아주 잠깐만 자려고 했는데."

너무도 푹 자 버렸다. 그것도 사지 멀쩡한 남자가 옆에 있는데……! 그리고 그런 그녀의 걱정은 원이 알아서 대신해 주고 있었다.

"무슨 여자가 경계심 하나 없이 그렇게 곤히 잘 수가 있는 건지. 입가에 침 흘린 건 알고 있어?"

"뭐요? 이 사람이 진짜. 여자에 대한 매너가 없어. 그런 건 좀 은근하게 알려줄 수 없어요?"

"은근하게가 어떻게인데."

"그러니까,"

"이렇게 말하면 되는 건가?"

"……!"

설명을 할 틈도 없이, 원이 은혜의 손목을 잡아 당겨 그녀를 가까이 오게 만들었다. 서로의 코끝이 닿을 만한 거리.

그가 여리게 웃으며 작게 속삭였다.

"입가에 침 닦아. 라고?"

그와 또렷하게 마주친 눈동자가 흔들리고 있었다.

언제나 불쑥 다가오는 그에게 익숙해질 법도 한데, 익숙해지긴 커녕…… 이젠 또다시 대책 없이 뛰고 있는 심장을 제어하기조차 어려웠다.

'나 왜 이래.'

은혜는 떨리는 동공을 보이지 않으려 애써 두 눈을 감았다 떴다. 그러다 곧 그를 밀치듯 밀어내며 소리쳤다.

"표! 표 끊어야 하는데!"

"뭐?"

"저 여기까지 데려다줘서 정말, 정말로 고마워요. 나중에 제가 밥 한번 살게요."

그리고 급하게 가방을 메곤 차에서 내리는 그녀였다.

시간을 보니 정말로 2시까지 10분 정도밖에 남지 않았다. 멍하니 그녀를 바라보다 시간이 흐르고 있다는 사실을 망각하고 만 것이었다.

"후……."

갑자기 휑하니 사라져버린 그녀의 빈자리를, 원은 어처구니가 없다는 듯 바라보았다. 먼 곳을 오랫동안 달려와서 피곤했지만, 이젠 다시 돌아가야겠지. 그는 다시 차 시동을 켰다. 그리고 차를 돌리려 할 즈음, 그가 멈칫했다.

"아. 주은혜, 짐 안 가져갔잖아."

어느덧 남은 시간은 7분. 지금 가서 그녀를 찾고 짐을 가져가라고 말하기엔 시간이 너무 촉박했다.

"이 여자가 진짜……."

원은 어쩔 수 없이 차에서 내렸다. 그리고 자신도 표를 사기 위해 달렸다. 은혜가 보이지 않는 것을 보니, 그녀는 이미 표를 사고 승선한 듯했다.

배에 차를 가지고 타려면 차도 표를 사야 했기 때문에 아슬아슬했지만, 원은 되는 대로 표를 사고 재빨리 차에 올라탔다.

곧 있으면 선착장에 대어진 배의 다리도 올라갈 참이었다.

그는 서둘러 차를 움직여 표를 받는 선원에게 표를 주고 배에 올랐다. 그의 승선을 끝으로 배와 선착장을 연결한 다리가 움직였다. 그리고 배가 서서히 출발하기 시작했다.

"하……."

얼떨결에 배에 타버린 원은 허탈한 표정을 지었다.

그는 핸들 위에 이마를 대었다.

"선우 원. 너 뭐 하는 거냐."

칠칠치 못한 가면보살 때문에, 섬으로 들어가는 배를 타버리다니. 자신의 정신이 정상에서 조금 빗겨간 게 틀림없었다.

연도까지 1시간 50분 정도 걸린다고 들었는데.

"주은혜. 어디 있는 거야."

이내 그는 차에서 내려 은혜를 찾으려 두리번거렸다.

1층에 그녀는 없었다. 주로 차를 대기 때문에 사람이 머물 공간이 없는 곳이니 그럴 만도 했다.

이윽고 그는 난간이 있는 철 계단을 통해 2층으로 올랐다. 그러다 바다와 가장 가까운 난간 앞, 의자에 앉아 멍하니 드넓은 바다를 응시하고 있는 은혜를 발견한 그였다.

그는 그녀에게 다가가려다 곧 발걸음을 멈추었다. 그리고 그녀에게서 조금 떨어진, 그녀가 자신을 보지 못할 만한 자리에 조용히 앉았다.

은혜는 무언가를 회상하듯 초점이 흐린 눈으로 계속해서 바다를 바라보고 있었다. 그 두 눈엔 왠지 모를 슬픔이 서려 있었다. 그가 그런 그녀에게 다가가길 멈추었던 건, 그 시간을 방해하고 싶지 않아서였으리라.

차디찬 바닷바람이 뺨을 스치는 가운데, 원은 에라 모르겠다는 듯 두 눈을 감았다. 그리고 곧 청량에게 연락하려 휴대폰을 꺼내 들었다.

그러나 어느새 1%밖에 남지 않았던 배터리는, 그가 휴대폰을 확인하자마자 얄밉게도 꺼져버리고 말았다.

"……!!"

그의 두 눈이 커졌다. 그는 두 손으로 휴대폰을 감싸 쥔 채 화면을 뚫어져라 바라보았다.

"안 되는데."

그렇게 섬으로 향하는 두 사람의 시간이 속절없이 흘러가고 있었다.

*　*　*

"직접 전해 주러 오다니, 의외네요."

성빈이 병원 공원에 앉아 있던 린에게 자판기 커피를 건넸다.

"의외라는 건 무슨 뜻이죠?"

린이 보일 듯 말 듯하게 미간을 좁히며 물었다. 그러자 성빈은 린의 곁에 앉으며 말했다.

"다른 사람을 시킬 줄 알았어요."

그러자 린은 종이컵을 쥔 채 볼멘소리로 대답했다.

"저 그렇게 부자 아닌데요."

"……?"

"우리 아빠가 부자지."

그리고 커피를 한 모금 마시며 무심하게 덧붙였다.

"그 대답 또한 의외고."

성빈도 커피를 마시며 웃었다.

그런 둘의 모습을 누군가 지켜보고 있었다. 의문의 남자는 먼발치서 성빈과 린을 바라보며 전화를 걸었다.

"원장님. 아주 의외의 수확이긴 합니다만…… 지금 도련님과 린 아가씨가 함께 계시는군요."

"어쨌든 그날 날 도와줘서 고마웠긴 했지만. 그렇게 갑자기 사라져버리면 어떡해요?"

린은 성빈을 보며 눈썹을 구겼다.

그녀의 말에, 성빈이 잠시 생각하는 듯하더니 대답했다.

"……아. 그날은 갑자기 급한 일이 생겨서. 그 점은 미안했어요."

"뭐, 그날 안 왔던 여자 친구가 다시 만나자고 했나 보죠?"

린은 무의식적으로 혼잣말처럼 물었다.

"……!"

성빈이 당황한 얼굴로 린을 바라보았다.

그녀의 질문에 일차적으로 당황한 건 맞지만, 그날 오지 않았던 여자 친구에 대해 묻는 이유를 생각해 보니 뭔가 스치듯 생각난 것이 있었기 때문이었다.

배에서 처음 봤을 때 어딘가 낯이 익은 느낌이 있다 했더니.

그의 기억 사이로 교복을 입은 채 어묵을 먹고 있던 린의 모습이 떠올랐다.

성빈은 입에 대고 있던 종이컵을 떼곤 동그란 눈으로 물었다.

"그러고 보니 저번에 그 떡볶이…… 고등학생?"

그냥 던지듯 물어본 것이었는데, 어쩐지 기분이 이상한 게, 썩 좋지 않았다. 이런 이상한 기분은 처음이라 린은 적잖이 당황하면서도 곧 담담하게 대답했다.

"역시 그 청승맞던 남자가 그쪽 맞았네요."

"그쪽? 분명 교복 입고 있지 않았었나? 토요일이긴 했지만."

고등학생이 자신에게 그쪽이라니. 성빈이 두 눈을 가늘게 여몄다.

"제가 토요일에도 학교 나가는 여자거든요."

"?"

"안 그러면 주말엔 그놈의 영어 학원인지 뭔지 가야 하니까. 차라리 풀 자습인 학교에 가서, 내 마음대로 폰이나 하는 게 훨씬 낫죠. 뭐, 일요일만큼은 내 시간이라고 죽어라 우겨서 자유지만요."

"그럼 고등학생 맞는 거네요. 그때 배에서는 나랑 비슷한 나이일 거라 생각했는데. 여자한테 이런 말 하면 실례인 건가."

"아뇨. 나이 상으로는 고등학생이 아니니까. 아마…… 의사선생님 그쪽과 몇 살 차이 안 날걸요."

무심한 말투로 무장한 그녀의 검은색 긴 생머리가 바람에 살랑 흔들렸다.

'나이 상으로는?'

성빈이 그녀를 뚫어져라 응시했다. 그러나 이내 린은 어딘가 불편한 얼굴로 자리에서 일어났다.

"어쨌든. 덕분에 개망신 안 당했네요. 비록 같이 저녁 식사 하기로 한 이 병원 원장님 아드님한테 퇴짜 맞았지만."

"……!"

린의 말에 성빈의 얼굴이 순식간에 얼었다. 방금 자신이 들은 말이 잘못된 게 아니라면, 그날 함께 저녁 식사를 하기로 한 사람이 바로.

"뭐, 저도 그리 달갑지 않은 자리였고 그 남자가 왔다면 식사시간이 길어졌을 테니까 딱히 불만은 없지만. 그래도 나 혼자 그 어색 지루한 시간을 견디게 하다니, 불공평하잖아요. 다음에 만나면 그 얼굴 좀 보고 싶네요. 대체 얼마나 잘났길래 신비주의를 고수하시는지."

"하하……."

성빈은 무심결에 어색한 웃음을 지어버리고 말았다.

자신이 도와준 여자가 하필이면, 아버지가 그렇게도 노발대발하던 저녁식사 자리의 주인공이었다니.

—시간 나는 대로 그 아이에게 찾아가 사과하고 어떻게든 다시 식사 자리를 마련해. 나와 그쪽 집안 회장이 동석하는 게 싫으면, 너희 둘만이라도 식사해.

불현듯 그의 머릿속에 성민의 한마디가 고함처럼 울려 퍼졌다. 신경을 쓰지 않으려 하면서도 그 여자에게 어떻게 연락을 하나 고민했었다. 그런데 그 여자가 눈앞에 있었다.

"그럼. 다시 한 번 고마웠어요. 전 이만."

린은 짤막한 인사를 남긴 채 뒤를 돌아섰다.

"잠깐만."

"……?"

그녀가 그를 돌아보았다.

어쩐지 그녀를 이용하게 된 것 같아 양심의 소리가 그의 가슴을 마구 두드렸지만, 성빈은 결국 그녀의 손목을 붙잡고 말았다.

"오늘 저녁에…… 혹시 시간, 있어요?"

* * *

"이번 섬은 연도, 연도입니다."

연도에 도착했음을 알리는 선장의 목소리가 안내방송으로 울렸다.

근 두 시간이 금방 지나가 버렸다. 계속해서 은혜를 지켜보고 있던 원은 그녀가 눈치채지 않도록 조용히 차로 돌아왔다.

얼떨결에 오긴 했지만, 주은혜는 과연 자신의 노고를 알까. 원은 트렁크에 실린 은혜의 짐을 떠올리며 회심의 미소를 지었다. 그러던 중, 그는 은혜가 유유히 배 위를 걸어 출구 쪽으로 다가가는 것을 발견했다. 꽤나 평온한 표정인 것을 보니 아직까지는 모르는 것 같았다. 이렇게 정신이 없는 여자를 대체 누가 데려갈까.

이내 배의 다리가 움직여 선착장에 닿았다. 원은 순차적으로 빠져나가는 차들 뒤를 이어 연도에 내렸다. 그리고 천천히 은혜의 뒤를 따라 차를 몰았다.

"이상하게 손이 가볍네."

배에서 내린 은혜가 고개를 갸웃했다.

그러다 그녀는 메고 있던 가방을 꽉 움켜쥐며 멈춰 섰다.

헉!

그리고 이상하게 손이 가벼운 게 아니라, 가벼운 게 이상한 것이었음을 깨달았다.

"내 짐! 설마 그 사람 차에 두고 온 거야? 미쳤어, 주은혜!"

은혜는 가벼운 손을 말아 쥐며 절규했다. 오늘 배편은 이제 더 이상 없으니 그에게 전화해서 오라고 할 수도 없는 노릇.

그녀는 동시에 망연자실한 표정을 지었다.

"나 오늘 왜 이래. 재수 없어서 죽은 귀신이 붙었나. 진짜 왜 이래. 정신을 대체 어디다 두고 다니냐구……. 으아, 다 틀렸어. 제사 도구 다 거기 있는데."

"푸흡."

차 유리 너머로 은혜를 지켜보고 있던 원이 웃음을 터트렸다. 뭔가 절망한 표정이라 안타깝긴 한데, 시시각각 바뀌는 표정이 왜 이리도 웃긴지.

마음 같아서는 조금 더 망연자실하게 두고 싶었지만, 자신이 서울 직행 고속도로를 타지 않았으니…… 다행이라는 생각으로,

빵!

그는 가볍게 클랙션을 눌렀다.

"……?"

은혜가 주위를 돌아보다 익숙한 검은색 차를 발견하곤 그쪽을 바라보았다. 이윽고 원은 그녀의 옆으로 차를 움직인 뒤 창문을 내렸다.

"기도 드리러 온 무당 맞아? 필기도구 없는 학생."

은혜가 귀신이라도 본 듯, 아니, 일반 귀신은 자주 보니 정확히는 자신을 깜짝 놀라게 할 만한 흉한 몰골의 귀신이라도 본 듯 입을 떡 벌렸다.

"그쪽이 어떻게……. 설마 줄곧 배에 타고 있었어요? 나랑 같이?"

"그럼 내가 왜 여기 있겠어?"

"아. 다행이다. 다행이다……."

은혜는 그에게 어떻게 된 거냐고 묻지도 않고, 그 자리에 주저앉았다. 심장이 쿵덕 쿵덕 뛰고 있었다. 기도는 틀렸다고 생각하면서도 내심 이번 달 기도를 놓친 것이 못내 불안했었다.

원이 차에서 내렸다. 그리고 그녀의 앞에 쭈그려 앉아 물었다.

"어디로 가야 되는 거야."

"……?"

은혜가 고개를 들어 그를 바라보았다.

그가 자신을 바라보고 있는 눈빛이 어쩐지 따뜻하게 느껴졌다.

은혜는 자신도 모르게, 눈앞의 그를 끌어안았다.

"고마워요. 진짜 고마워요."

"……!"

그녀의 품에 안긴 원이 놀란 눈으로, 그대로 얼어붙었다.

하지만 은혜는 곧 가방을 제대로 메며 자리에서 일어났다.

"우선 제가 자주 가는 민박집에 짐을 풀어야 해요."

그녀가 일어나자, 원은 얼떨떨한 표정으로 자리에서 일어났다. 그리고 애써 무심한 듯 차 문을 열어주며 말했다.

"타."

걸어가도 되는 거리긴 했지만, 원이 차를 가지고 왔기 때문에 둘은 차를 타고 민박집으로 향했다. 원에게 길을 알려주며 함께 차를 타고 가던 은혜가 갑자기 생각났다는 듯 입을 열었다.

"알고 있는지 모르겠지만, 오늘은 더 이상 연도에서 나가는 배 없어요."

"뭐?"

끼익— 원이 브레이크를 밟았다. 그리고 무슨 뜻이냐는 듯 은혜를 뚫어져라 바라보았다. 예상을 빗나가지 않는 원의 반응에, 은혜가 한숨을 내쉬며 말을 이었다.

"우리가 타고 들어온 배가 마지막 배였어요. 어쩔 수 없이 자고 가야 한다구요. 물론 저는 자고 갈 예정이었지만……. 고귀하신 호텔 사장님께서 누추한 민박에서 주무실 수 있을지 걱정이네요."

배가 하루에 두 대밖에 다니지 않는다니. 이런 오지 비슷한 섬은 처음이라 낯선 것이 한둘이 아니었다.

지금까지 최고급이란 표현을 하기에도 부족한 곳에서만 지내왔기에, 원은 은혜의 말이 청천벽력과도 같았다. 그러나 배는 끊겼고, 자신은 이미 여기 있으니 차분하게 받아들이려 노력하는 수밖에 없었다.

원은 다시 차를 움직이며 나직이 말했다.

"……침대 정도는 있겠지."

"아무것도 없는 빈방이에요."

"……."

원이 아랫입술을 물었다. 그리고 그녀를 돌아보며 어금니를 꽉

무는 그였다.

"주은혜……. 나를 대체 어디까지 끌어들일 셈이지?"

그런데 문제는 그게 아니었다.

"여기야?"

원의 차가 은혜가 가리킨 민박집 앞에 멈춰 섰다. 원과 은혜는 차를 세우고 짐을 한가득 든 채 안으로 들어섰다.

"계세요?"

은혜는 열린 대문 안으로 들어가 마당에 서서 조용히 사람을 불렀다. 그러자 누군가 안에서 나와 손님을 맞이했다. 민박집 주인이자 선상, 갯바위 낚시 전문 제일호의 선장인 최 할아버지였다.

"어서 오십…… 호오, 매달 한 번씩 오는 아가씨네."

매번 기도를 올 때마다 들렀던 곳이니 은혜를 알아본 할아버지가 주름진 두 눈을 깜박였다. 이내 할아버지는 은혜의 곁에 서 있는 훤칠한 원을 보곤 빙그레 웃으며 말했다.

"오늘은 혼자가 아닌, 둘인가? 그것도 아주 잘생긴 청년과 함께."

은혜는 원을 힐끔 보더니 곧 애써 어색한 미소를 지으며 대답했다.

"어쩌다가 같이…… 오게 됐어요. 어쨌든 방 두 개 부탁드릴게요."

은혜의 말에 주인 할아버지는 희미한 눈길로 은혜와 원을 번갈아 응시했다.

"그런데 어쩌나."

"……?"

"……?"

원과 은혜의 시선이 할아버지에게로 고정되었다. 이윽고 할아버지는, 유일하게 불이 꺼진 방을 가리켰다.

"지금 남은 방이 하나밖에 없는데."

5.
1+1=3의 공식

“그럼 다른 민박집은요?”

은혜가 불안한 눈빛으로 할아버지를 바라보았다. 그러나 할아버지의 대답은 그리 긍정적이지 못했다.

“아마 없을 거야. 오늘따라 낚시꾼들이 몰려들어서 다른 집들도 다 꽉 찼다고 그러더라고. 아마 우리 집 방이 마지막일걸.”

쿠쿵. 은혜의 머리에 거대한 돌덩이가 내려앉았다. 은혜는 무의식적으로 원을 돌아보았다.

“뭘?”

원이 두 눈을 가늘게 여미곤 맞붙듯 그녀를 응시했다.

“아니, 지금이 무슨 상황인지 몰라요?”

은혜는 그에게만 들릴 만한 목소리로 말했다. 그러자 그는 미간을 좁히며 대답했다.

"알아. 근데 이것 좀 놓고 얘기하면 안 되는 건가?"

원은 자신의 양손에 들고 있는 은혜의 짐을 눈으로 가리키고 있었다.

"아."

은혜는 두 눈을 꾸욱 감았다.

"아하하……."

그리고 심호흡을 크게 한 뒤 억지로 환하게 웃어 보였다.

우선은 짐부터 정리하고 보자.

"그럼 우선 저 방이라도 주세요."

미소를 지으며 고개를 끄덕인 할아버지는, 뒷짐을 진 채 뒤로 돌아서며 말했다.

"잠깐만 기다려. 방 열쇠 가져올 테니까."

할아버지가 잠시 안으로 들어간 사이.

"어떡할 거예요?"

은혜가 원을 보며 물었다.

"무슨 걱정이야. 내가 널 덮치기라도 할까 봐?"

"아니, 뭐 꼭 그렇다는 게 아니라……,"

"김칫국 적당히 마시지? 밝히는 여자, 매력 없어."

원이 두 눈을 가늘게 여몄다.

뭐? 바, 밝히는 여자?

그의 얼토당토않은 대답에, 은혜는 주먹을 모아 쥐곤 반문했다.

"누, 누가 김칫국 마셨다고 그래요? 건강한 남녀가 한방에서 동침을 해야 한다고 하니까 당연히 걱정하는 거죠!"

이 불같은 반응. 언제나 예상대로지만 여전히 재밌다.

원이 피식 웃으며 되물었다.

"나도 걱정한다는 생각, 안 해봤어?"

나도 걱정한다? 은혜는 그가 말한 '걱정'이라는 단어가 무엇을 의미하는지 아주 잠시 고민했다. 그러나 결국 나온 답은 아주 간단했다.

"참나. 그럼 저야말로 선우 원 씨를 덮칠 수 있는 가능성을 1%라도 가지고 있다는 거예요?"

그녀는 기가 차다는 얼굴로 그를 바라보았다. 그러나 그는 1초의 망설임도 없이 대답했다.

"응."

얄미워.

은혜는 한 치의 망설임도 없이, 진심이 묻어나는 표정으로 대답하는 그를 째려보았다.

"지나가는 사람들한테 물어봐. 얼굴로나 능력으로나. 아쉬운 쪽은 내가 아니라, 그쪽 아닌가?"

"와아. 저는 전혀 아쉬운 거 없거든요?"

"그럼 됐네."

"되긴 뭐가 돼요!"

"여기, 저쪽 방 쓰면 돼."

원이 하려던 대답 대신, 어느새 방 열쇠를 가지고 나온 할아버지가 열쇠를 흔들고 있었다.

"팔이 떨어질 것 같은데, 빨리 받지."

은혜는 보이지 않게 울상을 짓고 있었지만, 원이 보채듯 눈짓으로 열쇠를 가리켰다.

"네에……. 알겠습니다."

이내 은혜는 열쇠를 받아들었다.

"그럼 일들 봐."

할아버지는 껄껄 웃으며 뒷짐을 진 채 다시 안으로 들어갔다.

섬에서의 해가 빨리 지는 것 같은 건, 느낌 탓일까? 초저녁인데도, 어느새 날이 꽤 어둑어둑해졌다.

"후."

은혜는 열쇠를 쥐곤 남은 하나의 방 앞으로 다가갔다. 낚시꾼들의 간단한 숙식 해결을 위한, 사람의 왕래가 적은 섬에 위치한 민박집이기에, 화려하게 꾸며진 그런 곳은 아니었다.

문이 열리고, 썰렁한 방 한 칸의 내부가 원과 은혜의 눈 안에 들어왔다.

"우선 이 안에 짐 다 밀어 넣어요."

은혜는 이미 묵었던 곳이라 익숙했지만, 원은 적잖은 충격을 받은 얼굴이었다.

"여기서…… 하룻밤을 지낸다는 건가?"

방 안에는 화장실 하나와 오래된 뚱뚱이 TV, 그리고 이불 두 채가 전부였다. 그야말로 씻고 잠만 자는 방 한 칸이라고 생각하면 됐다.

“아 맞다. 호텔 사장님이셨죠? 뭐, 그래도 연도에선 여기가 호텔 급이에요.”

살짝 구겨진 그의 표정을 본 은혜는 작게 웃으며 짐을 내려놓았다.

원은 엉킨 머릿속 실타래를 걷어내며 안으로 들어갔다. 그리고 그도 짐을 내려놓고는, 방 안을 둘러보며 물었다.

“진짜 호텔 안 가보고 그런 소리 하는 거 아니지.”

“제가 호텔도 모를까 봐서요?”

“스위트룸이 뭔지는 알아?”

대답할 가치도 없다는 듯 은혜가 팔짱을 끼며 다시금 그를 째려볼 즈음, 그가 잊고 있었다는 듯 주머니를 뒤적거렸다. 그리고 휴대폰을 켜보았지만 이미 꺼진 지 오래인 휴대폰이 켜질 리가 없었다. 지금 사용하고 있는 것이 여분의 배터리이기 때문에 바꿀 배터리도 없었다. 평소처럼 회사에 출근했으니, 충전기를 챙겨올 리도 없었고.

원은 한 손을 바지 주머니에 찔러 넣은 채 은혜를 돌아보며 물었다.

“혹시 휴대폰 충전기 있어?”

“있기야 하겠지만, 제가 스마트폰이 아니라서요.”

“내 기대에 부응할 줄 안다면 그건 주은혜가 아니지.”

원이 작게 한숨을 쉬고는 문을 열었다. 그는 휴대폰 충전기를 빌려보려는 듯, 밖으로 나가 주위 사람들을 찾아보았다.

그가 나간 것을 확인한 은혜는 자리에 쪼그려 앉으며 이마에 손을 얹었다.

"어쩌다 내가, 저 남자와 단둘이! 이 섬에 왔을까."

그녀가 그 못지않은 깊은 한숨을 내쉬며 고개를 푹 숙이고 있을 때쯤, 누군가 문을 두드리는 소리가 들려왔다.

"아가씨 오늘도 그 기도 가는 거지? 그런데 이걸 어쩌나. 내가 평소 같으면 데려다줄 텐데, 오늘은 손님이 워낙 많아서 어려울 것 같어."

"아니에요! 걸어서도 갈 수 있는 거리인데요, 뭐. 할머니도 안 계시구요."

"밤이라 걱정돼서 그러지. 어쨌든 조심해서 다녀와."

"네. 들어가세요."

할아버지가 나가고, 은혜는 서둘러 기도를 드리러 가기 위한 짐을 꾸렸다.

"후."

휴대폰 화면이 반짝임과 함께 켜졌다. 민박집 대문 밖 돌담에 기대 선 원은 가장 먼저 청량에게 전화를 걸었다.

다행히 낚시꾼들 중 한 명에게서 충전기를 빌릴 수 있었다. 사례금 몇 장을 건네주었더니, 자기는 다른 사람 것을 써도 된다고 오늘 하루 종일 빌려주겠다며 가져가라고 했다. 별 뜻 없이 건넨 거였는데, 뭐 나쁘지 않은 제안이었다.

신호음이 얼마 가지도 않고, 휴대폰 너머 청량의 목소리가 들려왔다.

["사장님! 종일 통화가 안 돼서 걱정했습니다. 혹시 또 저번처럼 무슨 일이라도 생기셨나 하고……."]

"무슨 일이 있긴 있는데……, 배터리가 나갔었어."

["예? 무슨 일이라뇨?"]

"그보다 내일 천궁호텔과의 MOU 미팅은 최대한 늦은 시간으로 미뤄야겠어."

["천궁호텔 MOU는 일정을 미루기가 조금 곤란합니다. 원래 예정돼 있었던 미팅이라……."]

"그래도 최대한 힘 좀 써봐. 내가 지금 섬에 갇혀 있거든."

["섬이라니요? 설마 섬이라면 낮에 말씀하신 연도에 가신 겁니까?"]

"그래. 어쩌다 보니 그렇게 됐어. 배가 끊겨서 내일 아침 배로 나가야 할 것 같아. 4시쯤 서울에 도착할 것 같은데, 혹시 모르니까. 우선은 미팅 시간을 넉넉하게 미뤄 둬."

["알겠습니다. 그럼 최대한 그렇게 스케줄 조정을 하겠습니다만, 사장님 정말 괜찮으신 겁니까?"]

"안 괜찮아."

정말 괜찮지가 않았다.

이제 키스를 한 지 3일이 다 되어 가서 그런지, 점점 갈증이 생기기 시작했기 때문이었다. 눈앞에 있으나 맛볼 수 없는 달콤한 사탕과도 같은 누군가의 입술은, 보고도 참아야 했다.

물론 함께 밤을 지새웠던 것이 처음은 아니었다. 그땐 아파서 정신이 없기라도 했지. 어떻게든 갈증을 채울 수 있도록 노력해

봐야겠지만…… 이 섬에서…… 가능할까.

원은 지끈거리는 머리에 손을 대었다.

그가 굳이 말하지 않아도, 그의 걱정거리가 무엇인지 대강 짐작한 청량의 한숨 섞인 한마디가 들려왔다.

[“사장님……. 제가 짐작한 바로는 주은혜 씨와 함께 있는 거 같습니다만. 제 짐작이 맞습니까?”]

원 역시 머리를 쓸어 넘기며 옅은 한숨을 내뱉었다.

“그러니까 안 괜찮다고 했잖아.”

[“사장님. 비즈니스적으로 그 여자 분과 만나실 수는 있지만, 너무 깊은 만남을 가지시게 되면…….”]

“이청량. 또 쓸데없는 걱정하고 있는 것 같다. 할 얘기도 있고 해서, 잠깐 만나려던 건데 어쩌다 보니 여기까지 와버렸어.”

[“죄송합니다. 어쨌든 내일 너무 늦지 않게 호텔로 돌아오셨으면 좋겠습니다.”]

“그래.”

짤막한 대답을 끝으로 원은 통화를 끝냈다. 그리고 그의 곁에 누군가 다가와 섰다.

“아. 안녕하십니까.”

원이 그를 알아보곤 꾸벅 인사를 했다.

민박집 주인 할아버지였다.

할아버지는 대문 안쪽을 힐끔 보더니, 원에게 몇 마디를 속삭였다. 그리고 다시 주위를 둘러보며 안으로 들어갔다.

이윽고 원도 안으로 들어갈 찰나, 은혜가 짐 꾸러미를 들고 대문 밖으로 걸어 나오고 있었다.

"어디 가, 주은혜."

원이 은혜를 붙잡았다. 원을 발견한 은혜는 잠시 놀랐지만, 그에게서 팔을 빼내곤 계속해서 걸어 나갔다.

"아. 따라올 생각 말아요!?"

"누가 따라간데."

원이 한쪽 눈썹을 치켜 올렸다.

"뭐, 혹시나 해서 물어본 거예요."

은혜는 그럴 줄 알았다는 듯, 미련 없이 다시 제 갈 길을 가려 했다.

"따라가면 안 되는 이유는 뭐고?"

그러나 원은 다시금 그녀를 붙잡으며 물었다.

"후."

은혜는 자리에 멈춰 서며 원에게 바짝 가까이 다가가, 고개를 저으며 대답했다.

"그쪽이 오면 기의 흐름이 아주 이상해지니까. 제사 지낼 때 방해될 것 같아서요."

"기의 흐름……? 정말 그런 걸 읽어? 아니, 본다고 해야 하나."

원이 두 눈을 가늘게 떴다.

"네에. 그럼 제가 괜히 머리 올린 무당이겠어요? 눈치로 때려 맞추는 사람들과는 달라요. 그럼 전 이만."

"그래도, 위험한 일이라도 생기면."

원의 목소리에, 은혜의 발이 묶였다. 은혜는 가만히 원을 돌아보았다. 꽤 어두워진 밤하늘 아래, 민박집 대문을 밝히는 가로등만이 환하게 빛나고 있었다.

원이 진지한 눈빛으로 은혜를 응시했다.

불현듯 마주한 그의 깊은 시선에, 은혜는 순간 그가 무슨 말을 한 것인지 생각해 보려 했지만. 머릿속은 이상하게도 하얗게 변해서…… 멍해져 버렸다.

'아.'

원은 곧 자신이 쓸데없는 질문을 했다는 것을 깨달았다.

그는 시선을 다른 곳으로 옮기며 혼잣말을 하듯 말을 이었다.

"이 밤에 혼자 기도인지 뭔지 드리러 갔다가 실종이라도 되면 어쩌려고."

"네……?"

"뭐, 갑자기 곰이 나타날 수도 있는 거고. 절벽으로 발을 헛디딜 수도 있는 거고."

"풉."

어쩐지 귀엽게 들리는 그의 말에 은혜가 웃음을 터트렸다. 이내 은혜는 걱정 말라는 듯 해맑게 웃어 보였다.

"걱정 마시죠. 그쪽이 생각하는 것보다, 난 훨씬 더 강한 사람이니까."

"진짜. 사람이 말을 하면 좀 알아들어야지."

결국 원이 은혜의 짐을 홱 빼앗아 들었다.

아직도 알 수가 없었다. 둔한 건지, 둔한 척하는 건지. 어떨 때 보면 아주 고단수인 여자 같은데, 이럴 때 보면 정말 둔해서 미련

곰탱이라는 별명도 아까울 정도였다.

원은 무심한 말투로 말했다.

"집주인 할아버지가 이 밤에 여자 혼자 보내는 거, 아니라고 하시니."

"……?"

은혜가 그를 물끄러미 올려다보았다.

"타. 어딘지는 몰라도 데려다줄게."

"그럴 필요 없네요. 혼자서도 충분히 갈 수 있어요."

"날 여자 혼자 보내는 나쁜 놈으로 만들 셈이야?"

"아무도 그렇게 생각 안 해요. 그러니까 걱정……."

"내가 그렇게 생각해."

"어, 어?"

말이 끝나기 무섭게 원은 은혜의 손목을 잡고는 제 차 앞좌석에 밀어 넣었다.

* * *

"여기야……?"

원이 드넓은 바닷가 앞에 차를 세우며 물었다.

"네. 남들은 놀러 오는 바다를, 전 기도하러 오네요. 고마워요. 그럼 가보세요."

은혜는 급하게 제사 도구들이 든 짐을 들고 차에서 내렸다.

"아니, 잠깐……만."

은혜를 따라 나서려던 그가 문을 열려던 손을 멈췄다.

'이건.'

은혜가 떠난 자리에 남아 있는 무언가를 발견했기 때문이었다. 은혜의 주머니에서 빠진 것 같았다. 원은 앞좌석 의자 위에 떨어져 있는 열쇠고리를 집어 들어 빤히 응시했다.

이상하게도 언제부턴가 자꾸 눈에 띄는 마트로시카 열쇠고리. 그는 이 엄지손가락만 한 크기의 목각인형이 낯설지 않았다. 계속해서 익숙한 느낌이 드는 것이 오히려 낯설었다.

이내 무심코 마트로시카 인형의 바닥을 보게 된 그였다.

'은혜♡도하'

라고 조그맣게 쓰여 있었다.

"하……, 하트?"

원은 순간 자신이 쥐고 있는 열쇠고리를 세게 쥐어 으스러뜨릴 뻔했다.

"도하는 또 누구야."

도하…… 도하……. 그가 '도하'라는 이름을 되뇌었다.

그리고 그 순간.

"……!"

그의 머릿속에 강렬한 고통이, 마치 용암이 흐르듯 뜨겁게 밀려들었다. 그리고 동시에 무언가를 담은 장면이 필름처럼 지나갔다. 그러나 그 장면들은 조각처럼 흩어져, 형체를 가늠할 수 없는 잔상으로 변해버렸다.

'뭐지……?'

원이 이마에 손을 얹은 채 고통을 억누르려 두 눈을 굳게 감았다.

'뭐야 대체.'

이내 다시 눈을 떴을 땐, 고통은 사라지고 손안엔 마트로시카 열쇠고리만이 쥐어져 있었다.

"방금 그건 뭐지?"

그가 빠르게 눈을 깜박이며, 열쇠고리를 들어보았다.

'주은혜 물건이라, 이상한 걸 거야.'

곧, 원은 열쇠고리를 재빨리 바지 주머니에 넣으며 스스로를 합리화 했다. 그는 답답함에 곧바로 차에서 내렸다.

시원한 바다 공기가 그의 뺨을 스쳤다. 곧바로 코끝에 감도는 바다 내음이 조금은 가슴을 트이게 만들어주는 것 같았다.

금세 이마를 적셨던 식은땀도 사라졌다.

은혜는 파도의 물결이 닿았다 사라지는 지점에 서서 분주히 움직이고 있었다. 주변이 꽤 어두운데, 혼자서 기도를 하겠다고 어두컴컴한 바다 앞에 서 있으니……, 계속 신경이 쓰일 수밖에.

"저런 여잘 어떻게 혼자 두고 가."

원이 중얼거렸다. 그는 조금은 먼발치서, 그러나 은혜를 좀 더 가까이에서 지켜볼 겸, 모래사장 안으로 천천히 걸어 들어갔다.

"어……?"

문득 저 멀리 훤칠한 키의 원을 본 은혜는 묘하게도 반가운 표정을 지었다.
"저기요!"
그리고 그에게로 달려가 그의 앞에 멈춰 서려던 찰나,
"어어?"
"조심……!"
순간 움푹 파여 있는 모래 구멍을 보지 못한 은혜가, 발을 헛디뎌 그의 가슴팍 위로 넘어졌다.
"……!"
"……!"
쿠웅—!
은혜에게 떠밀려 그의 등이 거칠게 모래바닥에 부딪쳤다.
"……하라고 했잖아."
원이 입술을 깨물곤 조용히 덧붙였다.
"으윽……. 아니, 제가 열쇠고리를 두고 간 것 같아서……. 혹시 잃어버릴까 봐 그쪽 떠나기 전에 차 좀 확인해보려고……."
그의 차가운 목소리에, 은혜는 불편한 자세로 변명하듯 대답했다.
"계속 그렇게 안겨 있을 건가?"
원이 낮은 신음소리를 내뱉으며 물었다.
"뭐. 네가 말했던 1%의 가능성. 여기 있는 것 같은데."
그는 미소 짓고 있었다.
"뭐, 뭐요?! 저 기, 기도! 기도해야 되거든요?"
그러자 은혜는 재빨리 몸을 움직이며 일어나려 했다.

"아. 기도."

그녀의 발버둥에, 원은 피식 웃으며 은혜를 놔주는 듯하다가,

"……!"

이내 은혜의 양어깨를 잡고 돌아누웠다. 이번엔 원이 은혜의 위에 있는 모양새였다.

은혜의 두 눈이 커졌다.

이윽고 원이 입가에 의미심장한 미소를 띠며 말했다.

"이대로 누워봐."

"……?!"

지, 지금 무슨 소리를 하는 거야?!

어떻게 그런 낯 뜨거운 말을, 이렇게 아무렇지 않게 할 수가 있지?

은혜의 얼굴이 새빨갛게 물들었다.

그런데. 어두운 밤임에도 불구하고 그의 붉은 입술이…… 너무도 섹시해 보이는 건, 왜일까.

'나 미쳤나 봐.'

은혜는 곧바로 방금 자신이 했던 이상한 생각을 싹싹 지웠다.

그리고 두 눈에 잔뜩 힘을 주곤 말했다.

"빨리 안 비켜요? 지금 무슨 짓을 하려고……."

"무슨 짓?"

원이 오묘한 눈빛으로 그녀를 응시했다.

느릿한 그의 말투가 어쩐지 섹시하게 느껴진다. 누운 상태에서 바라보는 그의 눈동자는 마치 그 안으로 빨려 들어갈 만큼 여전

히 깊고 그윽했다.

정신 차리자. 정신 차리자. 나무아미타불 관세음보살. 아니, 보살은 난데…… 아놔, 그 보살이 이 보살이 아니잖아?

은혜는 애써 두 눈을 감았다 뜨며 마른침을 꿀꺽 삼켰다.

그리고 언제부터인지 모르게 눈치 없이 쿵쾅쿵쾅 뛰는 심장을 무시하듯 그에게 소리치는 그녀였다.

"얼른 내 위에서 안 내려가요?"

"설마. 나한테 바라는 게 따로 있는 거야?"

"그런 거 없거든요? 무거우니까 내려가기나 해요!"

그러나 원은 서서히 몸을 숙여 은혜에게 가까이 다가갔다.

"이, 이봐요? 선우 원 씨?"

은혜가 누운 상태에서 그의 양 어깨를 붙잡았다.

원의 코가 은혜의 코끝에 닿았다. 잠시 동안 서로의 숨결이 섞이고, 원치 않는 심장박동 소리가 적막한 바닷바람 사이에 울려 퍼졌다.

원이 빙그레 웃었다.

그리고 어느새 그의 따뜻한 숨결이,

"별 보라고."

그녀의 귓가에 녹아들었다.

"별……이요?"

한껏 긴장했던 몸이 스르르 풀리는 순간이었다.

"후."

은혜는 자신도 모르게 애써 조심스럽게 쉬고 있던 숨을 크게 내쉬었다.

"여긴 보기 드물게 별이 많아서."

원이 그녀의 옆에 나란히 누우며 나직이 덧붙였다.

"그렇게 사람 놀리면 재밌어요?"

은혜는 불만 가득한 얼굴로 아랫입술을 잘근 깨물며 물었다.

"예쁘긴 예쁘네."

역시 섬이라 그런가.

시야를 가로 막고 있던 그가 사라지자 환하게 보이는 별 때문인지, 뭐…… 기분은 금세 좋아진 것 같기도 했다.

"정신이 없어서 그때 말 못 했는데. 우리 금요일에 만나기로 한 약속이요."

원과 함께 차갑고도 촉촉한 모래사장 위에 누운 은혜가 먼저 입술을 뗐다.

"그날 할머니가 절 불러서 어쩔 수 없이 병원에 가야 했었어요. 경황이 없어서 메모라도 남기지 못하고 간 것뿐이에요. 약속 안 지키려고 일부러 피한 거 아니라구요."

아. 원이 그제야 은혜의 말뜻을 알아차렸다.

아마 그때 내가…… 화를 냈었나.

은혜는 타이밍 좋게도 마치 그의 생각을 들은 것처럼 물어왔다.

"근데 왜 멋대로 오해해서 사람 마음 안 좋게 만들어요?"

"……."

"그리고, 화낸 사람은 그쪽이면서 그날 밤에 다짜고짜 찾아와서 쓰러지기나 하고. 참 이상한 사람이야, 당신은. 아무것도 모르겠어."

문득 그녀가 고갤 돌려, 또렷한 눈동자로 그와 눈을 마주하며 물었다.

"……모르는 게 나아."

원이 조용히 입술을 뗐다.

"나에 대해서."

은혜는 순간 아무런 대답도 하지 못했다.

그의 대답은, 자신에게도 해당되는 대답이니까.

차라리 모르는 게 더 나을 수도 있다는 말. 스스로를 감추기 위해 가면을 썼던 건데. 하지만…… 처음과, 그때와, 지금은 이제 조금 달라진 사이가 아닐까? 하는 아주 쓸데없는 생각이 드는 이유는 뭘까. 그도 그렇게 생각하고 있을까?

"그런데 화를 낸 건."

그녀 혼자 무의식적인 생각에 잠겨 있던 중. 원이 나직이 말을 이었다.

"정말 화가 나서였어."

"……?"

"나한테."

"……."

"정말 말도 안 되고 그래서도 안 되는데. 어느 순간부터 가면보살 주은혜를."

원이 잠시 뜸을 들였다.

그래도, 이렇게 말하면…… 터질 것 같은 풍선의 공기를 아주 조금 빼는 것처럼, 적어도 가슴이 터질 것 같은 기분은 억누를 수 있지 않을까.

이윽고 그는 여린 진심이 묻어나는 한마디를 입 밖에 꺼내었다.

"자꾸 신경 쓰니까. 자꾸 생각하니까."

"……!"

이렇게나 조용한데, 또다시 눈치 없는 누군가의 심장은 쿵쾅쿵쾅 울리고 있었다.

시원하고도 짭조름한 바다 냄새. 머리 위 까만 하늘에는 별들이 빛나는 모래알처럼 박혀 있고, 드넓은 땅 위 모래사장에 누워 있는 둘. 그리고…… 말해 버렸다.

원은 표정을 숨기려, 두 눈을 감았다.

말하면 나아질 줄 알았는데, 왜 가슴은 더 미친 듯이 뛰기 시작하는 건지.

"……."

"……."

원과 은혜는 상기된 얼굴로 하늘을 바라보았다. 콩닥 콩닥 뛰고 있는 가슴을 안고, 그냥 지금의 순간을 가만히 느낄 뿐이었다.

두 사람 모두, 단 한순간도 상상해 보지 않았던 시간이었다.

그리고 원은, 이 시간 속에 녹아들고 싶었다. 영원의 삶에서 벗어나기 위해 수없이도 발버둥 쳤는데, 이제는 그 영원함 속에 이대로 스며들고 싶었다. 마치 신부와 함께, 영원히 녹지 않는 얼음

관 속에 갇힌 뱀파이어처럼.

하지만 한 걸음 떨어져서 보면…… 늘 그랬듯 끔찍하고, 이기적인 생각이었다.

원은 가까스로, 단념했다.

"기도해야 한다며."

그가 먼저 자리를 털고 일어났다.

"……?"

원이 일어서자, 은혜도 몸을 일으켰다.

은혜는 자신도 모르게 어렴풋이 미소를 지으며 물었다.

"근데 방금 그거, 고백이에요?"

"뭐?"

뜻밖의 물음에, 원은 시선을 다른 곳으로 돌리며, 무덤덤하게 답했다.

"고백은 무슨."

"그럼 내가 왜 신경 쓰이는데요?"

"신경 쓸 수밖에 없는 여자니까."

"그 신경 쓸 수밖에 없는 이유가 뭐냐고 묻는 거예요."

갑자기 왜 이렇게 집요하게 묻는 거지?

원은 두 눈을 가늘게 뜨곤 머릿속을 이리저리 굴렸다. 그리고 뭔가 둘러댈 거리가 생각났다.

"……건물."

거언물?! 은혜가 아랫입술을 물었다.

'그럼 그렇지.'

그녀는 팔짱을 낀 채 그를 노려보듯 응시하며 말했다.

"아하~ 이제 보니 나 유혹해서 건물 도장 찍게 하려나 본데. 꿈 깨요. 잊었어요? 나 요즘 썸 타는 남자 있는 거?"

은혜는 '이유는 모르겠지만' 어쩐지 밀려드는 실망감에 차갑게 톡 쏘았다. 그리고 기도를 하러 가기 위해 몸의 모래들을 털며 그를 둔 채, 혼자 걸어갔다.

'썸 타는 남자?'

남자라는 말을 듣자마자, 원은 주머니에 넣어두었던 열쇠고리 바닥에 쓰인 도하라는 이름을 떠올렸다.

그리고 그녀에게,

"도하란 남자는 누구……."

라고 물어볼 즈음, 은혜는 이미 저 멀리 제사 도구들을 쌓아둔 곳으로 향하고 없었다.

그는 꺼내려던 열쇠고리를 주머니에 다시 넣었다.

어쩌면, 유혹은 내가 당하고 있는지도 몰라.

*　*　*

"천궁 호텔이 비즈니스의 기본이 부족하다고 하시더니……."

청량이 곤란한 얼굴로 천궁 호텔 측과의 통화를 마쳤다.

그쪽도 미팅 약속을 한 번 미룬 전적이 있기에, 달갑진 않아도 바뀐 시간 약속에 어쩔 수 없이 응할 수밖에 없을 터였다.

시작부터 삐그덕거리면 딱히 좋을 게 없는데.

청량은 늘 지끈거렸던 관자놀이를 꾸욱 누르며 한숨을 내쉬었다. 이제 자신이 호텔에 남아 해야 할 다른 업무가 있다면 이제 이 호텔에 묵고 있는 소설가 리혜를 찾는 것.

청량은 머리도 식힐 겸 잠시 밖에 나가기 위해 엘리베이터를 탔다.

"리혜라……. 리혜라……."

청량을 싣고 꼭대기 층에서부터 내려가던 엘리베이터가 잠시 멈추어 섰다. 곧 문이 열리고, 누군가가 도도한 걸음걸이와 함께 엘리베이터 안에 탔다. 아까 원과 함께 보았던 그 여자였다.

청량은 호텔의 직원으로서 가볍게 목례했다. 그러자 여자는 싱긋 웃으며 그의 인사에 화답하며 말했다.

"또 보네요."

여자가 말을 걸어오자, 청량은 잠시 고민하는 듯하더니 어색한 웃음과 함께 대답했다.

"예."

그때, 청량의 휴대폰이 울렸다.

"네."

청량이 잠시 실례한다는 듯 고개를 숙였다가, 곧 조용히 전화를 받았다.

"그래. 내가 알아봐 달라고 부탁한 건? 응. 필명이 리혜야."

'리혜'라는 말을 듣자마자, 청량의 옆에 서 있던 여자가 움찔했다.

여자는 담담한 모습으로 서 있었지만, 자연스럽게 청량의 통화에 귀를 기울일 수밖에 없었다.

"현재 싱글. 제주도에 거주 중. 서울과 제주도, 그리고 해외를 자주 왕래하는 중……. 30대고…… 여자인 건 뭐. 당연히 예상되는 거고. 다른 건 없어?"

청량이 새로운 정보에 대해 몇 번을 되뇌고는 물었다.

"그래. 그럼 더 알아보고 연락 줘."

또 다른 정보는 아직이라는 말을 전해들은 듯, 통화는 짧게 끝났다. 청량은 휴대폰을 안주머니에 넣고는 1층에서 내릴 준비를 했다.

그런데, 문득 옆에 서 있던 여자가 입술을 뗐다.

"리혜라면 혹시 소설가 리혜를 말씀하시는 건가요?"

"아…… 네. 그렇습니다만."

"제가 리혜 씨에 대해 좀 아는데, 갑자기 리혜 씨에 대해선 왜 궁금해 하시는 건가요?"

"리혜 씨에 대해 아신다고요? 아, 그러니까…… 사실 저는 여기 로열 호텔 선우 원 사장님의 비서실장, 이청량이라고 합니다. 저희 사장님이 리혜 씨를 매우 만나고 싶어 하시거든요."

청량은 여자에게 명함을 건네며 정중하게 말했다.

원이 마치 리혜의 팬이라는 것처럼 약간의 하얀 거짓말을 섞긴 했지만, 리혜에 대한 정보를 위해서라면 어쩔 수 없지.

'나를 만나고 싶다…….'

청량의 명함을 받아든 여자는 고개를 비스듬히 기울이며 명함을 가만히 응시했다. 이전에 강연을 나갔던 여고에서 본 남자를 이 호텔에서 다시 보게 될 줄은 몰랐지만, 그 남자가 자신을 만나고 싶어 한다.

여자는 두 눈을 반짝였다.

어차피 한 번은 진지하게 만나서 이야기 해볼 것도 있었기에…… 어떻게 만나야 할까 고민 중이었는데.

"이렇게 큰 호텔의 사장님께서 리혜 씨를 만나고 싶어 한다니. 아마 리혜 씨도 꽤 영광스럽게 생각하지 않을까요. 뭐, 제가 리혜 씨와 친한 것도, 여기 비서실장님과 단둘이 엘리베이터에 타게 된 것도 인연인데 제가 리혜 씨에게 한번 말해보죠."

"정말……이십니까?"

뜻밖의 제안에, 청량의 눈이 커졌다.

같은 엘리베이터에 탔던 여자가 소설가 리혜와 친분이 있는 사이라니. 우연치고는 꽤 운이 좋았던 건가.

띠링—

이윽고 1층에 왔음을 알리는 안내 멘트와 함께 엘리베이터의 문이 열렸다.

"그럼."

이내 여자는 다시금 도도한 발걸음과 함께 엘리베이터에서 내렸다.

"어서 사장님께……."

청량은 엘리베이터에서 내리며 이 의외의 수확에 대한 소식을 어서 원에게 알리고 싶었지만, 곧 그만두었다.

이왕 섬에 갇히게 된 거, 그에게 잠시라도 쉴 수 있는 시간을 주고 싶었다. 게다가 요즘 꽤 많이 신경 쓰시는 여자분과 함께 있으니. 자신도 그 정도의 눈치는 있었다.

어떻게 보면 꽤 인간답고, 유치하고, 얼떨떨한 상황에 직면한 원을 떠올리자 청량은 불현듯 웃음이 났다.

* * *

—뭐…… 제가 공부를 엄청 열심히 하는 학생이라면 당연히 시간이 금쪽같겠지만. 그것도 아니고. 저녁 시간은 왜요?

—여기까지 왔는데 그냥 보내기 미안해서요. 저녁…… 같이 먹을래요?

라고 해서, 가까스로 로열 호텔 딸과의 저녁식사를 하게 되긴 했지만.

"곱창 싫어하세요?"

린이 곱창을 우물거리며 물었다.

성빈은 불판 위에서 지글지글 익는 곱창을 물끄러미 바라보았다. 물론 곱창을 싫어하는 건 아니었으나, 재벌가의 영애가 선택한 저녁식사 메뉴라기엔 조금 당황스러웠기 때문이었다.

게다가 진지하게 할 이야기도 있는데…….

"이모! 여기 소주 한 병 더요!"

"여기 곱창 2인분 추가요!"

"여기 물 좀 가져다주세요!"

주변이 매우 왁자지껄했다.

사람이 얼마나 많은지 곱창이 코로 들어가는지, 입으로 들어가는지 모를 정도였다. 그러나 앞에 앉은 린은 와구와구 잘 먹고 있었다. 그 모습이 어쩐지 귀여워서, 성빈은 무심코 웃어버리고 말았다.

그러자 순간, 린은 멈칫하며 물었다.

"저 먹는 모습이 그렇게 웃겨요?"

"아. 아니에요."

그녀의 물음에 성빈이 고개를 저었다. 그리고 밝게 웃어 보이며 자신의 앞에 있던 곱창들도 린에게 옮겨주며 말했다.

"그냥 먹는 모습이 보기 좋아서요. 나도 내 옆에 잘 먹는 여동생이 있었으면 매일 맛있는 거 사줬을 텐데 아쉽다는 생각도 들고."

"……?"

린은 무심결에 성빈을 뚫어지게 응시했다. 선상 파티 날엔 어두운 얼굴에, 좀 차가운 것 같더니. 의외로 예쁜 눈웃음을 가진 남자였다.

린은 곧 머릿속에 두둥실 떠다니는 요상한 생각들을 지우곤 다시 곱창을 우물거리며 물었다.

"근데 그쪽은 그날 누구 만나려고 왔던 거예요?"

"아. 선상 파티?"

"네."

"실은…… 그날 로열 그룹 사장님의 따님과 저녁 식사 약속이 있었거든요."

"……!"

순간, 린이 하던 것을 멈추고 성빈과 눈을 마주쳤다.

"뭐야. 그럼 그날 만나기로 했던 성운 병원 원장님 아들이, 그쪽이었어요?"

"……네."

성빈이 고개를 끄덕였다.

린은 젓가락을 내려놓았다. 그리고 한없이 차가운 얼굴로 다시금 묻는 그녀였다.

"그럼 그걸 알고도, 여태껏 모른 척한 거예요?"

*　　*　　*

추운 밤하늘 아래서, 그리고 깊이를 가늠할 수 없는 바다 앞에서 몇 시간 동안 지속된 기도를 마친 은혜는 녹초가 되어 돌아왔다. 그런 은혜가 걱정이 되어 원은 그녀의 곁에 있으려 했지만, 가까이 오면 안 된다는 말에 차에서 내내 기다리고 있다가 그녀를 민박집까지 데리고 왔다.

두 사람이 들어오자, 마당에서 미역을 말리고 있던 할아버지가 무언가를 주섬주섬 챙겨 내밀었다.

"왔어? 섬이라 아무것도 할 게 없어서 심심할 텐데, 이거 까먹어. 오늘 들어온 낚시 손님이 섬이라 과일도 변변치 않을 거라면서 한 박스 사들고 왔어."

"아. 저 귤 좋아하는데. 감사합니다."

귤이 든 바구니였다. 무척 피곤했지만, 은혜는 기쁜 얼굴과 함께 귤이 든 바구니를 받아들려 손을 내밀었다.

"내가 들게."

그러나 원이 그것을 대신 받아들었다. 이미 그의 손엔 짐이 한가득이었다. 처음으로 느껴보는 든든함에, 은혜는 그를 물끄러미 올려다보았다. 그는 그런 그녀의 시선을 의식하지 못한 듯 언제나 그랬듯 무심하고도 담담하게 발걸음을 옮겼다.

문을 열고, 방에 들어오자마자 은혜는 방 한구석에 개어져 있던 이불들 앞으로 다가갔다. 그리고 이불을 꺼내서 마구 펴더니, 들어오면서 할아버지가 먹으라고 가져다 준 귤을 하나둘 꺼내 방 한가운데에 선을 만들어 놓기 시작했다.

비록 먹어야 할 귤을 이런 쓸데없는 줄 긋기에나 써야 한다는 게 매우 화가 났지만 어쩔 수 없었다. 이렇게라도 해야 마음이 편하니.

"넘어오지 마요."

그러나 짐을 내려놓은 원은 가소롭다는 듯 웃으며 일렬로 놓여 있던 귤 중, 정 가운데 있던 귤을 하나 집어 들었다.

"뭐, 뭐예요?"

은혜가 인상을 팍 구기며 벌떡 일어났다.

그런 은혜의 반응에도 아랑곳 않은 채 원은 귤을 능숙하게 까서는 입 안에 넣으며 대답했다.

"갈증이 나서."

"아 진짜! 경계선을 먹어버리면 어떡해요?"

은혜가 볼멘소리로 퉁퉁거리자, 원이 답답하다는 듯 은혜의 이마를 꾸욱 누르며 대답했다.

"방바닥이 좀 뜨거워지는 것 같은데, 귤을 이렇게 깔아놨다가 상하기라도 하면 어떡할래. 좀 다른 영리한 방법을 생각해 보라고."

그의 예상은 딱 들어맞았다.

이상하게도 방바닥이 막 후끈후끈해지는 게, 점차 이 좁은 공간이 너무도 더워지기 시작한 것이었다.

"그럼 고구마라도 놔야 해요? 고구마 익혀 먹게?"

은혜가 툴툴거리며 결국 자기도 귤을 하나 집어 들었다.

"그쪽이 하나 먹었으니, 나도 이것만 먹을 거예요. 어쨌든 이렇게라도 그어 놔야 귤이 굴러 와서 그쪽이 넘어왔는지 안 넘어 왔는지 라도 알지. 정확히는 '그나마' 마음이 편할 것 아니에요."

"그러든가."

평소라면 자신의 말에 한 마디도 지는 법이 없는 그가, 의외로 순순히 OK를 해버리니 은혜는 순간 얼떨떨했다.

원은 곧 피곤한 듯, 은혜가 그어 놓은 귤 금 반대편에 이불도 깔지 않은 채 그대로 누워버렸다. 어쩐지 확확 느껴지는 열기, 그리고 점점 더 강하게 솟구치기 시작한 갈증이 그를 괴롭게 했기 때문이었다.

은혜는 습관처럼 후, 거친 숨을 내쉬고는 자신도 반대편에 돌아누웠다.

그러나 얼마 뒤.

"더워."

한 시간도 못가서 펄펄 끓는 방바닥 열기에 원이 몸을 일으켜 세웠다. 등줄기에 땀방울이 서릴 정도로 바닥이 뜨끈뜨끈해서 견딜 수가 없었다. 이불도 깔지 않았으니 더했다.

상황은 은혜도 마찬가지였다. 피곤해서 잠에 푹 빠질 만도 한데, 잠이 들만 하면 후끈후끈 더워서 도무지 잘 수가 없었다.

평소엔 이러지 않는데, 오늘은 보일러가 고장이 났나.

은혜가 돌아누운 채, 계속해서 입술만을 깨물고 있을 때,

"……미치겠네."

와이셔츠 차림이었던 원이 셔츠 단추를 하나둘씩 풀기 시작했다.

*　　*　　*

"잘 먹었어요."

린이 성빈에게 꾸벅 인사를 했다.

여태껏 모른 척하고 있었냐는 말 뒤로 떨어진 린의 한마디는,

—변명은 됐어요. 식사나 마저 하죠.

였다.

성빈은 오해를 풀기 위한 대답을 하려 했지만, 대화를 단절시켜 버린 린의 한마디에 말문이 막혀버렸다. 그리고 무슨 영문인

지, 갑자기 린이 말없이 다시 젓가락을 들고선 식사를 하는 바람에, 변명할 기회조차 얻지 못한 성빈은 대략난감이었다.

이건 분명 오해인데.

성빈은 아까부터 쭈욱 이 상황에서 어떻게 해야 할지 몰라 안절부절못하는 얼굴이었다. 그런 성빈의 앞에서 가방을 꽉 쥔 채, 린은 사뭇 차갑게 입술을 뗐다.

"갑자기 나랑 밥 먹자고 한 거. 이유 있어서였던 것 같다는 생각이 들었어요. 그래서 끝까지 자리 지켜준 거예요. 그리고 그걸로 내가 그날 그쪽한테 졌던 빚, 갚은 거구요."

그리고 린은 미련 없이 돌아섰다.

그래도 처음으로, 오빠 다음으로 괜찮다고 생각했던 남자였는데. 여태껏 아니라고 부정하다 이런 식으로 인정해버리니, 더욱 서럽고 기분이 나빴다.

"그럼 안녕히 계세요."

린이 짤막한 인사와 함께 발길을 뗐다.

성빈의 얼굴이 어두워졌다. 이대로 보내선 안 될 것만 같았다.

"이봐요."

이윽고 성빈이 린의 팔을 잡았다.

억지로 울음을 참고 있던 린이 성빈을 돌아보았다.

줄곧 닫혀 있었던 린의 입술이 떨어지자마자, 그는 그동안 어떻게 오해를 풀어야 할지 생각하고 또 생각했던 말을 꺼냈다.

"분명 오해예요. 난 그쪽이 그날 같이 저녁식사 하기로 한 로열그룹의 딸 선우 린이라는 거, 아까 병원에서 알았어요."

"근데 왜 곧바로 말 안 했어요?"

"그건……."

"나한테 같이 저녁식사 하러 가자고 말하기 전에 충분히 말할 수 있었잖아요."

린의 물음에 성빈이 팔을 놓아주며 굳은 얼굴로 대답했다.

"그래서 말했잖아요. 아까 그 자리에서."

"그럼 왜 나한테 밥 먹자고 했어요?"

"……."

"어떻게든 그쪽이 그날 저녁식사 자리에 불참했던 거, 만회해 보려고 했던 거 아니에요? 아, 이제야 이해가 되네요. 어차피 그 자린 비즈니스를 위한 자리였으니까 그쪽 아버님인 원장님이 나랑 잘 풀어보라고 했던 거죠?"

"……!"

린의 두 눈은 더욱 큰 실망감으로 가득 찼다.

어쩌면 그런 의도가 아닐지도 모른다고 생각했는데.

그는 아무런 대답이 없었다.

"……."

그녀가 본 대로 성빈은 아무런 대답도 할 수가 없었다. 병원에서 그녀를 불러 세웠던 것이, 순수한 의도는 아니었으니까.

성빈에게서 대답이 없자, 린은 더욱 가방 끈을 세게 쥐었다.

"어쩌면 내 딴에는 그냥 떠본 것일 수도 있는데, 그쪽은 아니라고도 못 하는 바보네요."

린은 다시금 성빈을 등지고 돌아섰다. 그리고 적막 속 차갑게 울리는 구두 소리와 함께 성빈에게서 멀어졌다.

성빈이 차가운 한숨을 내쉬었다. 어쩌면 린을 잘 다독일 수 있을 거라 생각했는데, 그것이 큰 오산임을 깨달았다. 점점 멀어져 가는 린의 모습은 떡볶이 포장마차 앞에서 만났던 긴 머리의 고등학생이 아니었다.

"……어떡하지."

병원으로 돌아가는 성빈의 머릿속이 한없이 복잡해졌다.

* * *

원의 가는 손가락이 하나둘씩 단추를 풀어 마지막 단추만을 남겨 놓았을 때,

"……!"

무심결에 뒤척여 원이 있는 쪽으로 돌아누운 은혜의 두 눈이 번쩍 뜨였다. 은혜는 벌떡 일어나 앉으며 물었다.

"설마 옷, 벗으려는 거예요?"

"어."

원은 무슨 호들갑이냐는 듯 와이셔츠를 벗으려 했다. 그러나 은혜가 두 손을 뻗어 STOP을 외쳤다.

"자, 잠깐!"

"뭐."

원이 살짝 미간을 찌푸리곤 은혜를 응시했다. 그러자 은혜는 어정쩡한 위치에 뻗고 있던 손을 차츰 내리고는 다시금 물었다.

"갑자기 옷은 왜 벗냐구요."

"더우니까."

원이 당연한 걸 왜 묻느냐는 듯 와이셔츠를 벗어버렸다.

"……!"

은혜는 재빨리 고개를 반쯤 돌렸다. 원은 그런 은혜가 이상하다는 듯, 한 손에 와이셔츠를 쥔 채 두 눈을 가늘게 여몄다.

"전엔 벗으라고 난리더니."

"그땐 그쪽이 젖은 옷을 입고 있어서 그런 거였잖아요!"

"지금도 마찬가지야. 땀으로 옷이 젖겠어."

이내 원은 갑자기 의미심장하게 웃더니, 자리에서 일어났다. 그리고 은혜를 향해 천천히 다가오는 그였다. 은혜가 그어 놓은 귤 금을 넘어선 그의 그림자가 은혜의 눈앞에 드리워졌다.

"……?"

은혜는 어딘가 불안한 느낌에 위를 올려다보았다.

"……!"

여지없이, 원의 상반신 나체 모습을 정면으로 마주하게 되었다.

뜨악.

전에 그가 갑자기 와이셔츠를 올려보였을 때도 충격 그 자체였는데, 이, 이렇게 가까이서…….

"나이스 바디지."

멍한 은혜의 표정에, 원이 쿡 웃으며 그녀의 앞에 쪼그려 앉았다. 그러자 은혜는 미세하게 떨리는 눈동자로 원을 바라보면서 대답했다.

“혹시 내가 내숭 떤다고 생각할까 봐 이제 호들갑은 안 떨려고 하는데요.”

“근데 왜 동공은 흔들려?”

“사람 말 좀 끝까지 들어요!”

“……?”

괜히 그의 입을 막아버렸나.

갑자기 또 그가 아무런 말도 하지 않으니까 오히려 분위기가 더 이상야릇해진 것 같았다. 은은한 빛 아래 탄탄하게 자리 잡은 그의 근육들은, 열기로 인해 붉게 상기되어 있었다.

은혜는 자신도 모르게 침을 꿀꺽 넘겼다.

그저 얼굴을 마주하기만 해도 빨려 들어갈 것만 같은데, 그런 남자가 와이셔츠를 벗고 너무도 담담하게 앞에 있다니.

색기 가득한 눈동자로 달콤한 즙이 배어나올 것 같은 입술을 달싹이고 있다니.

“주은혜.”

그가 나직이 그녀의 이름을 불렀다. 그리고선, 아주 잠시, 은혜가 놓아둔 귤들을 응시했다. 그는 다시금 그녀를 바라보며 입술을 뗐다.

“내가 이렇게 선을 넘어버리면, 어떡할래.”

“……?”

은혜의 동공이 더욱 커지고, 미세했던 떨림이 거세졌을 즈음, 원은 은혜의 뺨에 손을 가져갔다.

"……!"

그는 그녀의 뺨을 부드럽게 어루만지며 말했다.

"나도 나 자신을 제어하기 힘들 때가 많아."

그의 손끝이 은혜의 여린 뺨을 쓸어내렸다.

"……이봐요."

뭐라고 말해야 하는데.

그에게 묶인 듯 몸을 움직일 수가 없었다. 머릿속이 하얘져, 입술을 달싹이는 것 외에 별다른 말이 생각나지 않았다. 더워서 붉어진 것인지, 불현듯 다가온 그에게 놀라 붉어진 것인지, 얼굴은 이미 붉어질 대로 붉어져 버렸다.

그런 상태에서, 원은 아릿한 미소를 지으며 또다시 물어왔다.

"그런 날, 감당할 수 있겠어?"

"크흠!"

그때 밖에서 가래 섞인 헛기침 소리가 들려왔다.

"잠깐 들어가도 되나들?"

불행인지 다행인지 몰라도, 갑자기 찬물을 끼얹듯 분위기가 확 깨져버렸다.

원은 문득 어색해진 손을 떼고는 자리에서 일어났다.

"내가 나가 볼게."

"아, 내가 나가 볼게요."

그러나 은혜도 자리에서 일어나며, 재빨리 멍했던 머릿속을 가다듬고는 그를 좇아 나갔다. 이윽고 둘은 문고리를 향해 동시에 손을 뻗었지만, 곧 다시 거두며 어색한 시선을 서로 다른 곳으로 옮겼다.

"아."

은혜는 살짝 그의 눈치를 보곤, 다시 서둘러 짧은 심호흡과 함께 문을 열었다.

문을 열자, 할아버지가 뒷짐을 진 채 서 있었다.

"네, 할아버지. 무슨 일이세요?"

은혜가 어색한 미소를 지으며 물었다.

할아버지는 뒷짐 뒤, 들고 있던 무언가를 그녀의 앞에 내밀었다.

"으응? 아. 이거 심심하면 보라고."

할아버지가 건네준 건, 이젠 거의 유물로 남아버린 구식의 비디오 테이프였다.

"저어기. 비디오 볼 수 있는 거 TV위에 있잖아. 넣어서 봐봐. 나도 있는지 몰랐는데, 우리 할멈이 분위기 잡는 데는 최고라면서 어디서 꺼내 와서는 주더라고."

정말로 자세히 보니 TV위에 비디오 테이프를 넣고 돌려볼 수 있는 비디오 기기까지 있었다.

"예……? 아, 네. 감사해요."

은혜는 고개를 갸웃하면서도 우선은 받아들었다. 저어 뒤에서 은혜를 지켜보던 원 또한 고개를 비스듬히 기울이고 있었다. 원을 발견한 할아버지는 와이셔츠를 벗은 그의 모습에, 흐뭇하다는 듯 속으로 미소를 지었다.

역시 방 보일러를 빵빵하게 때길 잘했다는 듯이.

"그럼 좋은 시간 보내~ 우리는 신경 쓰지 말고. 물론 옆방도! 우리 집 방음 아주 탄탄하."

"예? 방음은 갑자기 왜……."

은혜가 비디오 테이프를 들고 무슨 뜻이냐는 듯 물었지만, 할아버지는 허허 웃으며 손수 문을 닫아주곤 저벅저벅 사라져버렸다.

"무슨 비디오 테이프길래."

원이 은혜의 손에서 비디오 테이프를 가져가 이리저리 둘러보며 중얼거렸다.

"몰라요."

"심심한데 보지 뭐."

은혜가 시큰둥한 표정을 짓자, 원은 담담한 얼굴로 테이프를 TV위 비디오 기기 안에 집어넣었다.

"여기서 매달 잠을 자 봤어도 비디오 테이프는 처음 받아보는데."

이상하다고 생각하면서도 TV 앞에 앉은 은혜는 별 기대감 없는 얼굴로 화면을 뚫어져라 바라보았다. 원도 팔짱을 낀 채 은혜의 옆에 앉았다.

이윽고 추억의 비디오 안내문과 함께 비디오가 재생되기 시작했다. 그리고, 제목이 뜨기도 전에…….

"……!!!"

"……!!!"

원과 은혜의 눈이 한없이 확장되었다.

비디오의 시작부터, 남녀의 나신이 얽히고설키는 장면이 나타났기 때문이었다.

할아버지이!!!

천진난만한 얼굴로 건네주셨던 게, 에로 비디오였다니.

*　　*　　*

성빈은 가운 주머니에 손을 넣은 채 멍하니 병원 복도를 걸었다. 환자를 치료하고, 그들에게 희망과 새 삶을 가질 수 있도록 노력해야 하는 의사가 사람을 진실 되게 대하지 못했다.

하지만 병원, 그리고 어머니를 위해서라면…… 내키지 않는 일이라도 마냥 방치할 수만은 없는 노릇이었다. 아무리 지독한 일이라도 해야만 하는 것이 그의 숙명, 윤성빈의 삶이었다. 그러나 안정적으로 병원을 물려받기 전까지는 이 악물고 견뎌야 했다.

이렇게 복잡한 심경일 때, 마음 하나 털어놓을 사람이 없다니. 이럴 때 보면, 성운 병원 후계자도 별 볼일 없는 외톨이일 뿐이었다.

그러다 문득, 그는 머릿속에 한 사람을 떠올렸다. 많은 사람들의 고민을 들어주는 그녀라면, 그래도 자신의 이야기를 그저 편하게 들어줄 수 있지 않을까.

성빈은 가운 주머니에 넣어둔 휴대폰을 만지작거렸다. 곧 그는, 조심스럽게 휴대폰을 꺼냈다.

*　　*　　*

무방비 상태에서 맞이한 충격적인 장면에, 은혜는 입술 안쪽을 확 깨물며 두 눈을 꾹 감았다.

"풉……."

반면 원은 무슨 생각인지, 쿡쿡 웃기 시작했다.

귓가를 자극하는 신음 소리와 두 눈을 교란시키는 음란한 장면이 지속되자, 은혜는 다시금 자리에서 벌떡 일어섰다. 그리고 비디오를 확 꺼버리곤, 어떻게든 이 자리에서 벗어나려 횡설수설했다.

"그러고 보니, 너무 더웠잖아요. 할아버지께 보일러 좀 줄여달라고 말씀드려야겠어요."

그렇게 한껏 붉어진 얼굴로 밖으로 나가려던 찰나,

탁.

원이 은혜의 손목을 붙잡았다.

그리고 재미있다는 듯 웃으며 말하는 그였다.

"주은혜. 내가 얼마 전에 재미있는 공식에 대해 읽었는데 말이야."

"이 상황에서 또 무슨 얘기를 하려구요?"

은혜가 두 눈에 잔뜩 힘을 준 채 물었다. 그러자 원은 애써 웃음을 참는 듯한 얼굴로 대답했다.

"1+1=3이란 공식이 뭔지 알아?"

"미쳤나 봐."

불행하게도 나이를 헛먹지는 않았는지, 그의 말뜻을 금세 알아차려 버렸다.

은혜는 망설임 없이 그에게서 손목을 빼내려 힘을 주었다.

"이거 안 놔요?"

띠리리리리—

그때, 은혜의 전화가 울렸다.

"전화……?"

할머니인가?

"이것 좀 놔 봐요."

"싫은데."

미치겠다. 중요한 전화면 어쩌려고! 은혜는 어금니를 꽉 깨물었다. 다행히 휴대폰을 근처 방바닥에 놓아두었기 때문에 은혜는 가까스로 휴대폰을 향해 발을 뻗었다. 그리고 자신 쪽으로 끌어, 반대쪽 손으로 휴대폰을 집어 들었다.

휴대폰 액정에 뜬 발신인은 성빈이었다.

성빈 씨? 힐끔 전화를 건 사람을 확인한 원의 미간이 좁혀졌다.

"받지 마."

"이번엔 내가 싫은데요."

원이 미간을 좁혔지만, 은혜는 아랑곳 않은 채 휴대폰 폴더를 열어 통화 버튼을 눌렀다.

"네, 성빈 씨."

["꽤 늦은 시간이라 걱정했는데. 다행히 받아주었네요."]

수화기 너머로 꽤 밝아 보이는 성빈의 목소리가 들려왔다.

["사실, 은혜 씨. 나 지금 고민이 있어요. 아니 정확히는 내가 잘못한 것 같은 일이 있는데 어떻게 풀어야 할지 모르겠어요."]

자못 진지한 그의 말에, 은혜는 두 눈을 깜박이곤 제대로 전화를 받으려 했지만 원이 허락하지 않았다.

"성빈이 누구야. 여자야?"

은혜는 원을 떼어 내려 안간힘을 쓰며 말했다.

"고민요? 미안해요. 내가 지금……."

"……!"

불현듯 들려온 남자의 목소리에, 성빈이 멈칫했다.

왠지…… 어두컴컴했던 기분이, 그 깊이를 알 수 없을 정도로 더욱 어두워지는 것 같았다.

그녀 특유의 밝은 목소리를 들으면 조금 나아질 것만 같아서, 수십 번을 고민하고 누른 통화 버튼이었는데. 괜히 혼자 오해하는 거라고 믿고 싶으면서도, 가슴이 저리다.

["내가 누구랑 전화하든 그쪽이랑 무슨 상관이에요? 아, 성빈 씨. 고민이 있다고 했잖아요."]

휴대폰 너머 들려오는 은혜의 목소리에, 성빈은 조금은 쉰 목소리로 말을 이었다.

"……아니에요. 나중에 다시 전화할게요."

"성빈 씨……?"

은혜는 끊겨버린 전화 통화 화면을 바라보았다.

"이상하네. 혹시 무슨 일 있었나."

"주은혜. 남자와 통화도 하네."

원이 비웃듯 한쪽 눈썹을 치켜 올렸다.

"웃겨. 무당은 연애도 못 하는 줄 알아요? 방금 이 전화 나랑 썸 타는 그 남자거든요?"

"뭐?"

그놈의 썸남. 또 그 녀석이야? 원이 눈썹을 꿈틀거렸다.

그녀의 말에, 원은 괜한 심술이 생겨 아까보다 더 색기가 넘치는 눈으로 그녀를 뚫어져라 응시했다. 적당히 붉은 입술과 투명하고도 하얀 얼굴. 가늘게 여민 야릇한 눈매가 그녀를 향해 있었다.

"또…… 또 무슨 말을, 아니, 무슨 짓을 하려고요?"

그녀가 불안함이 가득한 눈동자로 맞대응하자, 원은 붉은 입술을 달싹이다 낮게 말했다.

"말했잖아. 1+1=3의 공식을 실험해 볼 짓. 신체 건강한 남녀가, 한 방에서 할 수 있는 자연스러운 짓."

"……!"

어쩌면 이 남자는 꼬리 아홉 달린 구미호일지도 몰랐다. 여자뿐만 아니라 남자도 홀릴 것만 같았다. 너무도 섹시한 얼굴로, 이렇게 공기도, 상황도 후끈한 분위기에서 야릇한 한마디를 내뱉어 버리면 나보고 어쩌라는 거야?

거, 거기다 이 남자는 옷도 벗고 있었다.

안 돼. 넘어가면 안 돼.

어쩐지 그가 자꾸 자신을 유혹하고 있다는 생각이 들면서 은혜는 시험에 빠진 것만 같았다. 그래서 더욱 손목을 빼내려 안간힘을 썼지만, 손목을 빼내려 힘을 줄수록, 원은 더욱 세게 그녀의 손목을 잡았다.

순간 아픔을 참지 못한 은혜가 고통 가득한 신음을 내뱉었다.

"아앗!"

"역시 그 비디오가 효과가 있었나 보구만."

은혜와 원이 있는 방문 앞에 귀를 기울이다, 그것을 기가 막히게 알아들은 할아버지와 할머니는 무릎을 탁 치며 껄껄 웃었다.

"그만할게."

은혜가 아파하자, 원은 은혜의 손목을 자신의 안쪽으로 확 당겼다.

"……!!"

이미 힘이 빠질 대로 빠져버린 은혜는 그의 품 안에 안기듯 넘어졌다. 그의 맨살에 몸이 닿자, 은혜가 움찔했다. 부드럽고도 매끈한 감촉이 은혜의 신경을 곤두세웠다.

원은 곧 양팔로 은혜를 껴안았다. 그리고 몸을 돌려 누웠다.

갑자기 그의 품안에 갇히게 된 은혜의 코끝에 그의 체취가 물씬 느껴졌다.

이윽고 원의 낮은 목소리가 부드럽게 부서지는 파도처럼 귓가에 닿았다.

"아무 짓 안 해. 그냥……."

"……!"

"이대로 자자."

평소라면 그가 한마디, 한마디 입술을 뗄 때마다 연신 놀라서 말문이 막혀버렸어도, 또다시 어떻게든 이 상황을 벗어나려 발버둥 쳤을 텐데.

"……."

문득 그냥 이 순간이 너무도 포근해서, 그녀는 입술을 다물고 말았다. 그동안 벌어진 이상야릇한 소동에, 이미 경계선을 수놓았던 귤은 이리저리 어질러진 상태였다.

바보. 이미 경계선을 넘어와 버리고선, 경계선을 넘으면 어떡할 거냐고?

어떻게 하지 못하는 게…… 답이 되어버렸다.

"……잘 자요."

은혜가 나직이 말했다.

예상 외였던 그녀의 대답에, 원의 가슴이 서서히 뜨거워졌다.

또다시, 여리게 뛰는 심장은 시간이 멈추어버리길 갈망하고 있었다.

'이젠 나도…… 몰라.'

은혜는 곧 두 눈을 감았다. 그의 품에서 잠이 들 줄은 상상도 하지 못했지만, 이상하게도 스르르 눈이 감기고 있었다.

"이 여자가 겁도 없어."

남자가 하자는 대로 하면 어떡해. 한껏 경계심을 가지고 밀어냈어야 하는 대상의 품에서, 잠이 든 바보다.

원은 옅은 미소를 감추곤 한숨을 내쉬었다.

그러나 시간은 점점 흐르고 있었고, 그의 갈증은 더해져 가고 있었다. 갈증이 참을 수 없이 심해지면 갑자기 입술을 요구할지도 몰라서 안절부절못했는데, 오히려 그녀가 잠들어 준 것이 다행일지도 몰랐다.

새근거리는 소리가 작게 울려 퍼지자, 원은 조심스럽게 몸을 일으켜 은혜를 베개 위에 누였다. 차에서라도 잠을 청하면서 서울로 돌아갈 때까지, 은혜와의 키스 유효기간 3일 중 남은 마지막 하루를 버텨야 했다.

'조금만 버텨.'

원은 점점 더 강하게 목을 옥죄는 갈증을 붙잡고 와이셔츠를 집어 들었다. 그리고 재빨리 옷을 입고는 방을 나섰다.

* * *

["아, 글쎄. 우리 성빈이와 린이가 병원에서 만나서 같이 이야기도 하고, 밥도 먹으러 갔답니다."]

늦은 저녁시간, 깔끔하고도 웅장하게 정리된 서재 안.

선우 헌 회장은 성운 병원 윤 원장과 통화를 하고 있는 중이었다.

"저도 린이 갑자기 성운 병원에 간다길래 의아했는데, 그 댁 아드님을 만나러 가는 것인 줄은 상상도 못 했습니다."

선우 헌 회장도 껄껄 웃으며 보지 않아도 그려지는 윤 원장의 미소에 화답했다.

["그날 서로 얼굴도 못 보고, 대화도 못 시켜본 게 못내 아쉬웠는데. 어쩌면 우리가 엮어주기도 전에 서로 알고 있었던 건 아닐지요."]

"저도 자세한 건 잘 모르겠지만 어쨌든 우리가 억지로 엮으려 힘 들이지 않아도 되니 다행으로 생각합시다, 윤 원장님."

["그럽시다. 우선은 좀 더 지켜보고 어떻게든 다시 한 번 저녁 식사 자리를 다시 마련해 보지요."]

전화 통화를 마친 선우 헌 회장은 휴대폰을 내려놓으며 두 손을 모아 깍지를 꼈다.

린이 아까 낮에 나갈 때만 해도, 성운 병원의 아들을 만난다는 낌새는 전혀 없었다. 게다가 린은 성운 병원의 아들이 누군지도 모르고 다시 만날 생각도 없다는 듯 대답했다. 뭐가 어떻게 된 건지는 모르겠지만, 어쨌든 그 둘의 연결고리가 생겼으니 예상치 못한 수확을 거둔 셈이었다.

그가 회심의 미소를 지으며 깍지 낀 손을 어루만지고 있을 즈음,

"회장님."

누군가 그의 서재 문을 두드렸다. 늦은 시간 은밀히 그에게 찾아온 김 실장이었다.

"그래."

김 실장은 선우 헌 회장의 앞에 서서 꾸벅 인사를 하곤, 곧바로 본론을 꺼냈다.

"선우 원 사장님이 요즘 진행하는 프로젝트가 꽤 더뎌지고 있

는 이유가, 부지 중심에 자리한 점집 때문이었습니다."

"아, 그때 알 박기인 것 같다고 했던 건물. 그 건물이 점집 건물이었군. 그 점집이 버티고 있는 이유는 알아봤나."

"알아본 바로는 역시 선우 원 사장님이 꽤 거액을 제안했다고 하는데도 거절했다 하더군요. 우선 그 점집은 그 자리에 꽤 오래 전부터 있었다고 합니다. 조사를 한 결과 대를 이어 점집을 운영해 왔다고 하고요. 그리고 현재 그 점집의 주인은 가면보살로 불리는, 20대 여성입니다."

"무당이라……. 원 그 강철 같은 녀석이 왜 그 점집 건물을 손에 넣지 못하는 걸까."

회장이 따그닥, 연신 책상 위에 손가락을 부딪치며 혼잣말을 했다. 그러자 김 실장은 안경을 눌러 쓰며 말을 이었다.

"한 가지 이상한 점이 있습니다. 사장님이 그 건물을 최근에 주기적으로 꽤 자주 드나들고 있다고 합니다."

그의 말에, 헌의 시선이 김 실장에게로 꽂혔다.

"설마 그 여자에게 별다른 마음이라도 있는 건 아니겠지."

흐음. 선우 헌 회장이 두 눈을 가늘게 떴다.

"저도 아주 미약하게나마 그럴 가능성도 있다고 생각했지만…… 선우 원 사장님이 한낱 무당에게 관심을 가지고 있다고 하기엔, 아무래도 무리가 있지 않나 싶어서 계속해서 다른 쪽으로 의심을 품고 있는 상황입니다."

"내 생각도 그래. 원이 수많은 여자들을 만나고 다니기는 했지만, 여태 지켜본 결과 잠깐의 만남 그 이상 그 이하도 아니었잖아.

뭐, 여자는 많아도 여자관계는 항상 깔끔했던 녀석이니까. 그래서 항간에 들리는 남사스러운 소문도 내 무시했고. 어찌 되었든, 백화점 건설 시공은 언제였지?"

"앞으로 약 한 달 후 시공에 들어갈 예정입니다."

"그럼 아직 한 달의 시간이 남아 있는 셈이니, 아직은 두고 보자고. 여태껏 원이 실패한 일은 없었으니까."

회장이 두툼한 입매를 비틀었다.

"단 한 번도."

"예. 알겠습니다."

"아, 그리고 내가 그동안 매입해 왔던 차명 주식들. 이제 린 앞으로 슬슬 정리해야겠어."

"예? 회장님께선 아직 정정하신데…… 갑자기 차명 주식들을 정리하시면 주주들을 비롯한 이사진들이 뭔가 이상하단 낌새를 느낄 수도 있습니다. 특히 선우 원 사장님이 가장 예민하게 반응하실 수도 있는 문제이고요. 회장님께서 사장님까지도 모르게 매입해 두신 것이니까요."

"아니야. 생각보다 내게 시간이 많이 남지 않았어. 아직 내가 이만큼 정정할 때 어서 정리를 해 두어야, 내가 갑자기 죽어버리면 우리 린이 그 뒤를 잇지."

"알겠습니다."

김 실장은 다시금 고개를 꾸벅 숙였다. 그리고 조심스러운 발걸음으로 선우 헌 회장의 서재를 나갔다.

선우 헌 회장은 돋보기안경을 벗으며 머리를 쓸어 넘겼다. 그리고 감정 없는 얼굴로 가족사진을 응시하며 말하는 그였다.

"……원이에게는 미안하지만, 나는 린이 걱정 돼."

그나저나. 회장이 어렴풋이 눈썹에 힘을 주었다.

"원이 관심을 가지고 있는 여자라……."

설마 원이 진행하게 될 사업에 방해가 되는 건 아니겠지.

그는 가면보살이란 이름을 되뇌며 악한 눈빛을 드러냈다 지웠다.

* * *

"나를 만나고 싶다……."

혜리가 흥미롭다는 듯, 아침 햇살을 받으며 여유롭게 커피를 입가에 가져갔다.

"한번 만나 볼까."

10년 전. 한 여자에 대한 뉴스를 눈여겨보고는 그의 존재에 대해 알아챘다. 긴긴 인생 살다 보면 언젠가 한 번은 만나겠거니 하면서 느긋하게 살고 있었는데. 생각보다 꽤 빨리 만나게 된 것 같았다. 그동안 그는 어떻게 살았는지 궁금하기도 하고. 운명도, 사랑도 믿지 않지만, 그를 처음 보았을 때부터 왠지 모르게 기분이 예사롭지 않았다.

혜리는 커피 잔을 내려놓고 테이블 위에 놓여 있던 명함을 들었다. 그리고 리혜일 때만 사용하는 휴대폰으로 명함 속 번호를 눌렀다.

"이청량 씨? 이야기 들었습니다. 제가…… 리혜입니다."

* * *

은혜는 두 눈을 번쩍 떴다. 벌써 아침이다.

문득 어젯밤 일이 꿈이었나 싶을 정도로 아직까지 얼떨떨하고 정신이 몽롱했다. 그리고 분명 어젠…… 그의 품에서 잠든 것 같았는데. 어느새 베개에, 이불까지 덮고 있었다.

그녀는 무의식적으로 누운 상태에서 주위를 둘러보았다. 그러나 그가 보이지 않자, 은혜는 몸을 일으켰다.

"어딜 간 거지?"

부스스한 얼굴로 이불을 걷어내고 밖으로 나갔다.

바깥 공기를 쐬자, 뜨거웠던 지난 밤 덕분에 등에 살짝 맺혀 있던 땀이 식은땀이 되어 날아갔다.

주위를 둘러보던 은혜는 밖에서 갯바위 낚시꾼들을 데려다주기 위한 준비를 하던 할아버지에게 물었다.

"할아버지. 혹시 그 사람 못 보셨어요?"

"으응? 방에서 같이 자고 있던 것 아니었어?"

할아버지도 모르다니. 어딜 간 거지? 은혜는 순간 걱정되는 마음에 이리저리 돌아다니며 그를 찾기 시작했다.

우선 확실히 이 민박집 안에 그는 없었다. 이내 그녀는 대문을 열고 밖으로 나갔다. 선착장 근처에 있는 민박집이었기 때문에 대문을 나서자마자 바다가 쫙 펼쳐졌다.

"어디 있는 거야. 이곳 지리도 잘 모를 텐데."

은혜는 불안한 얼굴로 다시금 주위를 둘러보며 그를 찾았다.

"설마 나만 두고 돌아간 건……."

그때. 은혜는 민박집 대문 옆 담에 세워 둔 자동차 안에 누군가 있는 것을 발견했다. 자동차 운전석에 앉아 식은땀을 흘리고 있는 그의 모습이 그녀의 눈에 들어왔다.

"……!"

창백하게 변한 그의 얼굴을 마주한 은혜가 급히 차문을 열었다.

"어떻게 된 거예요? 갑자기 왜 이래요?"

은혜가 그의 이마에 손을 얹었다. 그러자 은혜의 손길을 느낀 원이 그녀의 손을 잡으며 말했다.

"가까이…… 오지 마."

"무슨 소리예요! 설마 밤새 아팠어요?"

은혜가 원의 뺨을 타고 흐른 식은땀을 닦아주며 외쳤지만, 원은 그런 은혜를 차갑게 밀어내듯 대답했다.

"나한테서 떨어져."

갈증의 한계가 오고 있었다. 원래는 한계가 오기 전에 미리미리 기를 취해야 하는데 그럴 수가 없으니 여태껏 안간힘을 쓰고 버텼다. 어떻게든 서울로 돌아가야 했다. 그러나 그럴 힘조차 없도록 기력이 예상치 못하게 빠져 나가버린 것이었다.

"갑자기 왜 이러는 거예요."

그가 갑자기 아프다.

은혜는 도화지 위에 검게 마블링 된 것처럼 혼란스러운 머릿속을 붙잡고 생각하고 또 생각했다.

차에서 잠이 들어 감기가 걸린 것일까. 그러나 감기의 증상은 아닌 듯했다. 다친 곳도 없는 것 같은데, 갑자기 그가 이렇게 쓰러질 정도로 기력을 잃은 건…….

그리고 그런 그녀의 머릿속에 한 가지 장면이 스쳐 지나갔다.

"설마……."

은혜의 시선이 그의 입술에 닿았다.

"키스."

여전히 비상식적이고, 비과학적인 방법이라는 걸 알지만. 만약 정말 이게 필요한 거라면……?

"키스 맞죠?"

은혜가 원을 꼭 붙들었다.

왕자님의 키스를 받아야 하는 건, 공주님이지만…….

공주도 아닌, 무당이 왕자님을 입맞춤으로 살려내도 괜찮다면.

이윽고 은혜는 그에게 입술을 가져갔다.

"안 돼."

그러나 그는 두 눈을 번쩍 뜨곤 고개를 돌렸다.

이런 식으로 자꾸만 그녀의 기를 빨아들일 순 없었다.

'자꾸 나한테 기를 빨리면…… 죽는다고……!'

원이 목구멍까지 차오른 한마디를 힘겹게 내리눌렀다.

"이게 필요한 게 맞잖아요."

"아니야. 필요 없어. 그러니까. 제발…… 가."

그가 애써 신음을 억누르며 그 어느 때보다도 낮은 목소리로 말했지만,

"거짓말 하지 마요."

"……!!"

그녀는 망설임 없이 그의 입술을 눌렀다.

붉어진 그의 두 눈이 이성을 앗아갔다. 입술이 닿자마자 본능적으로 원은 두 손으로 은혜의 뺨을 감쌌다. 그리고 맞닿은 입술 사이로 그녀의 기를 취했다. 붉은 기가 그의 목을 타고 저 아래 깊은 곳으로 흘러들어 갔다.

원은 그녀의 기를 점점 더 취해 갔다. 어느 순간부터 은혜의 기력이 다해가기 시작했다.

'……아.'

정신이 아득해져 갔다. 그와 키스를 할 때면 들었던 이 이상한 느낌. 은혜는 이 느낌이 점점 자신을 쇠하게 만든다는 것을 알아차렸으면서도 그에게서 입술을 떼지 않았다. 그리고 이전처럼 정신을 잃지 않기 위해 애를 썼다.

너무도 오래 갈증을 참은 탓에 원은 도무지 자신을 제어할 수가 없었다. 붉은 눈동자는 그녀를 담고 있으면서도 입술을 뗄 수 없게 만들었다. 무의식에 내재된 그의 의식이 거칠게 문을 두드려 입술을 떼라고 외쳤지만 소용없었다.

상황이 저번보다 심각했다. 이러다 정말, 모든 기를 빨아들여 버리면…….

그의 눈동자가 주체 없이 흔들리던 순간.

힘겹게 붙들고 있던 의식의 끈을 놓기 직전, 은혜가 말했다.

"나는 괜찮으니까…… 죄책감 가질 것 없어요. 당신은 이게 필요하니까. 그걸 아는 사람은 지금 이 순간 나밖에 없잖아요."

"……!"

—괜찮아. 나는 괜찮으니까, 죄책감 가지지 마.

'괜찮아. 나는 괜찮아…….'

낯설지 않은 한마디가 원의 무의식을 비집고 들어와 메아리처럼 울려 퍼졌다.

그때였다.

붉은 기가 사라지고, 원의 눈동자 색이 본래의 색으로 돌아왔다. 멈출 수 없을 것 같았던 갈증도, 사라져버렸다.

"주은혜!!!"

원은 재빨리 입술을 떼고 그녀를 꽉 끌어안았다.

"도망가라고 했잖아!"

"하아…… 하아……."

정신을 잃기 직전이었던 은혜는 다행히 쓰러지지 않은 채 숨을 골랐다.

"나한테 키스하지 말라고 했잖아……."

원이 진정되지 않은 가슴으로 은혜를 더욱 세게 끌어안은 채 입술을 달싹였다.

"이제…… 괜찮아진 거예요?"

숨을 쉬기가 무척 버거웠지만 은혜는 그에게 안긴 채 그것부터 물었다.

그러나 원은 화를 냈다.

"왜 미련하게 쓸데없는 짓을 해? 진짜 죽고 싶어?!"

"그쪽의 정체가 뭔지는 모르겠지만, 어쨌든 살았잖아요."

"내가 살면, 네가 죽어."

원은 굳은 얼굴로 은혜를 안고 차에서 내렸다.

"내가 짐 챙길 테니까 여기 있어."

그리고 은혜를 뒷좌석에 앉힌 채, 서둘러 서울로 돌아가기 위한 준비를 했다.

이번에는 정말로 죽게 만들 뻔했다. 깊게 엮여선 안 된다는 청량의 말이 비수가 되어 계속해서 가슴에 꽂혔다. 상처가 나는 것을 알면서도 그 비수들을 모른 척하려고 애를 썼는데…… 더 이상은 안 될 것 같았다.

서울로 도착하자마자, 건물 계약서를 포함한 모든 것을 끝내고 처음으로 돌아가자.

원은 주먹을 꽉 쥐었다.

* * *

오후 3시쯤이 되어서야 원의 차가 은혜의 점집 앞에 도착했다. 은혜는 그 이후로 힘없이 계속해서 두 눈을 감고 있었다. 거의 잃어버린 기력을 보충하기 위해 잠을 계속 자는 것 같았다.

차를 멈춰 세운 원은 은혜를 한동안 계속해서 바라보았다. 잠든 그녀의 모습을 보고…… 또 보았다.

"으음……."

은혜가 뒤척였다. 그러다 곧 천천히 두 눈을 뜨곤, 그와 시선을 마주했다.

"다 왔어요?"

그러자 원은 그녀에게서 시선을 돌리며, 차갑게 말했다.

"다 왔으니까 내려."

"……?"

뭔가 이상함을 느낀 은혜가 그를 물끄러미 바라보았다.

"화났어요?"

"아니."

"화난 것 같은데."

"나 이제 회사 가봐야 해. 어서 내려."

원은 짧고도 감정 없이, 그렇게 대답했다.

갑자기 그가 왜 그러는 것인지 영문을 모르는 은혜가 인상을 구겼다.

"갑자기 왜 그래요."

"……뭐가."

"나한테 차갑게 굴잖아요."

"……주은혜."

"듣고 있어요."

은혜가 여전히 인상을 구긴 채 그를 응시했다.

"여전히 계약서에 도장 찍을 생각, 없어? 시세의 다섯 배. 줄게."

"뭐라……구요?"

은혜의 동공이 거세게 흔들렸다.

갑자기 계약서 얘기는 왜 꺼내고, 그런 큰돈은 왜…….

은혜는 말없이 두 눈으로 그렇게 묻고 있었다. 그러나 그는 여전히 감정 없는 눈으로 은혜를 또렷하게 응시하며 말을 이었다.

"정확히 어디가 아픈지는 몰랐지만 처음부터 네 할머니께서 아프시다는 거, 알고 있었어. 당장 수술비를 비롯한 병원비가 만만치 않아서 돈이 많이 궁한 것도. 그래서 난 네가 그렇게 버티는 게 돈 때문이라고 생각했어."

"이봐요, 선우 원 씨."

"이번엔 정말 마지막이야. 일주일 줄게. 잘 생각해봐. 다섯 배면 무당 일 그만둬도 병원비 걱정 없이 놀고먹으며 살 수 있을 테니까."

은혜는 말문이 막혔다.

여태껏 내가 당신에게 느꼈던 감정들은 뭐야?

'건물 때문이라고 말하고 있으면서도, 진심처럼 느껴졌던 건, 내 착각이었어?'

부들부들 떨려오는 손에 더욱 힘을 세게 주느라, 손등이 발갛게 물들었다.

이윽고 은혜는 차 문을 벌컥 열었다.

"갑자기 그쪽이 왜 이러는지는 모르겠지만, 당신이 원하는 대로 내려줄게요. 잘 가요. 고마웠어요."

말없이 트렁크 문이 열리고, 은혜는 성큼성큼 걸어가 모든 짐을 꺼냈다. 그리고 점집 문 앞으로 갔다.

사이드 미러로 그녀의 모습을 지켜보던 원이 입술을 깨물었다. 피가 나올 정도로 세게 깨물어서, 입가에 비릿한 맛이 느껴졌다.

'……잘 있어.'

원이 힘겹게 두 눈을 감았다.

지금이라도 제 자리를 찾아가는 게, 네가 더 이상 위험해지지 않겠지.

그는 핸들을 꽉 쥐었다. 그의 손등에 굵은 핏줄이 도드라졌다. 그가 고개를 숙인 채, 조용히 말했다.

"이렇게 해서라도, 이제 나는 너를…… 나한테서 지켜야 할 것 같다."

그는 턱 막혀오는 숨을, 저며 오는 가슴을 차갑게 무시했다. 그리고 서둘러 자동차를 몰았다.

'뭐? 시세의 다섯 배? 일주일을 주겠다고?'

그녀는 흔들리는 눈빛으로 멀어져가는 그의 차를 바라보았다.

이제 아무리 많은 돈을 줘도 어림없다는 걸, 본인도 알고 있을 텐데.

그래. 본래 선우 원과 주은혜의 관계는 아주 아슬아슬한, 비즈니스 관계였다. 그랬으니까. 무시하면 그만이라고 생각했는데. 전혀…… 괜찮지가 않았다. 숨이 쉬어지지 않는다. 가슴이 한없이 답답해진다.

하지만, 그래도 아닐 거라고 믿고 싶어.

빠른 걸음으로 점집 문 앞에 선 은혜는 열쇠구멍에 열쇠를 넣기 위해 주머니를 뒤졌지만, 열쇠는 온데간데없었다. 혹시나 싶어 평소 메고 다니는 가방과 짐 가방 모두를 뒤졌지만, 역시나 없었다.

"나 진짜 오늘 왜 이래."

가뜩이나 힘이 없었는데, 폭풍처럼 다가온 그의 싸늘함에 더욱 힘이 빠지는 것만 같았다.

그녀는 결국 휴대폰을 꺼내 근처 열쇠 집에 전화를 걸었다.

* * *

쏴아아아—

회사에 나가기 전, 집에 들어와 샤워기를 튼 원의 머리 위로 물줄기가 쏟아져 내렸다. 호화스러운 샤워부스 안, 그는 덩그러니 서 있었다. 공허한 그의 눈빛이 수증기에 의해 눈앞 거울 속에서 사라졌다. 하마터면 또다시 절제를 하지 못할 뻔했다.

쾅—!

그는 거울을 주먹으로 내리쳤다.

'더 이상 다가가면 안 돼.'

그의 머릿속에 절규와 같은 한마디 또한 울려 퍼졌다. 너무도 다가가고 싶은데, 다가가면 갈수록 늪 안으로 들어가는 것만 같았다.

그러나 그 늪에 빠져서 헤어 나오지 못하면, 언젠가는 은혜를 죽게 만들 수도 있다.

그는 물줄기 사이로 머리를 적셨다.

시간이 지나면 아무렇지 않아질 줄 알았는데. 점점 더 원하고 있었다. 그녀와 함께 웃을 수 있기를. 그녀의 곁에서 하루하루를 보내고, 그녀를 온전히…… 품을 수 있기를.

하지만 자신에게 그런 건 허락되지 않았다.

'나는 왜 괴물이지?'

그는 거친 숨을 내쉬며 고개를 들어올렸다.

'왜 내겐 10년 이전의 기억은 없는 거지?'

그는 묻고 또 물었지만 아무것도 알 수 없었다.

그저 본능대로, 그렇게 하루하루를 살아가고 있을 뿐.

물줄기가 그의 머리를 적시고 전신을 타고 흐르며 뚝뚝 아래로 떨어졌다.

그건 뭐였을까.

문득 생각난 목소리에 대해 그는 낮게 읊조렸다. 무의식 속에 등장했던 한마디. 그 한마디가 머릿속에서 울리자마자 이성을 되찾았다. 그리고 어쩌면, 그 한마디는 잃어버린 기억의 단서가 될지도 몰랐다. 그는 다시금 은혜와 키스를 했던 순간 스쳐 지나간 의문의 목소리를 떠올렸다.

—괜찮아. 나는 괜찮으니까, 죄책감 가지지 마.

그리고 그때.

"으윽……!"

또다시 섬에서처럼 머리가 깨질 듯이 아파 왔다. 동시에 누군가의 목소리가 그 고통을 가르며 들려왔다.

—난 네가 미워. 난 네가 너무 미워. 강도하…….

'도하.'

원이 고통스럽게 감았던 두 눈을 떴다.

"도하……?"

도하라는 이름은 은혜의 열쇠고리 밑바닥에 적혀 있던 이름이었다. 그리고 그 이름을 처음 보았을 때도 이와 같은 고통을 느꼈었다. 세차게 흐르는 물줄기 사이로 뜬 그의 눈이 붉게 충혈되어 있었다.

"강도하……."

그 도하란 이름을 가진 사람과 자신이 무슨 연관이 있는 것일까. 그리고 그 이름이 적힌 열쇠고리를, 은혜가 가지고 있었다.

원은 샤워기를 껐다. 그가 물이 뚝뚝 떨어지는 머리를 천천히 들어 올려 거울 속 자신의 모습을 바라보았다. 자신의 얼굴을 또렷이 바라본 원의 입가에서 비릿하고도 씁쓸한 한마디가 흘러나왔다.

"그게 다 무슨 소용이지. 어차피 변하는 건 없는데."

다시 처음으로 돌아가면…… 그저 키스로 하루하루를 살아가는 선우 원으로 사는 거다. 계약관계로 얽힌 무당 한 명쯤 잊는 건, 일도 아닐 것이다.

그는 가운을 걸치고 수건으로 머리를 털었다.

거실로 나오자, 그의 휴대폰이 울리고 있었다.

그를 데리러 온 청량이었다. 이윽고 원은 곧바로 회사에 나갈 준비를 했다.

*　　*　　*

"응. 기도 잘 드리고 왔으니까, 걱정 마. 할머니."

땀으로 인한 찝찝함에 곧바로 샤워부터 한 후, 은혜는 침대에 앉으며 전화를 받았다. 줄곧 병원에서 지내던 나머지, 할머니도 매달 있던 기도 일을 잊어버리곤 부리나케 전화를 한 것이었다.

"할머니 없이도 용왕님께 인사 잘 드리고, 심신 정화 잘했으니까 걱정 안 해도 돼. 오히려 기운을 너무 잘 받아서 신빨이 더 세진 것 같아."

은혜는 애써 밝은 얼굴로 휴대폰을 붙들었다.

"병원에서 시키는 대로 말 잘 듣고 계시구…… 금방 또 찾아갈게. 응. 그럼 끊는다."

통화 종료 버튼을 누른 은혜는 침대에 쓰러지듯 누웠다.

그나저나 열쇠고리, 어디서 잃어버린 걸까.

분명 기도하러 가면서 탔던 원의 차에서, 습관처럼 주머니 속 열쇠고리를 한 번 만졌었다. 그리고 차에서 내린 뒤, 기도 준비를 하다 주머니에 손을 넣어봤을 땐 열쇠고리가 없었으니……. 설마, 그 남자한테 있는 건가.

은혜가 입술을 깨물었다. 그리고 한 팔을 이마에 가져다 대어 눈앞을 가렸다. 열쇠야 다시 만들면 됐지만 그 열쇠고리는 세상에 하나밖에 없는 거니까. 찾으러 가야 했다.

은혜는 몸을 일으켜 세웠다.

분명 회사에 간다고 했으니, 로열 호텔로 갔겠지.

은혜는 대충 옷을 챙겨 입고 나가기 위해 옷장을 열었다. 그리고 편한 티와 청바지를 꺼내려다, 곧 멈칫했다.

"……."

이내 무언가 결심한 은혜는 평소에 잘 입지 않는 원피스를 꺼냈다. 항상 묶고 나갔던 머리도 바싹 말려서 어깨 위로 늘어뜨렸다. 거의 맨 얼굴이었던 얼굴 위에 화장품도 엷게 바르고 입술도 예쁘게 물들였다. 거울 속 자신을 바라보는 은혜의 눈동자가 흔들렸다.

"갑자기 왜 그러는 건진 모르겠지만, 맺고 끊는 건 확실히 하셔야죠. 사람 바보 만들지 말고."

* * *

"참. 은혜한테 그 의사 총각이랑 어떻게 됐나, 안 물어봤네."

할머니는 휴대폰 화면을 한참이나 보다가 다시 통화 버튼을 누르려 했다. 그러다 곧 한숨을 내쉬며 휴대폰 폴더를 닫았다.

"피곤할 텐데 닭달은 담에 해야겠다."

"손녀분 의사 사위 만들어 주시게요?"

맞은편 침대에 앉아있던 여자가 옅게 웃으며 물어왔다.

20대 후반……? 혹은, 30대 초반으로 보이는 젊은 여자였다.

"으응? 아. 응, 그래. 그러고 보니 여태 제대로 인사도 못 했네."

"아, 저도요. 저는 하윤아라고 합니다. 잘 부탁드려요. 할머니."

"나도 잘 부탁해, 아가씨. 아가씨는 어디가 아파서 왔어?"

"아…… 저도 암이에요. 10년 전에 사고를 당한 적이 있는데, 그 뒤로 쭉 혼수상태였다가 얼마 전에 깨어났거든요. 그런데 이렇게 다시…… 병원 신세를 지게 되었네요."

"아가씨의 명은……. 아니야. 젊은 나이에 지기엔 너무도 아까워. 나 같은 늙은이가 보기엔 더더욱."

"처음엔 왜 제게 이런 일이 일어났을까, 하늘이 너무도 원망스러웠는데……. 그래도 사고 당하고 난 뒤부턴 저를 도와주는 분이 생겼어요."

"아가씨를 도와주는 분?"

"네. 제가 그전엔 정말 어렵게 살았거든요. 사고 난 뒤로 더 막막했는데, 생활비도 매달 넣어주시고 병원비도 도와주세요. 그리고…… 생일 같은 날, 꽃과 선물을 꼭 보내주시고, 아. 우리 딸 생일에도 꽃을 보내주세요."

"딸이 죽었구만."

"……네?"

"아냐. 아무 말도 안 했어."

이놈의 직업병. 할머니는 입을 막으며 고개를 저었다.

무심코 사람을 읽는 습관은, 세월이 지나도 버릴 수가 없었던 탓이다. 그러나 여자는 더 이상 묻지 않은 채, 무언가를 회상하며 말을 이었다.

"사실, 제 딸이 1년 전에 죽었거든요. 사탕을 참 좋아했는데. 그 흔한 사탕도 마음껏 사주지 못했어요. 이 썩는다고. 이 썩으면 그것도 다 돈이라고……. 내일이 제 딸 생일인데, 아무것도 해줄 수가 없네요."

불현듯 여자의 눈시울이 뜨거워졌다.

사탕을 들고 계속해서 병원에 왔다 갔다 하던 아이가 이 아가씨 딸이었군. 할머니는 씁쓸한 얼굴로 여자를 바라보았다.

"아가씨. 아니, 윤아라고 불러도 되나?"

"네……? 네, 당연하죠. 할머니. 저도 할머니가 있었는데…… 저한테도 예쁜 딸이 있었는데……. 이젠 저 혼자네요."

할머니는 늘 자신이 혼자라고 말했던 은혜를 떠올렸다. 어쩐지 이 불쌍한 아가씨가 자신의 손녀딸 은혜를 보는 것 같아서, 할머니의 가슴이 아파 왔다.

할머니는 지나가는 말처럼, 그녀를 위로했다.

"네 딸은, 행복할 거야. 엄마도 마음껏 보고, 사탕도 마음껏 먹고 있거든."

* * *

"사장님."

원의 저택 입구에서 강구와 함께 기다리고 있던 청량이 꾸벅 인사를 했다. 원은 어두운 표정으로 차에 탔다.

"사장님, 어제부터 섬에 계셨다면서요?"

평소처럼 강구가 싱글벙글한 얼굴로 운을 띄웠지만, 그는 곧 입을 다물 수밖에 없었다. 원의 표정이 심상치 않았기 때문이었다. 평소와는 달라도 너무 다른 원의 분위기를 느낀 청량은 곧바로 대화의 흐름을 바꿨다.

"우선……."

그는 호텔로 이동하는 동안 간단한 일정 브리핑을 했다.

"사장님께서 다행히 시간 맞춰 오셨기 때문에, 4시 반에 천궁호텔과 차질 없이 미팅하실 수 있을 것 같습니다."

"……."

"그리고 오늘 7시, 사장님께서 말씀하셨던 작가 리혜 씨와의 저녁식사 약속이 잡혔습니다."

"……."

어떻게, 그것도 단시간에 그 여작가와 저녁식사 자리를 만들었느냐고 물어볼 법도 한데 원은 여전히 말이 없었다. 무슨 생각을 하는지조차 알 길이 없는 공허한 눈빛으로, 그는 창밖만을 바라보고 있을 뿐이었다.

"사장님. 혹시 무슨 일…… 있으셨습니까."

결국 청량이 마른 입술을 뗐다.

"……알겠어."

그러나 원은, 짤막하게 대답했다.

차는 로열 호텔 입구에 세워지고 원은 차에서 내렸다. 저벅저벅 걷는 그의 앞으로 직원들은 정중히 고개를 숙였다.

"뭐 이런 호텔이 다 있어? 내가 어젯밤에 그 룸에서 귀신을 봤다고!"

그가 호텔 로비로 들어서서 엘리베이터를 타러 가기 위해 걸어가던 중, 날카로운 목소리가 그의 귓가를 자극했다.

"저희 호텔에서 어떻게 해드릴 수 있는 방법이 없습니다. 죄송합니다."

지배인은 곤란한 얼굴로 고개를 숙이고 있었다.

"어디 무서워서 이 호텔 다음에 오겠어? 고객이 컴플레인을 걸면 무당을 부르든지 해서 해결할 생각을 해야지. 죄송?"

원을 비롯한 호텔 로비를 지나던 사람들의 이목이 날카로운 목소리에게로 집중되었다. 목소리의 주인은 꽤나 야시시한 옷차림의 20대 여자로, 잔뜩 흥분했는지 거칠어진 숨을 고르고 있었다.

"아무래도 가보아야겠군."

보다 못한 원이 여자에게로 다가가려던 찰나,

"……귀걸이, 내놓으세요."

누군가 여자에게로 다가와 손을 내밀었다.

"뭐? 넌 또 뭐야?"

"당신이 하고 있는 그 귀걸이, 주인 있는 거예요."

그리고 그 누군가는 한없이 차가운 눈빛으로 여자를 바라보며 말했다.

"어제 저녁에 레스토랑 바닥에 떨어진 귀걸이 주우셨잖아요."

"네, 네가 그걸 어떻게 알아?"

여자는 흠칫 놀란 얼굴을 하며 말을 더듬었다.

"……!"

이윽고 누군가의 얼굴을 알아본 원의 발이 그 자리에 묶였다. 쿵쾅. 쿵쾅 울리는 심장 소리가 그의 깊은 동굴을 울렸다.

은혜였다.

은혜는 여자의 앞으로 한 걸음, 가까이 다가가 말을 이었다.

"그거 당신 거 아니잖아요. 내놓으세요. 당신 옆에 서 있는 여자가 당신을 차갑게 노려보고 있다구요."

"뭐……?"

여자가 주춤하며 한 걸음, 뒤로 물러났다.

"무당을 부르든지 하라면서요. 그래서 왔잖아요. 무당."

"……!"

"……!"

원과 청량이 동시에 은혜에게서 시선을 떼지 못했다. 원은 더욱 뚫어져라 은혜를 바라보았다.

그녀가 가면을 쓰는 이유. 자신이 무당임을 밝히고 싶지 않아서라는 걸 알고 있었기 때문이었다. 그런데 이렇게 사람이 많은 공간에서, 자신이 무당임을 밝혀버리다니.

은혜가 자신이 무당임을 밝히자 여자는 침을 꿀꺽 삼키고는 검지손가락으로 그녀를 가리키며 되물었다.

"네, 네가…… 무당이라고?"

"그래요. 어젯밤 그쪽이 잤던 룸에서 귀신을 봤다고 했죠? 그 귀신이 당신이 하고 있는 귀걸이의 주인이에요. 그 귀걸이의 주인은 매년 결혼기념일이면, 여기 로열 호텔 스카이라운지 레스토랑에서 남편과 로맨틱한 저녁식사를 했어요. 그런데 몇 년 전에 사고로 죽게 된 거예요."

"……."

"하지만 남편분은 매년 그 추억을 잊지 못하고, 아내가 가장 아꼈던 귀걸이를 앞에 두고 저녁식사를 하신다는군요. 어제가 바로 그 부부의 결혼기념일이었고, 남편분이 실수로 귀걸이를 레스토랑 바닥에 떨어뜨렸다, 라고. 당신 옆의 영가가 말해주네요."

은혜의 설명에 여자는 오싹함과 동시에, 화끈거리는 얼굴을 감추지 못했다.

식사를 마치고 나오는데 너무도 예쁜 귀걸이가 떨어져 있었고, 비싸 보이길래 몰래 주워서 나온 것이었다. 물론 주인을 찾아줄 생각은 애초에 하지도 않았다. 그런데 이 귀걸이가 귀신 붙은 물건이었다니.

"나는 그냥 바닥에 떨어져 있던 걸 주웠던 것뿐이에요."

여자의 고백에, 은근히 귀를 기울이고 있던 모든 사람들의 입이 떡 벌어졌다. 이내 여자는 당장 귀걸이를 뺐다. 그리고 은혜에게 쥐어 주며 홱 돌아서는 그녀였다.

"만약 또 그 귀걸이 귀신이 나타나면, 이 호텔에 귀신 나온다고 SNS에 퍼트릴 줄 알아요. 나 꽤 영향력 있는 SNS 스타거든요?"

여자는 애써 멋쩍은 기색을 감추며 빠른 걸음으로 사라졌다. 말없이 귀걸이를 쥔 은혜는 물끄러미 그것을 바라보았다. 그러다 곧 멍한 얼굴로 은혜를 지켜보고 있던 호텔 지배인에게 다가가 귀걸이를 내밀었다.

"이 귀걸이 잃어버리신 분께 되돌려주세요. 아마 소중한 것을 잃어버리신 분이라 애타게 찾고 계실 거예요."

"예? 예……."

반쯤 혼이 나간 표정으로 귀걸이를 받아든 지배인이 고개를 끄덕였다.

"그리고. 여기 호텔 사장님을 만나려면, 어떻게 해야 하죠?"

은혜가 주위를 둘러보며 묻던 중,

"……주은혜."

"……!"

원이 은혜의 손목을 붙잡았다.

"사, 사장님!"

갑작스러운 원의 등장에 지배인을 비롯한 모든 직원들이 황급히 허리를 굽혔다.

"따라와."

원은 은혜의 손목을 붙든 채, 그녀를 어디론가 이끌었다.

* * *

호텔 밖 인적이 드문 공간이었다.

"여긴 왜 온 거야."

"열쇠고리 찾으러 왔어요. 내 열쇠고리 그쪽한테 있죠?"

"열쇠고리……?"

원이 두 눈을 가늘게 여몄다. 그 열쇠고리는, 그때. 은혜가 두고 가서 자신이 챙겨둔 것이었다. 그리고 지금 그건…….

"아. 그거."

원이 잠시 뜸을 들였다. 은혜가 입술을 달싹였다.

'있다고 해요.'

그녀의 눈동자가 그에게 말하고 있었다.

'그런데, 지금은 없다고 해요.'

그래야…… 다음에, 또 당신을 찾아올 수 있지 않을까.

당신이 너무도 미운데, 자꾸만 이런 생각이 드는 건 왜지?

이윽고 그가 입술을 뗐다.

"그 열쇠고리. 나한테 없어."

"……?"

"네가 어제 입고 있던 잠바 주머니에 도로 넣어두었어."

"언제요?"

"어제 모래사장에서 누웠을 때."

거짓말. 그 잠바는 아까 점집에 올 때까지 입고 있었던 것이었다. 그리고 문을 열기 위해 주머니를 뒤졌을 땐, 분명 없었다.

"거짓말하지 마요. 내가 그 잠바 주머니에서 찾아봤는데, 없었어요."

"나는 넣어 뒀어."

그러나 그는 여전히 그렇게 말할 뿐이었다.

은혜는 입술을 굳게 다물고 그를 올려다보았다. 그녀의 눈빛엔 시린 차가움이 서려 있었다.

"……내 불찰이었나 보죠?"

"……."

"내가 뭘 잘못했는지는 모르겠지만 열쇠고리도, 그쪽이 나한테 이렇게 차갑게 구는 것도, 다 내 불찰이었나 보죠?"

"……."

"내가 키스해서 그래요? 그게 그렇게 불쾌했어요? 그쪽이 칼에 찔렸을 때도. 내 앞에서 쓰러졌을 때도. 내 키스가 필요했잖아요. 그래서…… 그래서……."

은혜가 말을 잇지 못했다. 우습게도, 이렇게 외치는 자신이 미친 사람 같았다.

이런 거 정말 싫어.

이유 없이 떠나는 사람들.

가족이고, 도하고 모두 그렇게 떠나버렸는데.

결국은, 당신도 똑같은 거야?

은혜의 머리카락이 바람에 흩날렸다. 하늘하늘한 원피스가 사르락, 휘날렸다.

원이 은혜와 두 눈을 마주했다. 그는 마음을 굳게 먹었다.

"말했잖아. 네가 나한테 키스하면, 네가 위험하다고. 네가 죽는다고!"

그리고 은혜의 어깨를 붙잡았다.

“그러니까 말해줘요! 내가 왜 위험한지! 그쪽은 왜 키스를 해야만 괜찮아지는지!”

“말할 수 없어. 아니, 안 해.”

원이 거친 숨을 내쉬었다. 그의 흔들리는 동공이 은혜의 눈동자 위로 스쳤다.

“……네가 나에 대해 알면 도망칠 테니까.”

은혜가 자신의 어깨를 붙잡고 있던 원의 손길을 밀쳐냈다.

“그래서 지금 나한테서 도망치려는 거예요? 나한테 온 건, 자꾸 불쑥불쑥 다가와서 나를 당황하게 만든 건, 그쪽이잖아요.”

그리고 한층, 그에게 더 가까이 다가가 그를 똑바로 마주 보며 말했다.

“나를 헷갈리게 만든 건, 선우 원. 당신이잖아. 당신을 밀어내야 하는데, 당신 때문에 가슴 설레는 거 그거. 당신 때문이잖아.”

“……!”

은혜의 한마디, 한마디가 원의 머릿속에서 메아리쳤다.

“나, 사랑 그런 거 정확히 모르지만, 당신한테 가슴이 뛰면…… 자꾸만 당신이 보고 싶고, 당신을 원하면 그건……. 당신이 이미 내 마음에 꽉 찼다는 뜻. 아니에요?”

원의 시간이 멈추었다.

〈다음 권에 계속〉